Hidden Shadow
Henny Gosch

Lektorat:

Wortkosmos, Sarah Nierwitzki

Umschlaggestaltung: Ria Ravencover Design

ISBN: 978-3-7693-1167-9

Verlag: BoD · Books on Demand GmbH, In de Tarpen 42,
22848 Norderstedt

Druck: Libri Plureos GmbH, Friedensallee 273,
22763 Hamburg

Triggerwarnung

Für alle, die die Schönheit des Lebens gerade nicht
erkennen können: bitte bleibt bei uns.
Es lohnt sich.
Versprochen.

Und dieses Buch ist für dich, Christina.
Danke, dass du mir ein Zuhause gegeben hast, als ich
mich schrecklich verloren in der Welt gefühlt habe.

Kapitel 1

Lou

Mein Herz rast, doch mein Inneres fühlt sich leer an. Die Frau mir gegenüber hat den Kopf schief gelegt und wartet. Wartet, dass ich bereit bin, sie noch tiefer in meine Gefühlswelt eintauchen zu lassen.

»Ich denke in der letzten Zeit öfter darüber nach, ob ich in die Heimat fahren sollte. Ich vermisse meine Freunde und mir ist in der letzten Zeit immer wieder bewusst geworden, dass ich hier her geflohen bin und das ich mich den Problemen Zuhause einfach nicht mehr stellen konnte. Ich musste einfach weg, aber ich…« Meine Stimme wird von Wort zu Wort leiser, weil der Schmerz in meiner Brust zu groß ist und mir das Atmen schwer macht. »Aber ich würde gerne wieder nach Hause fahren.«

»Glauben Sie, dass es gut war, dass sie hier her gekommen sind?«

»Sind Sie nicht der Meinung, das es gut war, dass sie hergekommen sind?« Natürlich geht meine Therapeutin noch einmal einen Schritt zurück und geht das, was ich ihr gesagt habe, Schritt für Schritt mit mir durch. Manchmal hasse ich es. Weil es einfach Scheiße anstrengend ist. Dabei weiß ich eigentlich auch, dass genau dieses »alles noch einmal aufwühlen und durchleben« das ist, was am Ende ein Pflaster auf die Wunde in meiner Seele klebt. Einen sicheren Schutz, damit ich darunter heilen kann.

Nicht, um meine Verletzungen zu verdecken.

»Ja, es war gut, dass ich hergekommen bin.« Ich atme tief ein. Die nächsten Worte wiegen so schwer, dass ich sie klar aussprechen möchte. »Wenn ich nicht hergekommen wäre, dann hätte ich mir das Leben genommen.« Atmen, atmen, atmen, erinnere ich mich. »Ich musste weg. Für eine Weile. Aber eigentlich möchte ich nicht weg bleiben.«

Dr. Rider nickt. »Es ist gut, dass sie gegangen sind. Manchmal müssen wir unsere gewohnten Strukturen verlassen. Dafür brauchen Sie sich auch nicht entschuldigen. Ihre wahren Freunde werden zwar verletzt sein, aber gleichzeitig auch sehr dankbar, wenn sie die Konsequenzen kennen. Ihr Überleben ist wichtiger, als ihr Aufenthaltsort und zu wem sie wie viel Kontakt pflegen. Das ist wichtig und das sollten Sie sich weiterhin vor Augen führen.«

Ich lasse die Aussage von Dr. Rider sacken. Sie hat recht. Das weiß ich. Trotzdem ist es schwer für mich, weil ich vor meinem inneren Auge nur den Schmerz meiner liebsten Menschen sehe, weil ich sie einfach so im Stich gelassen habe.

»Sie brauchen sich nicht schämen. Sie haben für sich selbst gekämpft! Das ist etwas, worauf sie stolz sein sollten.«

Ich nicke. »Aber … was ist, wenn mich jetzt alle hassen?«

»Vor der Ablehnung, von wem haben Sie am meisten Angst? Ihren Eltern?«

»Vor meinen Eltern habe ich keine Angst. Ich will, dass endlich alle die Wahrheit kennen. Ich möchte dieses Geheimnis nicht mehr allein durch die Welt tragen müssen. Ich will, dass endlich alles wieder an seinen Platz fällt. Und deswegen sind meine Eltern-«

Prustend lache ich auf. »Die sind mir egal. Die haben sich eh nicht richtig bei mir gemeldet, seitdem ich weg bin. Vermutlich habe ich am meisten Angst davor, dass er mich hasst …«

»Er?«

»Dylan.«

»Dieser Name ist noch nie zuvor gefallen.«

Ich halte die Luft an. Am liebsten würde ich die Zeit vorspulen und die Stunde beenden. Würde gerne einfach abhauen. Aber ich weiß, dass ich mich auch vor dem letzten Detail in meinem Leben nicht länger weglaufen kann.

»Möchten Sie mir erzählen, wer Dylan ist und welche Rolle er in Ihrem Leben spielt?«

Vor meinem Inneren Augen tauchen tausende Bilder auf, die eine tiefe Kluft in meinem Herzen aufreißen. Bilder, wie wir gemeinsam am Strand Burgen bauen, als wir sieben waren. Wie wir mit vierzehn meinem Vater und Onkel auf dem Bau geholfen haben. Wie wir die Abende in der Werkstatt verbracht haben. Wie wir mit zwanzig betrunken am Stand saßen. Wie wir uns das erste Mal geküsst haben. Da war kein Alkohol im Spiel. Und wie wir beide nicht wussten, wie wir damit umgehen sollen, dass wir mehr sind, als nur Freunde.

»Dylan ist mein Kindheitsfreund. Und meine große Liebe.«

»Haben Sie ihm gesagt, dass Sie gehen?«

»Und ihm haben Sie auch nichts gesagt, dass sie gehen?«

Ich schüttle nur den Kopf. »Meine Flucht aus der Heimat war keine bewusste Entscheidung. Die Situation ist einfach eskaliert und hat mir fürchterliche Angst gemacht. Ich habe gemerkt, dass es meiner mentalen Gesundheit wieder schlechter geht und das mein Mut weiterzuleben -« Unfähig weiter zu sprechen, hebe ich den Blick. Meine Therapeutin schaut mir direkt in die Augen. Schwere legt sich auf meine Brust. Sie nickt. Versteht. Und das macht die Situation noch so viel trauriger, als sie sowieso schon ist. Ich räuspere mich. »Und deswegen musste ich einfach weg. Ich konnte da nicht drüber sprechen. Wollte ich auch nicht. Ich musste das für mich machen. Ich weiß, dass auch Dylan versucht hätte, mich zu überreden, zu bleiben. Und das wollte und konnte ich nicht. Also bin ich einfach gefahren und habe es nicht bereut. Aber ich glaube eben, das meine Lieblingsmenschen sich übergangen fühlen. Besonders er. Wir haben viele Entscheidungen in unserem Leben zusammen getroffen.«

»Aber sind Sie kein eigenständiger Mensch? Warum glauben Sie, dass Ihnen nicht verziehen werden kann? Sie dürfen doch ihre eigenen Entscheidungen treffen.«

Meine erste Reaktion ist es, mit den Schultern zu zucken. Dann überlege ich. Warum ich denke, dass mir nicht verziehen werden kann, wiederhole ich die Frage in Gedanken, die mich so stocken lässt.

»Ich kenne das ja von meinen Eltern. Sie sind immer so distanziert und wenn ich dann noch einen Fehler gemacht habe, dann haben sie mich noch weiter gemieden. Deswegen denke ich einfach, dass meine Freund*innen mich inzwischen vergessen haben oder sie einfach wütend auf mich sind, dass ich vor einem Jahr weg gezogen bin und sie nicht wissen, warum.«

»Sicherlich sind Ihre Freunde verletzt. Aber das bedeutet nicht, dass sie Ihnen nicht verzeihen konnen oder werden. Außerdem dürfen Sie ihre eigenen Entscheidungen treffen. Es ist Ihr Leben. Dass Sie den Entschluss gefasst haben, zu gehen, hat Ihnen das Leben gerettet. Damit haben Sie nicht nur Ihren Selbstwert gesteigert, sondern auch Ihre Überlebenschancen. Wenn Sie in einem so schlechten Zustand sind, dass diese nicht gegeben sind, können Sie auch niemand anderem helfen. Diesen Fakt sollten Sie zulassen. Nicht nur gedanklich, das haben Sie schon. Ich spreche davon, dass Sie sich erlauben, diesen Schmerz zu fühlen.«

Sie sagt genau das andauernd zu mir, aber wirklich verstehen kann ich es nicht. Noch nicht. Vielleicht ist die Mauer um mein Innerstes noch immer zu hoch, obwohl ich gleichzeitig das Gefühl habe, schon so weit gekommen zu sein. Vielleicht muss ich die Situation auch einfach aus einem anderen Blickwinkel betrachten können, um ihre Aussage wirklich zu begreifen und sie nicht nur zu hören. Sie zu fühlen. Wie auch immer das gehen soll.

»Haben Sie sich schon überlegt, wie und wann Sie in die Heimat fahren wollen?«

»Nein. Ich weiß inzwischen, dass ich das machen möchte, aber ich bin mir noch nicht sicher, wann und wie. Ich weiß, dass ich einen Plan brauche. Etwas, woran ich mich orientieren kann, um diesen Schritt zu gehen. Anders als mein Abhauen, will ich mein Wiederkommen ein wenig durchdachter angehen. Erstens weil ich Angst vor der Ablehnung habe und zweitens weil ich rücksichtsvoller mit den Gefühlen meiner Mitmenschen umgehen möchte.«

»Vielleicht ist das ja etwas, womit Sie sich beschäftigen können und sollten bis zu unserer nächsten Sitzung.«

»Ja, ich glaube, das sollte ich tun. Mir kommen jetzt

schon tausende Fragen in den Kopf. Ob ich einfach hinfahre. Ob ich jedenfalls einigen Leuten Bescheid sage. Ob ich dann bleiben will oder ob ich nur zu Besuch hin fahre. Ich bin mir noch so unsicher, wie mein Leben aussehen soll, aber ich weiß, dass ich Sehnsucht habe. Ich will meine Freunde wieder bei mir wissen. Und einen Teil meiner Familie. Besonders meine Großeltern. Und Ian. Sie fehlen mir schrecklich!«

»Wir können uns diesen Fragen auch gemeinsam stellen. Was brauchen Sie um sich sicher zu fühlen, in die Heimat zurückzukehren?«

Und obwohl ich gedacht habe, dass mit meinem Geständnis zurückkehren zu wollen, einiges losgelöst habe, scheint der schwierige Teil dieser Therapiesitzung erst jetzt loszugehen.

Dylan

Ich piepse meine Gabel in den Schokokuchen und schiebe mir das Stück in den Mund. Mein Blick fällt draußen auf die leere Straße, während ich kaue und den süßen Geschmack der Schokolade nicht genießen kann.

»Will und ich fahren nächste Woche nach Seattle«, sagt Celine und ich sehe hinüber zu meiner Cousine. Sie grinst breit.

»Einfach um mal raus zu kommen oder habt ihr einen bestimmtes Anliegen?«

Sie will gerade etwas erwidern, da beginnt ihr Handy zu klingeln.

Celine schließt den Mund und greift nach dem Gerät, das neben ihr auf der Sitzbank liegt.

Sie stößt einen erschrockenen Laut aus.

Schlagartig wird ihr Gesicht kreidebleich.

Ich runzle die Stirn und warte ab, dass sie mir sagt,

was gerade passiert.

Celine hält mir ihr Handy entgegen. Mein Herz rast. Es ist ihr Name, der mir entgegen strahlt. Der, den ich seit einem Jahr meide, auszusprechen. Die Person, von der ich noch immer nicht weiß, ob ich sie noch lieben kann, wenn ich sie doch hassen will.

Panik steigt in mir auf. Was ist, wenn sie gleich auflegt? Wenn wir danach wieder keine Chance haben, sie zu erreichen?

»Geh ran, Celine!«, fordere ich meine Cousine auf. Einen letzten Blick erhasche ich auf ihren Namen.

Lou.

Ohne genau zu wissen, was ich tue, stehe ich von der Bank im *Milk & Sugar* auf. Es ist Samstag Abend. Normalerweise trifft sich unsere Freundesgruppe am Freitagabend hier, doch seit Lous Verschwinden, sind diese Treffen weniger geworden. Celine und ich sind allein in dem Café ihrer Mutter.

Mein Herz zieht sich schmerzhaft zusammen, als ich mal wieder darüber nachdenke, wie sehr mich ihr plötzliches Verschwinden vor einem Jahr aus der Bahn geworfen hat. Es tat so verdammt weh! Von heute auf morgen ist sie verschwunden und bis heute weiß niemand von uns, warum. Ich habe nicht nur meine beste Freundin seit Kindertagen verloren, sondern auch die Frau, in die ich mich so unsterblich verliebt habe.

Und sie sich in mich.

Wir hatten eine heimliche Beziehung aus Angst, dass wir unser gesamtes Umfeld mit ins Verderben ziehen, wenn das mit uns schief läuft. Wir hatten keine Lust auf die Kommentare und blöden Sprüche. Nur dann, als wir uns beide langsam sicher waren, dass das mit uns etwas Ernstes und Langfristiges ist,

ist sie einfach verschwunden. Einfach so.

Und ich komme damit nicht klar.

Celine tippt auf den Bildschirm, ehe sie sich erhebt. Sie tigert nervös im Laden auf und ab. Ich hingegen stehe noch immer angespannt neben dem Tisch. Eine Hand umfasst die Tischplatte in der Hoffnung, dass sie mir den Halt geben kann, den ich gerade brauche.

Auf dem Gesicht meiner Cousine entdecke ich Tränen, die ihre Wangen hinunterlaufen, als sie in meine Richtung geht. Mein Herzschlag dröhnt mir in den Ohren. Ich würde sie gerne bitten, den Lautsprecher anzuschalten, stehe aber zu sehr unter Schock, um etwas zu sagen.

Ich nehme ihre Gesprächsfetzen wahr, doch Celine sagt so wenig, dass ich keinen Schluss aus den vereinzelten Worten ziehen kann.

»Was ... Okay ... In drei? ... Ja, okay.«

Am liebsten möchte ich gar nichts von diesem Gespräch wissen, weil ich befürchte, bald einen Herzinfarkt zu erleiden, und gleichzeitig möchte ich in den Hörer kriechen, um Lou so nahe wie nur möglich zu sein.

In meinen Ohren beginnt es, zu rauschen. Mir wird schwindelig. Kurz schließe ich die Augen. Als ich sie wieder öffne, steht Celine vor mir. Kraftlos lässt sie ihr Handy sinken.

Das Display ist dunkel.

Sie haben aufgelegt.

Es ist so offensichtlich und dennoch habe ich das Bedürfnis, mir diesen Fakt erneut bewusst zu machen.

Schweigend starren wir einander an.

Celine wischt sich nach einigen Sekunden die Tränen weg, räuspert sich und sagt mit einem Blick gegen die Wand ihr gegenüber: »In drei Wochen.«

Sie atmet zitternd ein und aus. »In drei Wochen ist Lou wieder hier.«

»Du lügst!«, platzt es aus mir heraus.

Meine Knie werden weich. Ich lasse mich auf die Bank hinter mir fallen. Sie schüttelt den Kopf. Zögernd. Als wäre sie sich selbst nicht so ganz sicher, ob das hier wirklich passiert.

Drei Wochen, wiederhole ich in Gedanken.

Einerseits könnte man meinen, das Warten hätte jetzt ein Ende. Doch in Wahrheit zähle ich jede Minute und Sekunde und frage mich in jedem Moment, wann ich sie endlich wieder sehen kann. Und auch, wenn Wut und Verzweiflung meine Gefühle zu dominieren drohen, weiß ich doch eines ganz genau: Ich will, dass sich Lou wieder wohl fühlt, wenn sie nach Hause kommt. Ich möchte ihr zeigen, wie sehr sie uns hier gefehlt hat, weil ich es nicht ertragen könnte, sollte sie erneut gehen – und mich wieder zurücklassen.

Kapitel 2

Dylan

Mit der Hand streiche ich noch einmal über das Holz der kleinen Kücheninsel, die ich vor wenigen Wochen in diesen Van gebaut habe. So tief ich kann, ziehe ich den Geruch des frischen Öls ein. Dann stoße ich den Atem ruckartig wieder aus und trete aus dem Wagen. Die schwarze Tür mit dem zusätzlich eingebauten Fenster ziehe ich zu und drehe den Schlüssel mit der goldenen Schleife in meiner Hand.

Das hier ist der vierte Wagen, den ich inzwischen ausgebaut und verkauft habe. Im hinteren Teil meiner Halle liegt schon der Unterbau eines alten Bauwagens, an den ich mich als Nächstes wage. Ein Bio-Bauer hat ihn mir vor einigen Tagen hergebracht und ich kann es kaum erwarten, darauf einen Rückzugsort für seine Enkel zu schaffen. Eine Übernachtungsmöglichkeit, die dennoch genug Platz zum Spielen bietet.

Ein warmes Gefühl breitet sich in meiner Brust aus. Sobald ich an meine Arbeit denke, verschwindet alles um mich herum. Wenn ich das Werkzeug in die Hand nehmen und meine Ideen in die Realität umwandele, existiert nichts anderes mehr.

Auch keine Lou und all die gemischten Gefühle, die ich empfinde, wenn ihr Name und meine Erinnerungen an sie durch meinen Kopf wandern.

Insgeheim glaube ich, dass diese Werkstatt es mir ermöglicht hat, dass ich bei Verstand geblieben bin, in der Zeit, in der sie abgehauen ist. Wenn sie nicht verschwunden wäre, hätte ich vielleicht nie versucht, meine Träume überhaupt in die Realität zu befördern. Wer weiß.

Dafür gab es unzählige schlaflose Nächte. Missglückte Baustücke. Die Frage, ob das hier wirklich erfolgreich werden könnte. Die Angst, dass all das Geld, das ich investiert habe, für immer verschwunden ist.

Genau in diesem Moment höre ich ein Auto vorfahren. Meine Gedanken verstummen. In dem Industriegebiet gibt es nicht viele Firmen und erst recht keine, die sonntags arbeiten. Mit einem vorfreudigen Lächeln gehe ich zur Tür und trete nach draußen.

Ein Taxi steht davor. Laureen und Paul steigen gerade aus dem Wagen. Der Fahrer tut es ihnen gleich und öffnet den Kofferraum. Meine Kund*innen strahlen mich an. Sie hieven ihr Gepäck aus dem Wagen, bevor sie zu mir kommen. Wir begrüßen uns mit einer Umarmung, ehe ich dem Fahrer die letzte Tasche abnehme und in die Halle gehe. Paul steht etwas abseits, die Taschen um ihn verteilt. Laureen hingegen hält ihr Handy in der Hand und geht auf den Van zu. Sie spricht vermutlich zu ihren Follower*innen und ich halte den Mund. Doch dann schwenkt sie herum, hält die Aufnahme auf mich gerichtet.

»Und das ist derjenige, der uns dabei geholfen hat, unseren Traum zu ermöglichen. Danke, Dylan! Seinen Account verlinke ich euch natürlich.«

Ich grinse und bin froh, dass ich eine Mütze trage, die das Chaos auf meinem Kopf verdeckt. Die dunklen Augenringe der letzten Nacht, in der ich nur an Lou denken konnte, sind vermutlich trotzdem zu sehen, aber da kann ich jetzt nichts mehr gegen tun.

Laureen lässt das Handy sinken und fällt mir um den Hals.

»Gott, ich freue mich so sehr«, sagt sie an meinem Ohr und als sie sich von mir löst, glänzen Tränen in ihren Augen.

Ich schlucke. Wo kommen die denn jetzt her?

Sie kichert und ich lasse die Tasche der beiden sinken, die ich noch in den Händen gehalten habe. Ich fische in meiner Jackentasche nach dem Schlüssel und halte ihn in die Höhe.

»Dann los. Worauf wartet ihr?«

Die beiden quietschen, greifen gleichzeitig nach dem Schlüssel. Laureen nimmt ihn mir ab. Paul legt ihr den Arm um die Schultern und gemeinsam gehen sie zum Van. Sie haben mich oft besucht, während ich an ihrem neuen Zuhause gearbeitet habe, und dennoch kann ich die Aufregung absolut verstehen.

Ich beobachte, wie sie die Schiebetür des Transporters öffnen und dann in dessen Inneren verschwinden. Sie öffnen die Hecktüren und lachen, klingen dabei so absolut glücklich und unbeschwert und meine Gedanken wandern wieder zu Lou.

Das Atmen fällt mir schwerer, wenn ich daran denke, dass wir das hier sein könnten. Dass wir uns so gefreut hätten, endlich nach Europa reisen zu können. Kurz schließe ich die Augen, bete, dass ich diese Gedanken endlich loswerden kann.

Doch das scheint unmöglich.

»Dylan, wow!« Ich hebe ruckartig den Blick und finde den von Paul, der gerade über die Treppe, die am äußeren Bereich des Wagens befestigt ist, hinaufklettert. Auf dem Dach befindet sich nicht nur ein Solarpaneel, sondern auch ein mit Holz ausgekleideter Teil, auf dem man es sich gemütlich machen kann. »Das ist genau, wie wir es uns vorgestellt haben!«

Vor Erleichterung stoße ich die Luft aus. Zwar wusste ich die Maße und hatte eine Zeichnung der beiden bekommen, dennoch war ich mir nicht ganz sicher, ob das hier wirklich ihrer Erwartung entsprechen würde.

Laureen folgt ihrem Freund und kommt kurz danach zu mir gelaufen. »Danke, Dylan! Du weiß ja gar nicht, was uns das bedeutet.«

»Doch, ich kann es mir vorstellen«, erwidere ich und schon wieder sind meine Gedanken bei Lou. Nur bei der Vorstellung, wie es sich angefühlt hätte, das hier mit ihr zu erleben. Mein Herz bricht ein Stück weiter.

»Komm, ich helfe euch, eure Taschen zu verstauen.«

Laureen und ich tragen die ersten Sachen zum Auto. Sie fangen an, das Geschirr in die Schränke zu räumen, ebenso wie ihre Kleidung und wenige Bücher, die in dem Auto platz finden sollen. Anschließend folgt Paul und wir beginnen noch, einen Beamer an der Wagendecke anzubauen. Ebenso wie eine Leinwand, die hinter den Sitzen heruntergezogen werden kann. Die Vorstellung nach einem anstrengenden Tag an der frischen Luft, in diese kleinen vier Wände einzukehren und es sich gemütlich zu machen, ist unfassbar schön.

Eine Stunde helfe ich den beiden noch, wir trinken einen Kaffee, dann ist es Zeit, sich zu verabschieden. Natürlich nicht, ohne die Handykamera dabei laufen zu lassen. Erst öffne ich den beiden das Hallentor, dann beginne ich zu filmen, wie sie aus der Halle und ein Stück die Straße hinunterfahren, ehe Paul umdreht und Laureen sich ihr Handy wiederholen kann. Diese Blogger*innen …

Eine letzte Umarmung, dann verschwinden sie wieder am Horizont und für mich ist es an der Zeit, zum *Milk & Sugar* aufzubrechen. In meiner Hosentasche vibriert das Handy.

Celine: Ich weiß, dass dir das schwerfällt, aber wag es ja nicht, zu spät zu kommen!

Ich schmunzle. Einfach um sie zu ärgern, antworte ich: Ich glaube, ich bin krank.

Dennoch schließe ich meine Werkstatt und mache mich auf den Weg.

Nur fühlt sich jeder Schritt dabei an, als wäre ich festgekettet. Ich habe mir Lous Wiederkehr anders vorgestellt. Fröhlicher vielleicht. Ich bin mir nicht sicher, was ich eigentlich erwartet habe. Nur fühlt sich alles so falsch und schwer und unangenehm an. Aber eigentlich traten diese Gefühle schon ein, als sie abgehauen ist. Ich bin kaum noch neugierig auf das, was sie zu sagen hat. Alles in meinem Innere fühle sich beklemmend an.

Lou

Als ich heute Morgen aufgestanden bin, ist das Erste, was ich getan habe, mich zu übergeben. Es war vielleicht nicht die klügste Entscheidung von mir, das Treffen mit meinen engsten und wichtigsten Freunden so spät am Abend zu vereinbaren. Kurz habe ich mich gefragt, was der Grund dafür ist, doch dann ist mir wieder bewusst geworden, wie offensichtlich das ist. Es ist spät und dunkel in der Kleinstadt. Der Laden ist menschenleer. Die Straßen ähneln der einer Geisterstadt. Dennoch habe ich eine dunkle Mütze über meinen Buzzcut gezogen. Seit zwei Monaten rasiere ich mir immer wieder regelmäßig die Haare ab. Das erste Mal habe ich mich in einer meiner einsamsten Nächte entschieden. Im Nachhinein weiß ich, dass ich auch einfach meine Mitmenschen nach etwas Nähe und gemeinsamer Zeit hätte fragen können. Stattdessen habe ich einen Beitrag auf Instagram gesehen, dass unsere Haare unsere Erinnerungen speichern und ich hatte genug von all dem, was in den Monaten und Jahren zuvor passiert ist. Ich wollte all das nicht mehr. Ich wollte etwas Neues. Und ich hatte das Bedürfnis danach, einen Nervenkitzel zu verspüren. Gedacht, getan. Nur sind meine Erinnerungen leider nicht verschwunden und ich versuche, mir seither einzureden, dass ich jetzt aber die Möglichkeit habe, neue zu erschaffen.

Ungefähr das gleiche flüstere ich mir selbst durch die beginnende Nacht in Lunar Beach zu.

Ich bin hier, um es besser zu machen. Um einen Neuanfang zu wagen. Ich bin hier für die Menschen, die ich liebe. Doch jede Straße, die ich durchquere, beherbergt eine neue, manchmal schmerzhafte Erinnerung. Etwas, was ich vergessen wollte. Von dem ich dachte, dass ich all diese Negativität dieses Ortes vergessen oder vielleicht durch die Therapie verarbeitet habe, doch jetzt wo ich hier stehe, ist alles wieder da.

Aber ich bin hier um eine bessere Zukunft zu schaffen, versuche ich mir erneut weiß zu machen.

Meine Atmung geht noch schwerer, als ich die Straßenecke erreiche, in der das *Milk & Sugar* liegt. Das Café, in dem ich den Großteil meiner Kindheit und Jugend verbracht habe. Der Ort, in dem ich meine

Freund*innen getroffen habe. Für die schönsten und schlimmsten Momente. Um mit ihnen zu lachen und zu weinen. An diesem Ort habe ich gelebt. Es war mehr zuhause, als das Haus meiner Eltern. Dafür liegt die Messlatte auch nicht so sonderlich hoch.

Ein stechender Schmerz jagt durch meine Brust. So sehr habe ich es mir gewünscht, dass meine Eltern ein aktiver Teil meines Lebens sind. Durch die Therapie habe ich gelernt, dass es vielleicht besser ist, wenn ich mein Leben ohne sie gestalte und dass ich mich nicht schlecht dafür fühlen muss, wenn ich den Kontakt zu meiner Familie breche. Nur ist der Schmerz wieder so schlimm wie am ersten Tag, als ich entschieden habe, zu gehen. Aber ich weiß, dass ich besser ohne sie dran bin. Ich weiß es. Mein Gehirn kann logisch begreifen, warum. Aber mein Herz hängt noch immer an der Wunschvorstellung eines gesunden Familienbildes. Von Eltern, die mich lieben und unterstützen.

Aber das ist Wunschdenken. Ich weiß nur, dass ich es besser machen kann, sollte ich mich dazu entscheiden, Kinder zu bekommen. Und ich weiß auch, dass es ganz viele andere Menschen gibt, die mich für die Person schätzen, die ich bin. Jedenfalls hoffe ich das. Immerhin habe ich genau diese Menschen in den letzten Wochen und Monaten ziemlich schlecht behandelt.

Aber auch deswegen bin ich hier, sage ich mir in Gedanken. Ich bin hier, um mich zu erklären. Nicht, weil ich es muss. Aber weil ich es möchte. Weil ich die Freundschaften, die mir alles bedeuten, retten möchte.

Zum ersten Mal an diesen Tag sind meine Schritte Richtung Café entschlossen. Meine Schritte verlängern sich, treten bewusst auf den Boden auf.

Bis das *Milk & Sugar* in Sichtweite ist. Ich zögere, rede mir im nächsten Moment aber wieder ein, dass ich sicher bin und jederzeit gehen kann, sollte ich mich doch unwohl fühlen und Panik bekommen.

Schritt
für
Schritt.

Ich atme tief ein und doch noch länger wieder aus, weil ich meinem Körper so signalisieren kann, dass wir sicher sind und damit sich mein Nervensystem beruhigt und mein Körper entspannt. Diese Übung habe ich beinahe perfektioniert. Ich bin meinem Vergangenheits-Ich dankbar dafür, weil es mir dadurch leichter fällt, das Gelernte jetzt abzurufen und mich bewusst zu entspannen, wenn ich es brauche und die Panik mich sonst übermannen könnte.

Bis dann der Moment gekommen ist und ich den Kampf gegen meinen tobenden Herzschlag nicht mehr gewinnen kann.

Knapp sieben Meter trennen mich von der Eingangstür.

Einatmen.

Sechs Meter.

Ausatmen.

Vier Meter.

Einatmen.

Drei Meter.

Ausatmen.

Ich sehe die Treppen der Eingangstür.

Einatmen.

Ich hebe den Blick und sehe, wie Dylan und Celine mich völlig entgeistert durch die Scheibe ansehen.

Mir wird schwindelig.

Es fühlt sich an, als würde ich fallen.

Und das tue ich auch.

Ich falle und falle und falle in längst verdrängte Erinnerungen.

Ein Jahr zuvor ...

Lou

Jeder von uns hebt eine Hand als wir alle gemeinsam auf der Tanzfläche der Bar tanzen und vom DJ dazu aufgefordert werden. Ich drehe mich im Kreis, springe und vergesse die Welt um mich herum, bis sie sich wenig später viel zu schnell dreht. Ich sitze mitten in der Nacht ziemlich betrunken und völlig verschwitzt auf einer der Bänke am Rand der Tanzfläche. Dylan zu meiner Rechten. Alle anderen Leute um uns versuche ich auszublenden. Meistens lösen fremde Menschen solch negative Gefühle in mir aus, die ich alle nicht spüren möchte.

»Ich kann nicht mehr«, flüstere ich.

»Ich bin auch durch. Aber die Nacht ist noch jung.«

Dylan lehnt seine Stirn an meine. Panik macht sich in mir breit. Was ist, wenn uns jemand sieht? Gleichzeitig reizt mich genau das, was sicherlich am Alkohol liegt.

»Lass uns draußen durchatmen«, raune ich in sein Ohr, schiebe Dylan Richtung Tür und sehe mich noch einmal um, ehe wir den Vorraum verlassen.

Die Nacht ist kühl, doch genau darin finde ich Gefallen. Ich klammere mich an Dylan, gemeinsam gehen wir die Straße ein Stück hoch. Bis zur nächsten Bushaltestelle, bei der sich eine Bank befindet. Normalerweise sitzen dort immer Leute, doch heute scheint sie uns ganz allein zu gehören.

Wir taumeln dorthin. Mit der Hand umfasse ich seinen Oberarm, halte mich an ihm fest.

»Ich habe zu viel getrunken«, säuselt Dylan. Ich kichere und lasse mich zuerst auf die Bank fallen. Er plumpst neben mich. Seine Arme legen sich wie von selbst um meinen Oberkörper, sein Kopf landet auf meiner Schulter.

»Du sahst so gut aus«, raunt er in mein Ohr, beginnt, meinen Hals zu küssen. Eine Gänsehaut legt sich auf meinen Körper. Meine Hände wandern zu seinen Beinen.

»Warum bist du letzte Nacht nicht zu mir gekommen?«

»Chrissi«, antwortet er schlicht und küsst mich weiter.

»Und ich hatte Angst, dass deine Großeltern so langsam etwas mitbekommen.«

»Meinst du?«

Er lehnt sich zurück. Dann nickt er und schaut mir tief in die Augen.

Ich kichere. Mein Herz schlägt noch schneller. Dylan sagt alles, was ich jemals hören wollte. Ist die Person für mich, die ich mir an meiner Seite gewünscht habe. Dabei ist er schon immer da gewesen. Nur ergibt langsam alles Sinn. Schon als Kind war ich in ihn verliebt. Es war wohl das Schwierigste für uns beide, uns einzugestehen, dass wir etwas füreinander empfinden.

»Für mich gibt es nur dich«, flüstere ich. »Aber genau das hat so viel durcheinandergebracht. Das bereue ich nicht. Niemals. Aber was ist, wenn eben nur diese heimliche Beziehung funktioniert?«

Dylans Blick wird dunkler. Nachdenklich. Zweifelnd.

»Wir finden das nur heraus, wenn wir uns trauen. Aber ich weiß nicht, ob ich dazu schon bereit bin.«

Er lehnt sich nach vorne, legt seine Hand auf meine Wange und küsst mich. Küsst mich wieder und wieder und ich bekomme das Grinsen nicht mehr aus dem Gesicht.

»Aber wir werden das heraus finden, wenn wir bereit dazu sind. Aber jetzt gerade, will ich dich nur für mich haben, okay?«

Ich will aber nicht länger dein Geheimnis sein, denke ich, traue mich aber nicht, ihm das zu sagen.

Ich schiebe seine Hände von mir, drücke seinen Rücken an die Lehne der Bank und klettere auf seinen Schoß. Dylan lässt überrascht seinen Blick über mich gleiten. Dylan hatte zwar schon Sex mit anderen Frauen, aber für mich gab es woher nur ihn. Er hatte immer die Führung über das, was wir getan haben. So was hier, das ist neu. Normalerweise bestimmt Dylan unser Tempo. Aber nicht heute – heute bin ich mutig.

All meine Sinne sind auf ihn gerichtet. Alles, was ich will, ist ihm nahe zu sein. Ihn zu spüren. Ich will eine Einheit mit ihm werden und alles um mich herum vergessen.

Und das tue ich auch. Küsse ihn wild und hemmungslos. Ich tue es, bis gepfiffen wird.

»Sagt den ganzen Leuten da drinnen mal Bescheid, dass sie sich hier draußen einen Live-Porno ansehen können!« Einige Personen in einer Gruppe, unweit von uns, lachen und ich springe förmlich von Dylans Schoß und drehe mich mit dem Rücken zur Bar. Dylan steht ebenfalls auf, legt seinen Arm um meine Schultern und gemeinsam gehen wir weg.

Es ist mir unfassbar peinlich, dass wir beobachtet

worden sind. Es ist meine Schuld. Ich bin in der Öffentlichkeit auf seinen Schoß geklettert und wollte, dass er dieselbe Erregung spürt wie ich. War ja zu erwarten, dass das nicht lange unbeobachtet bleibt.

Die ersten Meter sprechen wir kein Wort, während wir in die Dunkelheit laufen. Dylans Griff um meinen Oberkörper wird fester. Er zieht mich zu sich und ich taumle gegen ihn.

Augenblicklich schließe ich meine Arme um seine Mitte, lege meinen Kopf gegen seine Schulter und atme tief ein.

»Lass sie denken, was sie wollen«, sagt er, bleibt stehen und drückt mir einen Kuss auf den Haaransatz. Ich schaue zu ihm auf. Ein verschmitztes Grinsen bildet sich auf seinen Lippen. »Mir hat gefallen, was du da gemacht hast.«

Meine Brauen schießen in die Höhe. Er erkennt mein

Erstaunen sofort und nickt. Ganz sanft legt er seine Lippen auf meine. Sie teilen sich, finden wieder zusammen und für einen Moment vergesse ich vollkommen, was passiert ist. Dylan löst sich von mir, dann geht er plötzlich wieder schnellen Schrittes los und zieht mich mit sich.

»Wird Zeit, dass wir nach Hause kommen!«, ruft er und ich lache auf. Das Unwohlsein der letzten Minuten scheint vergessen.

So schnell und doch so leise wie nur möglich laufen wir zu meiner Wohnung hoch. Ich schließe die Zwischentür zu meinen Großeltern ins untere Stockwerk ab und drehe mich dann zu Dylan um. Seine Hände finden meine Hüften, unsere Münder einander. Wir verlieren uns in einem Tanz der Zweisamkeit, der erst damit endet, dass wir bemerken, dass wir den halben Sonntag auf der Bank vor meinem Fenster verbracht haben.

Der Abschied fällt nicht so schwer bei dem Gedanken daran, dass wir uns bereits am nächsten Morgen wiedersehen.

Kapitel 3

Dylan

Ich dachte, dass ich mich irgendwie auf diesen Moment vorbereiten kann. Dachte, dass ich gewappnet bin. Dass ich mich freue und Lou am liebsten in die Arme rennen möchte, wenn sie endlich wieder vor mir steht. In dem Moment, auf den ich in all den einsamen Nächten hingefiebert habe, bin ich regungslos. Frage mich, ob ich einen Geist sehe. Denn danach sieht Lou auch ein wenig aus. Ihre Lippen stehen auseinander. Die Augen sind groß und glasig und ihre Haut wirkt fahl. Sekunden verstreichen. Regungslos stehen Celine und ich im Inneren des Cafés und schauen hinaus zu Lou, die davor steht.

Es ist wie ein Sinnbild. Ohne Lou waren wir nicht vollständig, aber nach all den Monaten nach ihrem plötzlichen Verschwinden fühlt es sich gleichzeitig nicht mehr danach an, als wäre sie ein Teil von uns. Viel mehr wie eine Erinnerung. Ein Traum. Ein unfassbar schöner Traum, in dem ich gerne lange Zeit gelebt hätte, aber gleichzeitig doch nur eines: ein Traum.

Ich erwache daraus als eine heiße Träne meine Wange hinunterläuft und ich mich augenblicklich räuspern muss.

Mein Blick zuckt hilfesuchend zu Celine. Ihre Wangen sind kreidebleich. Auch ihr stehen die Tränen in den Augen.

Aber statt mich anzuschauen, tritt sie zur Tür und sperrt sie auf.

Das Herz tobt in meiner Brust. In meinen Ohren rauscht es. Den ganzen Tag über konnte ich wunderbar verdrängen, was heute passieren wird. Dass ich Lou heute sehe und höre und rieche, aber vermutlich nicht schmecken werde. Für mich ist noch immer am wichtigsten, dass sie zurück ist und wohl auf ist und das es ihr gut geht, aber ich weiß auch, wie sehr ich mich nach ihr sehne. Nach ihren Lippen, die sich sanft auf meine legen. Auf das Gefühl ihrer Haut auf meiner. Jeder Zentimeter meines Körpers sehnt sich nach ihrem. So viele meiner Gefühle fühle ich nur für sie. Ich habe diese Liebe bisher nur für sie empfunden und wünsche mir nichts sehnlicher, als das es bis zu meinem Lebensende so bleibt.

Meine Hände beben und um mich irgendwo dran festhalten zu können, schiebe ich sie in meine Hosentasche und kralle meine Finger in den Stoff.

Schwarze Punkte tanzen in meinem Sichtfeld.

Celine öffnet die Tür und ein Schwall Luft tritt ins Ladeninnere. Und dann der Geruch einer Frau. Eine Frau, deren Geruch ich vorher in meilenweiter Entfernung als den ihren Identifizieren konnte.

Heute riecht sie fremd.

Lou bleibt vor Celine stehen. Nähert sich ihr. Ob sie sie umarmen möchte?

Aber Celine weicht zurück. Wir haben uns lange darüber unterhalten, wie es sich wohl anfühlen wird, wenn Lou wieder so nahe bei uns sein wird und das wir beide verunsichert sind, wie wir damit am besten umgehen sollten. Eigentlich wollten wir Lou so unvoreingenommen wie möglich gegenüber treten, aber ich weiß, wie schwer das sein muss. Auf der einen Seite möchte ich Lou am liebsten in den Arm nehmen und ihr Liebesbekundungen entgegen schmettern. Auf der anderen Seite fühle ich mich so verletzt von ihrem Verhalten, dass ich gerne wieder den Raum verlassen möchte.

Ich weiß nicht, ob ich Nähe oder Distanz brauche. Dabei hatten wir von Zweitem ja eigentlich genug.

Lou

Ich trete wenige Schritte ins *Milk & Sugar*. Tief in meinem Inneren will ich nur Dylan ansehen, auf ihn zulaufen und ihm um den Hals fallen, aber nach der Zurückweisung von Celine habe ich nur noch mehr Angst, dass auch Dylan vor mir ausweicht. Also schaue ich überall anders hin, nur eben nicht zu ihm. Im Café hat sich nichts verändert, oder jedenfalls nicht viel. Alles steht noch an seinem Platz und ich habe das Gefühl, als hätte ich eine Zeitreise gemacht. Bin an einem Ort aus der Vergangenheit, nur mit Menschen hier, von denen ich nicht weiß, wo und wer sie gerade sind.

Ich höre, wie Celine die Tür hinter uns schließt.

Stille.

Ich möchte sie nicht brechen und gleichzeitig wünschte ich, dass jemand von meinen Freunden, wenn sie noch welche sind, etwas sagt.

Oder vielleicht ist das nach all der Zeit auch meine Aufgabe.

Das Schweigen ist unangenehm und zerrt an meinen Nerven. Es kommt mir so vor, als würden wir alle drei darauf warten, dass jemand anderes im Raum die Stimme erhebt. Alle schauen stur durch den

Raum. Als wären wir schier überfordert damit, hier zu sein. In Wahrheit sind wir das. Nur in der Fantasie habe ich mir vorgestellt, dass das hier leichter geht.

Ich vernehme eine Bewegung hinter mir. Celine läuft stur und eilig an mir vorbei hinter den Tresen.

»Dylan, würdest du mir helfen?«, fragt sie und ein stechender Schmerz schießt durch meinen Brustkorb. Ich hätte ihr auch geholfen. Sofort! Aber das scheint nicht erwünscht zu sein.

Ich beobachte, wie Dylan zu Celine an den Tresen tritt und einen Teller voller Schokokuchen und drei Gabeln entgegennimmt. Er trägt ihn zu unserem Lieblingsplatz im ganzen *Milk & Sugar*. Darauf stehen bereits drei Becher. Ich schlucke. Der Gedanke, dass ich gleich dort sitzen und erzählen muss, wo ich das vergangene Jahr verbracht habe, raubt mir den Atem. Aber ich weiß, dass ich es machen muss. Es fühlt kein anderer Weg daran vorbei, wenn ich diese Freundschaften irgendwie retten möchte. Celine tritt mit einer Teekanne hinter dem Tresen hervor und geht zu Dylan an den Tisch, der sich bereits gesetzt hat. Auch sie nimmt auf der Bank Platz. Erwartungsvolle Blicke schauen in meine Richtung. Ich schlucke hart. Meine Schritte fühlen sich wackelig an, aber ich gehe sie.

Und ich weiß auch, dass meine Stimme gleich zittern wird, aber ich werde sprechen. Ganz bestimmt.

Kurz vor dem Tisch halte ich inne, lege meinen Jutebeutel neben die Sitzbank und ziehe meine Jacke aus. Dabei rutscht mir die Kapuze meines Pullovers vom Kopf. Ich wusste, dass auch dieser Moment kommen wird, aber das Celine und Dylan mich so fassungslos angucken, damit habe ich nicht gerechnet. Mit der Hand streiche ich mir über meinen Buzzcut, während ich mich setze. Als würde ich mich auf einen Kampf vorbereiten, schiebe ich die Ärmel hoch. Das neueste Tattoo auf meinem rechten Unterarm wird sichtbar. Es ist ein Blumenstrauß, auf dessen Stielen ein Pflaster klebt. Auf dem Pflaster ist das Zeichen der Psychologie abgebildet. Die Blumen sind ein Sinnbild meiner Seele und diese Wissenschaft ist das, was mich geheilt hat. Wie eine schützende Hand. Nur ist jetzt scheinbar der Moment gekommen, in dem ich das Pflaster abreißen muss, in der Hoffnung, dass die Wunde darunter verheilt ist.

Als ich den Blick von meinem Arm hebe und meine Freunde ansehe, erkenne ich das Entsetzen in ihren Gesichtern. Ganz sicher halten sie mich inzwischen für wahnsinnig. Vielleicht bin ich das auch; nur eben nicht plötzlich geworden. Ich habe das, was mich wahnsinnig gemacht hat, tief in meinem Inneren verborgen und jetzt ist es an der Zeit, die unterdrückten Gefühle aus meinem Inneren zu befreien, damit ich endlich wieder frei Atmen kann.

»Es tut mir leid, dass ich einfach so gegangen bin«, platzt es aus mir heraus. Aber anders als erwartet, ist meine Stimme nicht fahl und schwach. Ich klinge selbstsicher. Weil ich weiß, dass ich die richtige Entscheidung getroffen habe. Das musste ich für mich.

»Wo warst du?«, fragt Celine. »Uns wurde gesagt, dass du für ein Jahr nach Europa gereist bist. Stimmt das?« Ich höre den Vorwurf in ihrer Stimme. Er macht mir das Atmen schwer. Die Lüge, dass ich Hals über Kopf nach Europa gereist bin, habe ich meiner Großmutter bei einem nicht sonderlich durchdachten Telefonat aufgetischt. Aber meine Familie und Freund*innen wissen zu lassen, dass ich ganz in der

Nähe, aber eben gerade nicht bei ihnen sein kann, ist mir nicht über die Lippen gekommen.

»Ich war in Pittsburg.«

Dylan fällt die Kinnlade herunter. »Du warst hier die ganze Zeit in der Nähe?«

Ich nicke, statt etwas zu sagen.

Schweigen füllt den Raum.

Bis Celine leise flüsternd fragt: »Warum?«

Tränen laufen über meine Wangen, dabei habe ich mir so fest vorgenommen, heute nicht zu weinen.

Okay.

Da ist er.

Der Moment, in dem ich die Wahrheit aussprechen muss.

»Ich habe es hier nicht mehr ausgehalten. Es ging nicht mehr. Die Situation mit meinen Eltern hat mich krank gemacht. Immer wollen sie, dass ich ihren Regeln und ihrem Bild, das sie für mich haben, entspreche. Aber ich will und werde nicht studieren. Ich will ins Handwerk. Ich würde so gerne die Dachdeckerei meiner Familie übernehmen, aber ich darf nicht. Alles was ich mir wünsche, will oder empfinde, wird mir als nichtig erklärt, beziehungsweise wird mir gesagt, dass ich eh nicht gut genug bin. Und ich hatte so große Angst davor, dass sie mir auch dich ausreden.«

Mein Blick fällt auf Dylan. Er blinzelt schnell und Tränen laufen über seine Wange. Mir bricht das Herz. Abermals.

»Meine Depressionen, die mich - wie ihr ja wisst - begleitet haben, seitdem ich zwölf bin, haben ein so schlimmes Ausmaß angenommen, dass ich wiederholt darüber nachgedacht habe, was mein Leben eigentlich lebenswert macht. Und ob ich überhaupt leben möchte. Ich habe alles angezweifelt.

Der Leidensdruck wurde so schlimm, nachdem ich heraus -« Ich bremse mich gerade rechtzeitig. Für diese Offenbarung ist es noch zu früh. Dafür sollte noch eine weitere Person hier an diesem Tisch sitzen. Aber alles auf einmal gerade zu biegen, dafür habe ich keine Kraft. Dafür ist es einfach noch nicht an der Zeit. Ich hole tief Luft, weil ich anders als vorhin, die Stille nicht ertrage.

»Ich habe etwas herausgefunden. Über meine Familie. Und das tut furchtbar weh und ich möchte einfach nur, dass es aufhörte und ich habe einen anderen Weg gesehen, als mich selbst wieder zu verletzten und den Schmerz aus meiner Brust … Ich« Ich schluchze. »Ich wollte das nicht. Aber alles in meinem Inneren tat so weh, ich musste einfach.«

Schweigen.

Stille.

Schmerz.

»Ich weiß, dass ich gehen musste. Sonst. Sonst hätte ich mir das Leben genommen.«

Dylan

Ich würde gerne etwas sagen und fragen und reden, aber ich sitze nur wie angewurzelt auf der Bank und kralle meine Finger in den Stoff meiner Hose. Dagegen, nicht weinen zu wollen, wehre ich mich inzwischen nicht mehr, sondern lasse es einfach geschehen.

Der Schock über ihre Worte sitzt tief. Zu wissen, wie schlecht es Lou wirklich ging und zu wissen, dass ich einfach nicht da war. Vielleicht nicht da sein konnte, weil sie mich nicht gelassen hat. Ich habe in der Illusion gelebt, dass sie in Europa ist. Dass sie glücklich ist. Ich habe sie gehasst dafür, dass sie auf der anderen Seite der Welt glücklich ihr Leben und

Abenteuer erlebt und ich hier sitze und nur noch traurig bin, weil sie fort ist.

Gleichzeitig wusste ich immer, dass sie nicht gegangen wäre, wenn es nicht bitternotwendig gewesen wäre. Das war mir von Anfang an klar. So gut kenne ich meine Lou.

»Aber wo warst du dann, wenn nicht in Europa?«, frage ich mit brüchiger Stimme.

»Ich war erst in der Psychiatrie. Bis ich wieder stabil genug war. Ich habe in Pittsburg einen Job an einer Tankstelle bekommen. Von dem Geld konnte ich mir eine kleine Ein-Zimmer-Wohnung mieten. Dort ist es nicht schön. Lange Zeit lag ich mit meiner Matratze auf dem Boden. Aber dort zu sein und stetig über mich in der Therapie zu lernen, hat mir geholfen, Frieden zu schließen. Frieden mit mir selbst.«

»Du warst die ganze Zeit hier in der Nähe? Hattest du nie das Bedürfnis hier her zu kommen und nur kurz Hallo zu sagen?«, fragt Celine.

Lou schüttelt den Kopf. Zum ersten Mal bricht die Fassade, die sie sich auferlegt hat Tränen laufen über ihre Wangen. Lou schluchzt. »Ich wollte zu euch. Zu euch beiden. Und zu meinen Großeltern. Aber immer, wenn ich nur ansatzweise darüber nachgedacht habe, herzukommen, habe ich Panik bekommen. Das fing mit Herzrasen und Schweißausbrüchen an und ich konnte nicht. Ich war nicht stabil genug, um hier her zu kommen. Das mag für euch sicherlich schwer zu verstehen sein. Ich brauchte den Abstand und gleichzeitig habe ich euch jeden Tag schrecklich vermisst.«

Während ich mich noch immer in dieser Schockstarre befinde und mich einfach nicht bewegen kann, lehnt Lou sich auf der Bank zurück und legt ihre Arme um ihren Körper, als würde sie so versuchen, sich selbst zu halten.

Ich hingegen Falle.

Falle und tausend Fragen.

Habe das Gefühl, zu versagen.

Zu versagen, ein guter Freund zu sein.

Denn als solcher hätte ich doch gesehen, wie sehr sie leidet.

Oder?

Kapitel 4

Dylan

»Wie geht es denn jetzt weiter?«, fragt Celine zaghaft. »Ich meine, kommst du irgendwann wieder?«

Lou presst die Lippen aufeinander und sieht zwischen uns hin und her. »Ich möchte ehrlich zu euch sein. Ich kann aktuell nicht ganz genau sagen, wie es weiter geht oder was in der nächsten Zeit passieren wird. Ich weiß, dass ich mir wünsche, dass ihr wieder meine Freunde seid und dass wir wieder anfangen, Zeit miteinander zu verbringen. Aber ich weiß nicht, ob ich in der nächsten Zeit wieder hierher ziehe oder was passieren wird. Ich hoffe, dass ich stabil bleibe und ich weiß auch, dass ich wieder im Handwerk arbeiten möchte. Die Arbeit fehlt mir. Aber ich weiß noch nicht, inwiefern ich wieder bereit bin, den Kontakt zu meinen Eltern aufzunehmen oder hierher zu ziehen. Ich möchte mich da auch nicht so festlegen, weil ich nicht genau weiß, wie mein Heilungsprozess verlaufen wird. Möglicherweise bin ich plötzlich ganz selbstbewusst und habe das Bedürfnis danach, die Situation zu klären. Aber da gehe ich dann einfach mit dem Flow und mache das so, wie sich das richtig anfühlt für mich.«

Ich nicke. Ich kann mich gut in Lous Situation hineinversetzen. Als meine Mom damals gestorben ist und ich die Verantwortung für mich und meine kleine Schwester Chrissi übernommen habe, haben so riesig wirkende Aufgaben auf mich gewartet. Ich war der Situation nicht gewachsen und habe oft sehr spontan entschieden, was ich an dem jeweiligen Tag bewältigen konnte. Oftmals habe ich nicht reagieren können. Die Verantwortung und auch die Trauer haben mich an manchen Tagen so erschlagen, dass ich mich ganz auf meine Existenz konzentrieren musste. Deswegen verstehe ich, was bei Lou im Kopf vor sich geht. Gleichzeitig verstehe ich es aber auch nicht ganz. Was ich aber all die Jahre mitbekommen habe, ist, wie schlecht es ihr damit ging, dass ihre Eltern ihr nicht zugetraut haben, dass sie eines Tages das Familienunternehmen übernehmen und führen soll. Dass das allerdings so schwerwiegende Folgen haben könnte, damit habe ich nicht gerechnet.

»Was brauchst du Lou?«, frage ich. »Wie können wir dir helfen?«

Lou versteckt ihr Gesicht in ihren Händen. Ihre Schultern beginnen zu beben und ich höre sie nach Luft schnappen. Celine und ich tauschen einen kurzen Blick, aber für uns beide ist sofort klar, was zu tun ist. Zeitgleich stehen wir auf und bleiben vor Lous Seite der Bank stehen. Celine fasst sie sanft am Arm und zieht sie zu uns. Aus tränenverschleierten Augen sieht Lou uns an. Sie zittert.

»Ich brauche euch. Ich brauche euch einfach wieder in meinem Leben«, flüstert sie und es zerreißt mir das Herz. Wir umarmen und zu dritt. Eine ganze ewige Weile halten wir einander im Arm und ich spüre, wie ein Teil meines Herzens, den ich längst für gestorben gehalten habe, wieder zum Leben erwacht.

Lou

Ich starre an die Decke meiner Wohnung. Ewiges Weiß gepaart von einigen Lichtern und Schatten, die von dem Fenster ins Innere dringen. Im Hintergrund höre ich den Lärm der Straße. Zuhause in Lunar Beach war es für mich der pure Luxus, dass ich nichts anderes gehört habe, als das Rauschen des Meeres, wenn ich an meinem Fenster gesessen habe. Als ich hier nach Pittsburg gekommen bin, war direkt klar für mich, dass ich den Straßenlärm brauche, weil ich sonst in der ewigen Stille untergegangen wäre. Seit ich hier bin, eigentlich schon, als ich in der Psychiatrie war, habe ich die Ruhe gehasst. In ihr haben mich meine Gedanken so laut angeschrien. In ihnen habe ich mich wieder und wieder verloren. Genau deswegen genieße ich die Geräusche der Autos. Das gelegentliche Hupen oder das Quietschen der Bremsen. Alles ist besser als Ruhe.

Vielleicht ist das Geheimnis aber auch, dass ich mir endlich mal Ruhe in meinem Kopf wünschen würde. Frieden. Frieden wäre schön, aber genau der wirkt auch genauso unfassbar unvorstellbar. Stattdessen befinde ich mich ständig in einem Kampf zwischen Hirn und Herz. Zwischen Verstand und Gefühlen. Zwischen Selbsthass und unendlicher Wut meinen Eltern gegenüber. Mein Leben kommt mir vor wie eine Lüge. Wie ein Schwindel. Als hätte mir jemand als Baby einen Plan in die Wiege gelegt und wenn ich auch nur von einem Punkt abweiche, wird mir mein Leben als nichtig erklärt.

Als weniger Wert, weil ich nicht nach den Vorstellungen anderer existiere.

»Wir haben bereits ganz am Anfang darüber gesprochen, wie sehr ihre Eltern sie instrumentalisiert haben. Gibt es nach Ihrem Besuch in der Heimat noch etwas, worüber sie noch einmal sprechen möchten?«, fragt mich meine Therapeutin mich wenige Stunden später bei unserer heutigen Sitzung.

Ich atme tief ein und versuche eine Antwort, in meinem Inneren auf ihre Frage zu finden. »Im *Milk & Sugar* zu sein und mit meinen Lieblingsmenschen zu sprechen hat so viele alte Gefühle wieder aufgewühlt, von denen ich eigentlich gedacht habe, dass ich sie verarbeitet und verstanden habe. Ich dachte, ich wäre schon stärker mit mir selbst, aber gerade fühlt es sich viel mehr so an, als hätte ich wieder unfassbare Rückschritte gemacht.«

»Dann haben wir dadurch die Möglichkeit, zu hinterfragen, warum es sich so anfühlt. Aber sie sollten ihre Emotionen nicht verurteilen.

»Das Gefühl sollten sie annehmen, aber nicht verurteilen. Sie haben großartige Fortschritte gemacht in der letzten Zeit. Sprechen sie sich das bitte nicht ab.«

Ich weiß nichts zu erwidern. Vielleicht hat sie recht. Vielleicht auch nicht. Ich fühle mich gefühlstaub und leer. Ein Teil von mir möchte zurück in die Umarmung von Dylan und Celine. Ich habe mich so geborgen und sicher gefühlt. Es war wie nach Hause kommen nach einer langen Reise. Ich hatte das Gefühl, endlich wieder frei atmen zu können.

Und auf der anderen Seite war es schwer, den Schmerz in ihren Augen erkennen und aushalten zu müssen. Ich wusste immerhin, dass sie sich wegen mir so schlecht fühlen. Dass sie wegen mir leiden. Eigentlich hatte ich mir vorgenommen, als Nächstes den Kontakt zu meinen Großeltern zu suchen. Aber gerade kann ich nicht einschätzen, wie sie auf mich reagieren. Könnte nicht ertragen, dass auch sie mich voller Mitleid anschauen und mir tausend Mal sagen, dass sie doch für mich da gewesen wären, wenn ich nur etwas gesagt hätte.

Ich weiß, dass meine Großeltern auch nur in ihren Mustern gehandelt haben. Dass es für sie beinahe normal war, dass ich bei ihnen statt bei meinen Eltern aufgewachsen bin. Sie waren ja da. Die Familie hat zusammengehalten. Aber auch wenn ich lieber bei ihnen, statt in meinem Elternhaus war, war keiner Person meiner vier Erziehungsberechtigten klar, wie sehr ich mir eine feste Verbindungen zu meinen Eltern gewünscht habe. Wie sehr ich diese Distanz gehasst habe.

Immer wenn ich meinem Dad und meiner Mom begegnet bin, hatte ich das Gefühl, als würden beinahe fremde vor mir stehen, die ich gleichzeitig unfassbar doll lieben soll, bei denen ich jedoch immer nur das Gefühl habe, mich vor ihnen beweisen zu müssen, wenn sich unsere Wege kreuzen.

»Ich hatte immer das Gefühl, dass ich mir die Aufmerksamkeit und Zuneigung meiner Eltern erkämpfen musste«, sprudelt es aus mir heraus.

»Haben Sie eine Idee, warum das so war?«, fragt meine Therapeutin und wir machen uns die restliche halbe Stunde auf die Suche nach dem Ursprung dieses Gedankens.

Dylan

Die Welt fühlt sich an, als würde sie rauschen. Wie das, was damals auf einem Fernseher zu sehen war, wenn er keinen Empfang hatte. Schwarze und weiße Pixel, die über die Oberfläche tanzen und Verwirrung ausstrahlen.

So fühle ich mich. Knistern und knacken, einer nicht funktionierenden Leitung, sinnbildlich für mein Gehirn. Oder für meine Augen. Ich kann mich auf das Fokussieren, was genau vor mir liegt. Aber alles drum herum. Alle Aufgaben, die sonst neben meinem Job auf mich warten, denen bin ich nicht gewachsen. Ich funktioniere. Bin eingeschaltet. Aber eigentlich rauscht es nur. Ich rausche nur durch den Tag. Und wenn ein Bild aufflackert, dann sehe ich Lou. Wie sie vor Celine und mir auf der Bank sitzt. Wie es sich angefühlt hat, sie zu umarmen. Das, was sie erzählt hat.

Den Schmerz in ihrer Stimme, ihrem Gesicht, ihren Augen. Lou sah aus, als würde sie aus nichts anderem bestehen, als aus Schmerz.

Ewigem Schmerz.

Es hat mich verletzt, nicht zu wissen, wo sie steckt und wie es ihr geht, aber jetzt die Gewissheit zu haben, dass sie in Wahrheit ganz in der Nähe war und das es ihr schlecht ging und geht und ich nicht für sie da sein konnte, fühlt sich viel, viel schrecklicher an. Ich fühle mich wie ein Versager. Wie der schlechteste Freund, den es gibt. Aber dann wäre Celine auch die schlechteste beste Freundin, die es gibt, und ihr würde ich nie einen solchen Vorwurf machen. Immerhin kann ich bei ihr ganz objektiv sagen, dass Lou eben allein sein wollte. Sie hat ihr Schicksal gewählt und niemanden an sich herangelassen. Warum kann ich bei mir selbst nicht so realistisch sein? Warum stelle ich mir immer und immer wieder die Frage, was ich noch hätte tun können und sollen und kann nicht loslassen?

Ich konnte sie die ganze Zeit nicht loslassen. Vielleicht werde ich das auch nie können. Aber eigentlich weiß ich auch, dass auch Lou ein Interesse daran haben sollte, ihre Zeit mit mir zu verbringen und ihr Leben mit mir zu teilen. Und wenn sie das eben nicht tut, dass ich dann auch nicht darum bitten und betteln sollte. Dennoch ist es erst die Tatsache, dass ich in die Straße einbiege, in der Lous Eltern wohnen und ihr Firmensitz liegt.

Damals kam es mir wie die beste Idee der Welt vor, dass ich für Lous Dad und ihren Onkel arbeite. Inzwischen sehe ich das ganz, ganz anders, aber bis sich mein Gewinn aus dem Ausbau der Vans und Tinyhäuser rentiert, wird auch noch eine ganze Zeit vergehen. Ich bin noch gezwungen hier zu sein. Und so parke ich schließlich meinen Firmenwagen und betrete die Halle. Doch auch als ich heute Lous Vater gegenübertrete, wird mir schlecht. Er strahlt und wirkt zufrieden mit sich und seinem Leben. Ob er eine Ahnung hat, wie es seiner Tochter während all dieser Zeit geht? Ob er überhaupt weiß, wo sie ist? Sich erkundigt, wie es ihr geht? Ich kann es mir kaum vorstellen.

Schon wieder keimt dieser Drang in mir auf, Lou zu schreiben. Ihr zu sagen, dass ich da bin. Ihr zu sagen, was es mit mir gemacht hat, sie wieder zu sehen. Noch vor einem Monat war ich der festen Überzeugung, dass es sie eh nicht interessiert hätte. Dass sie mir sicherlich nicht antwortet. Aber was ist, wenn es jetzt anders ist. Was ist, wenn sie jetzt antworten würde. Wenn sie sich jetzt freut über die Nähe und das Wissen dass wir noch immer an ihrer Seite sind?

Ob ich es wagen sollte?

Lou

Nach einer Therapiesitzung weiß ich nie, wo ich mit mir hinsoll. Ich will dann oft allein sein, aber nicht einsam. Mich nicht noch länger unterhalten müssen, aber auch nicht in meinem Bett liegen und dem Straßenlärm lauschen. Oft würde ich in solchen Stunden von einem meiner Lieblingsmenschen gehalten werden, während ich meine Wunden lecke. Aber hier in Pittsburg habe ich eine solche Person nicht. Und deswegen gehe ich meiner kleinen Routine nach: Ich gehe in die Stadt, kaufe mit einem Cappuccino und setze mich entweder auf eine der Bänke oder bei schlechtem Wetter in das Café. Manchmal lese ich. Manchmal schreibe ich in mein Tagebuch. Manchmal schaue ich aus dem Fenster oder höre einfach nur ein wenig Musik. Im Anschluss erlaube ich es mir, ein wenig bummeln zu gehen. Meist gebe ich dabei aber auch nicht viel Geld aus, sondern lasse mich einfach durch die Geschäfte treiben. Aber eines kaufe ich gewiss jedes Mal: einen neuen Blumenstrauß für meinen Küchentisch. Feste Mahlzeiten zu meiner Gewohnheit zu machen, regelmäßig und gesund zu essen, hilft mir enorm mit meiner mentalen Gesundheit und es fällt mir leichter, diese Routinen aufrecht zu erhalten, wenn ich meinen Wohnraum entsprechend gestalte.

Wenn ich es mir schön mache. Gemütlich. Wenn ich aus dieser Wohnung ein Zuhause mache. Wenn auch nicht für die Ewigkeit. Aber Blumen haben in meinen Augen etwas Magisches. Sie sind so schön und sanft. Bunt und fröhlich. Blumen sind ein Geschenk, das zwar keine Ewigkeit hält. Ich habe noch nicht oft in meinem Leben welche geschenkt bekommen. Vielleicht auch noch nie so richtig. Aber genau deswegen schenke ich sie mir selbst. Ganz lange fand ich sowas kitschig und albern und meine Pick-Me-Girl Allüren haben es mir schwer gemacht, mich mit dem Gedanken anzufreunden, dass etwas so Sanftes mir gefallen könnte. Aber das tut es. Und so habe ich mir diese Routine aufgebaut. Ich öffne mich meinen Verletzungen, vielleicht auch meiner Verletzlichkeit. Und die Wissenschaft der Psychologie dient als Pflaster. Meine Traumata haben mich nicht gestärkt. Viel mehr war es meine bewusste Entscheidung, mich mit mir selbst auseinanderzusetzen, mich dem zu stellen und zu lernen, damit umzugehen. Das macht mich stark. Ich mache mich selbst stark, in dem ich daran arbeite, ein besseres Verständnis für mich selbst zu entwickeln. Indem ich mich kennen und ganz langsam lieben lerne.

Nachdem ich mit meinen Blumen und einigen Lebensmitteln vom Wochenmarkt heimgekommen bin, ruhe ich mich für eine Weile auf dem Sofa aus. Gedankenverloren stöbere ich durch die Kleinanzeigen und suche nach neuen Möbeln, die man gut restaurieren könnte. Ehe ich mich versehe, entdecke ich eine antike Kommode. Auf ihr wurden einige Schichten Lack aufgetragen, die bereits an den Ecken wieder abplatzen. Ich konnte es kaum erwarten, sie mit der neuen

Lösung zu behandeln und die schöne Holzmaserung wieder zum Vorschein zu bringen.

Es kribbelt mir in den Fingern und ich kann es kaum erwarten, an neuen Möbeln zu arbeiten. Ich weiß, dass die Schritte, die ich mich gerade traue zu gehen, besonders schwer sind für mich und das mir das handwerkliche Arbeiten hilft, meine Gedanken zu sortieren. Es macht mich einfach glücklich. Und deswegen glaube ich, dass es deswegen besonders jetzt gerade wichtig ist, dass ich mir Zeit für die Dinge nehme, die mich glücklich machen. Denn das hat die Arbeit mit Holz schon immer. Seit ich denken kann, habe ich meiner Familie auf dem Bau geholfen. Nichts würde mich mehr erfüllen, als die Möglichkeit zu bekommen, unser Familienunternehmen zu übernehmen. Aber das darf ich nicht, weil ich eine Frau bin. Mein Vater sagt, dass ich niemals ernst genommen werde. Dass das Umfeld viel zu taff für mich wäre. Stattdessen wollten meine Eltern schon immer, dass ich das Architekturbüro meiner Mutter übernehme. Das wäre immerhin etwas, wovon ich auch leben könnte. Etwas mit Zukunft und Perspektive.

Nur eben nichts, was mich erfüllt.

Aber das hier. Das Restaurieren der Möbel, das kann mir keiner nehmen.

Und genau deswegen zögere ich nicht länger, schreibe die Leute an, die die Kommode inseriert haben und freue mich darüber, dass ich sogar noch am selben Abend abholen und mit der Arbeit starten kann.

Kapitel 5

Dylan

Es ist ein Freitagabend, wie ich ihn seit einem Jahrzehnt erlebe. Am ersten Freitag des Monats haben wir uns schon immer im *Milk & Sugar* zusammengefunden. Ohne Grund. Einfach, um beieinander zu sein. Das genügte uns schon immer als Grund.

Seit dem Lou uns verlassen hat, fielen diese Treffen manchmal aus. Es schmerzte einfach zu sehr. Wir saßen dort und haben geschwiegen. Nicht verstanden, was passiert ist. Uns gefragt, wo sie ist. Und deswegen war es leichter, diesen Treffen aus dem Weg zu gehen, statt schweigend voreinander zu sitzen und alles zu hinterfragen.

Wenn ich ehrlich zu mir bin, dann wäre ich auch heute auch gern woanders. Nach unserem Treffen mit Lou, ist das unser erstes großes Zusammenkommen. Ich habe selbst meiner kleinen Schwester nichts erzählt. Sie leidet schon so sehr unter dem Verlust von Lou und mir all ihre Fragen anhören zu müssen, auf die ich selbst keine Antwort habe, empfinde ich als viel zu schwer. Außerdem bin ich mir sicher, dass Lou ganz bewusst nur das Gespräch mit Celine und mir gesucht hat. Ich bin mir sicher, dass sie nach und nach zurückkommen wird. Nur bin ich mir genauso sicher, dass ich ihr am besten damit helfen kann, dass ich ihr ihr eigenes Tempo gewähre, statt meine Bedürfnisse und das, was ich als richtig erachte, in den Vordergrund stelle. Das ist nicht mein Recht. Nur, dass mir diese verdammte Vernunft es so schwer macht, jetzt hier zu sein.

Ich schließe die Tür des Ladens und auch wenn es sich anfühlt, als würden sich zwei Arme um mich legen und so fest zudrücken, dass ich mich weder bewegen mag, noch atmen kann, schleicht sich ein Lächeln auf mein Gesicht.

In der Mitte des Cafés wurden drei Tische zusammengeschoben, damit alle Platz finden. Haley und Miles scheinen mit dem Teekochen hinter dem Tresen beschäftigt zu sein. Will deckt gemeinsam mit Celine den Tisch. Chrissi sitzt auf einem der Stühle und plappert fröhlich vor sich hin. Sogar Jess und Ian kommen nach mir zur Tür rein. Ob Lou sich inzwischen bei ihrem Cousin gemeldet hat? Irgendwie scheint alles beim Alten und doch so neu. Vielleicht weil ich kurzzeitig die Hoffnung hatte, dass heute eine weitere Person Platz an diesem Tisch findet.

Celine ist gerade dabei, einen Teller mit Keksen abzustellen, als sie aufsieht und mich anlächelt.

»Der feine Herr hat es geschafft«, kommentiert sie meine Pünktlichkeit.

Ich presse die Lippen aufeinander und zucke mit den Schultern. Nach meinem Verkauf des ausgebauten Vans ist meine Werkstatt ziemlich leer und meine Tagträume, was für einem Projekt ich mich als Nächstes widmen soll, war viel zu intensiv. Außerdem würde ich mich gerne vor all dem hier drücken, aber das ist nun leider nicht möglich. Selbst bei einer Notlüge würde ich schnell ertappt werden. Und wer weiß, vielleicht wird der Abend ja doch ganz nett. Denn so ist es ja meistens, wenn man sich eigentlich drücken möchte.

Und tatsächlich kommt es auch genau so.

Ich merke auch Celine die Anspannung an, doch tatsächlich machen unsere Freunde es uns so leicht, uns fallen zu lassen. Wir reden über alles und nichts. Celines nächstes Buchprojekt. Meine nächste Aufgabe in der Werkstatt, wobei Miles und Will mich zu einem nächsten Van überreden wollen, während Ian der Meinung ist, dass ich mich erst noch weiter austesten sollte, ehe ich noch in eine Nische rutsche, die mir nicht gefällt. Wir reden über Chrissis Bewerbungen für die Uni in Seattle. Über das Café, den Ort und das, was war, ist und kommen kann.

Erst um kurz nach drei liege ich angetrunken in meinem Bett. Ich weiß nicht mehr, wer genau den Alkohol auf den Tisch gestellt hat und warum ich mich nicht für die alkoholfreie Variante entschieden habe.

Nur liege ich nun hier und spüre nichts deutlicher, als die Sehnsucht, Lou zu schreiben. Sie hat mir gefehlt. Sie fehlt uns allen. An einem Abend wie dem Heutigen stand sie damals meist im Mittelpunkt. Alles, was Lou immer ausgestrahlt hat, ist pure Lebensenergie. Sie wusste schon immer ganz genau, wer sie ist und was sie eines Tages machen möchte. In der dunkelsten Zeit meines Lebens war sie diejenige, die meine Tage heller gemacht hat. Sie jetzt so gebrochen zu sehen, schmerzt in jeder Zelle meines Körpers.

Ohne noch länger zu zögern, greife ich nach meinem Handy und öffne den Chat mit ihr und sende ihr eine Nachricht, die ich nicht hinterfrage. Warum auch. Ich muss es einfach loswerden!

Dylan: *Ich denke die ganze Zeit an dich. Es tut weh, zu sehen, dass es dir so schlecht geht, und ich würde dir so gerne helfen, damit es dir besser geht. Du fehlst mir.*

Lou

Fassungslos schaue ich auf mein Handy. Es ist drei Uhr in der Nacht, als ich wach geworden bin. Eigentlich wollte ich nur auf die Toilette, doch nachdem ich die Nachricht von Dylan entdeckt habe, purzeln viel zu viele Gefühle auf mich ein. Ich bin hellwach.

Wieder und wieder lese ich mir seine Worte durch. Doch auch wenn ich es schaffe, den Blick abzuwenden, rauschen sie durch meinen Kopf.

Ich denke die ganze Zeit an dich.

Ich denke die ganze Zeit an dich.

Ich denke die ganze Zeit an dich.

Ich denke die ganze Zeit an dich.

Denn das Schlimmste ist, dass ich genau dasselbe tue. Keine Sekunde vergeht, in der mein Kopf mit etwas anderem beschäftigt ist, als mit den Gedanken an ihn. Und an Celine.

Der Schmerz sitzt so tief in meiner Brust, dass ein erstickter Laut aus meinem Mund dringt. Die Tränen laufen meine Wangen herunter.

Dabei will ich sie nicht weinen.

Will das alles hier nicht fühlen und spüren und wünsche mir einfach nur, dass das alles endet. Dass der Schmerz weg ist und das ich das nicht fühlen muss. Dass ich aufhören kann zu weinen und mein Leben endlich wieder normal ist. Dass meine Familie mich liebt, ich einen Job ausübe, den ich liebe und ich die Person, der mein Herz gehört, genau das sagen kann.

Aber mein Leben ist nicht normal.

Ich bin nicht normal.

Ich sitze hier an einem Ort, den ich nicht mag, um ein Leben aufrecht zu erhalten, dass mir genauso wenig gefällt. Der einzige Grund, warum ich hier bin, ist der Versuch zu überleben. Alles zu ertragen. Vielleicht erträglich zu machen.

Ich sitze hier in einem Versteck fest, durch das ich all meine liebsten Menschen fürchterlich vermisse, wobei ich aber die Möglichkeit habe, zurückzukehren.

Nur weiß ich nicht, ob ich das dann mit meiner mentalen Gesundheit bezahlen würde. Meine Eltern würden mir noch immer erzählen, dass ich niemals gut genug sein werde, die Dachdecker meines Vaters zu übernehmen. Sie trauen es mir nicht zu, weil ich eine Frau bin. Weil ich auf dem Bau nichts zu suchen habe. Viel lieber soll ich in die Fußstapfen meiner Mutter treten und ihr Architekturbüro übernehmen.

Aber das will ich nicht.

Ich will meinen Lebtag nicht damit verbringen, auf Bildschirme zu starren. Viel lieber möchte ich an der frischen Luft sein. Mich körperlich betätigen. Mitwirken.

Ich möchte einen aktiveren Part einnehmen. Keinen passiven. Obwohl ich weiß, dass das auch nur so halb stimmt. Meistens ist der Alltag meiner Mom sehr viel ausgelasteter als der von meinem Dad. Nur ist er auch sehr viel theoretischer. Und das kann ich mir einfach nicht vorstellen.

Aber ich kann mich einfach nicht von ihnen in ein Lebensstil hineinzwängen lassen, der einfach nicht zu mir passt. Sie wollen aus mir einen Menschen machen, der ich nicht bin.

Und das halte ich nicht mehr aus.

Ich halte nicht mehr aus, von ihnen abhängig zu sein. Mir immer sagen zu lassen, dass das, was ich machen möchte und machen kann, falsch ist. Ich möchte endlich mein eigenes und selbstbestimmtes Leben leben. Mein Leben endlich fühlen und besonders mich wohl fühlen.

Ich möchte endlich glücklich sein.

Und doch erinnert mich Dylans Nachricht schmerzhaft doll an die Zeit in meinem Leben, in der ich am meisten Glück gespürt habe.

Ich hebe mein Handy wieder an und öffne meine Fotogalerie. Etwas, was ich seit Ewigkeiten nicht mehr getan habe.

Doch darin prasseln so schmerzhaft schöne Erinnerungen auf mich ein, dass ich die ganze Nacht lang weine und mich wieder und wieder frage, was ich als Nächstes tun sollte.

Ein Jahr zuvor ...

Dylan

Blechern drängt die Musik aus den Lautsprechern des Sprinters. Mit den Fingern trommle ich auf das Lenkrad und lausche Lous schiefem Gesang. Sie verhaut den Ton so sehr, dass sie selbst lachen muss. Ich blicke zu ihr. Ihr langes, blondes Haar liegt ihr in einem geflochtenen Zopf über der Schulter. Ihre Wangen sind gerötet von der Sonne. Auch ihre Arme sehen ein wenig verbrannt aus. Entweder schmerzt es sie nicht, oder in ihrem Inneren ist für nichts anderes Raum als ihre Glücksgefühle.

Lou strahlt.

Über beide Ohren.

Und es ist so verdammt ansteckend!

Sie wiegt sich im Takt und singt weiter. Ihre Augen funkeln förmlich und ich kann nicht anders, als mich genau in diesem Moment noch mehr in sie zu verlieben. In Wahrheit will ich das nicht. Ich will nicht so viel Liebe für eine Person empfinden, wie Lou. Denn bisher wurden mir all diese Menschen wieder genommen.

Liebe geht mit Schmerz einher. Früher oder später bricht unser Herz oder wird uns einfach komplett aus der Brust gerissen. In meinem Brustkorb ist seit dem Tod meiner Mom nichts als eine klaffende Wunde. Mir vorzustellen, noch mal einer Person so viel

Macht über mich zu geben, kommt überhaupt nicht infrage. Und doch stiehlt Lou sich nach und nach diese Kraft über mich.

Ich verliere mich in meinen Gedanken. Bis Lou und ich beinahe in der Firma angekommen sind. Sofort ziehe ich wieder eine Mauer über meine Gefühle.

Ich weiß, dass hier mehr daran hängt als nur meine Gefühle für Lou. Oder meine Unsicherheit, weil ich Angst habe, erneut verletzt zu werden. Wenn Lous Vater mitbekommt, dass Lou sich nicht nur immer zu mir schleicht, weil sie unbedingt mit auf dem Bau arbeiten möchte, sondern auch weil wir ineinander verliebt sind, wird er mir den Hals umdrehen. Nach dem Tod meiner Mom war er der, der es mir und meine Schwester ermöglicht hat, zusammen zu bleiben. Schon damals habe ich angefangen, bei ihm zu arbeiten. Und weil er nicht wollte, dass ich die Firma wieder verlasse oder Chrissi und ich getrennt werden, hat er mich finanziell unterstützt. Und er hat mir und meiner Schwester eine Bleibe verschafft. Seither durften wir weiterhin in dem in der Wohnung wohnen, in der meine Mom zu früher zuvor gewohnt hat. Allerdings ohne Miete zu zahlen. Durch ihn durften wir nach dem Verlust unserer Mutter in unserem zu Hause bleiben. Das war fürchterlich, weil wir immer noch an dem Ort waren, an denen sie nie zurückkommen wird und wir all diese schönen Momente geteilt haben, und gleichzeitig tat es gut, dass ein Stückchen Vertrautheit geblieben ist, als unsere ganze Welt auseinandergebrochen ist. Wenn er mitbekommen würde, dass Lou und ich etwas am Laufen haben, kann ich mir vorstellen, dass er ziemlich enttäuscht von mir wäre. Ich kenne die Spannungen zwischen Lou und ihren Eltern und ich möchte nicht dort hinein gezogen werden. Lou und ich waren zwar schon immer befreundet, vor allem, da meine Cousine ihre beste Freundin ist. Aber sonderlich nahe, standen wir uns nie. Wir haben ganz normal die Kinder miteinander gespielt und dann plötzlich wuchs ihr Interesse an der Firma ihres Vaters immer mehr. Sie gehört aufs Dach. Sie ist der Inbegriff einer richtig guten Dachdeckerin. Sie ist fleißig, stark, konzentriert und hat keine Angst vor der Höhe. Ich weiß, wie sehr sie dafür brennt, endlich richtig hier mit einsteigen zu dürfen, doch ihre Eltern halten das für keine gute Idee. Sie wünschen sich für ihre Tochter einen Job, den sie ihr Leben lang ausführen kann, um finanziell abgesichert zu sein. Sie wollen nicht, dass sie irgendwann vom Dach fällt, dass sie ihrem Körper diese Strapazen antut. Und vor allem nicht. Möchten Sie, dass sie sich in dieser Männerdomäne beweisen muss. Ich habe auch schon oft erlebt, wie du von einigen Männern ziemlich dumme Sprüche abbekommen hat, und doch weiß ich, dass sie das niemals davon abhalten würde ihrem Traum nachzugehen. Und deswegen wollen ihre Eltern, das sie das Architekturbüro ihrer Mom übernimmt.

Als wir das Tor passieren, räuspere ich mich. Noch ein letztes Mal lege ich meinen Blick auf Lou, die immer noch fröhlich und gut gelaunt aus dem Fenster schaut und nicht damit rechnet, dass ihr Vater sie für ihr Verhalten bestrafen würde oder vielleicht auch, hofft, sie einfach die letzten Minuten genießen zu können, bevor der große Ärger kommt.

Ich stelle die Musik ein wenig leiser, parke den Wagen und schnalle mich ab. Mit den Fingern am Türöffner, blicke ich zu Lou. Sie hat die Lippen aufeinandergepresst. Plötzlich zeichnet sich Sorge in ihrem Gesicht ab.

»Können wir mein Rad ganz schnell ausladen und dann haue ich ab? Ich will meinen Eltern nicht begegnen.«

Ich hole tief Luft. »Du kannst diesen Gesprächen aber nicht ewig aus dem Weg gehen, Lou.«

Ich will nicht so tun, als hätte ich das Recht ihr zu sagen, wie sie ihr Leben zu führen hat, aber ich habe große Angst, in den Konflikt zwischen ihr und ihren Eltern hineingezogen zu werden.

»Aber ich werde laufen, so lange wie ich kann.«

Ich muss grinsen. Lous Mundwinkel heben sich. Sie mustert mich, bis ihr Blick an meinen Lippen hängen bleibt. Ich schaue durch den Seitenspiegel zum Platz hinter uns. Niemand in Sicht. Ich lehne mich vor und drücke einen flüchtigen Kuss auf Lous Lippen.

»Dann schnell«, sage ich und öffne die Tür. Sie tut es mir gleich.

In eiligen Schritten laufe ich um dem Wagen herum. Am Heck öffne ich beide Türen und sehe, wie Lou durch die Seitentür ins Ladeninnere klettert. Sie ergreift das Rad am Lenker und ich am Gepäckträger. Gemeinsam manövrieren wir das Fahrrad heraus. Ich klappe den Ständer herunter und Lou zieht sich ihren Rucksack über. Weil ich Angst habe, erwischt zu werden und nicht weiß, wo ich mit meinen Händen hinsoll, schiebe ich sie in meine Hosentaschen. Direkt vor mir, bleibt Lou stehen. Sie schaut sich kurz um, dann schaut sie mir direkt in die Augen.

Ich möchte sie wieder küssen. Obwohl ich es nicht sollte.

Nicht darf.

Nicht will.

Ich will das alles nicht fühlen!

Aber ich tue es.

Und so langsam fällt es mir immer schwerer, meine eigenen Gefühle vor mir zu verbergen.

Und damit auch vor Lou.

Denn ich glaubte, meine Gefühle nur dadurch vor Lou verstecken konnte, weil ich sie vor mir versteckte.

Wir sehen einander tief in die Augen. »Danke, für den spontanen Besuch. Und deine Hilfe.«

Ohne mein Zutun wandert mein Blick von ihren Lippen zu ihren Augen und wieder zurück. Hin und her und ich wünschte, sie endlich küssen zu können. So richtig. Mit der Möglichkeit, die Zeit zu vergessen, während ich es tue und nicht in der ständigen Angst, dass uns jemand dabei erwischt und mit komischen Fragen konfrontiert.

»Ich versuche heute Abend zu dir zu kommen. Du fehlst mir!«

»Aber ich stehe doch direkt vor dir?« Lou lacht auf.

»Das ist mir nicht Nah genug.«

Ich drücke Lou einen flüchtigen Kuss auf die Stirn. »Bis später!«

Sie kichert, schnappt sich ihr Rad und will es gerade ein Stück vor schieben, um zu verschwinden, da ertönt eine Stimme hinter uns.

»Was genau wird das hier?!«

Kapitel 6

Lou

Eigentlich bin ich besser darin, zu planen. Ich mache mir lieber zu viele Gedanken, als zu wenig, aber jetzt gerade, da denke ich nicht. Gerade fühle ich einfach nur. Und ich fühle, dass ich jetzt losmuss. Jetzt sofort! Den ganzen Tag habe ich wie in einer Schockstarre verharrt. Habe meinen Arbeitstag irgendwie hinter mich gebracht und habe mich um acht Uhr abends auf den Weg nach Lunar Beach gemacht. Ich kann hier noch so lange in meiner Wohnung sitzen und aus dem Fenster schauen. Ich kann mich noch mehr mental dafür wappnen, den Kampf gegen mich selbst zu gewinnen und dann gegen die Menschen in den Kampf zu ziehen, die mir Böses getan haben. Ich kann noch so lange in meinem Keller sitzen, Möbel schleifen und träumen. Aber egal, wie viel Zeit ins Land zieht, wie lange ich mich darauf vorbereite, etwas zu tun. Am Ende muss ich genau das: Etwas tun. Ich muss die Gespräche mit meiner Familie suchen. Ich muss endlich Verantwortung übernehmen. Und ich darf nicht länger zulassen, dass meine Vergangenheit mir so sehr im Weg steht, dass sie meine Gegenwart so negativ beeinflusst und ich weiterhin in einer Schockstarre verharre. Ich darf nicht zulassen, dass ich mir wegen all dem, was andere Leute mir nicht zutrauen, meine Träume verwehre.

Ich wusste schon immer, was ich werden wollte und wer ich bin.

Und deswegen muss ich jetzt für mich einstehen.

Gerade habe ich den Mut, trotz meiner Angst vor dem Schmerz.

Und so mache ich mich weinend auf den Weg und stehe nur eine halbe Stunde später vor der Haustür meiner Großeltern. Tränen laufen mir über die Wangen.

Aber ich bin hier.

Und ich werde mutig sein.

Für mich.

Ich weiß nicht, wie viel Zeit vergeht. Zu viel vermutlich. Ich stehe hier und warte und hoffe, dass etwas für mich passiert, damit ich nichts tun muss, damit sich etwas ändert. Aber das tut es nicht. Und das wird es vermutlich auch nicht.

Weil ich jetzt handeln muss.

Und ohne noch länger darüber nachzudenken, klingle ich, weil es sich falsch anfühlen würde, die Tür mit dem Schlüssel, den ich bereits in der Hand halte, aufzusperren.

Einige Momente verstreichen. Es fühlt sich an, wie eine halbe Ewigkeit. Dann erkenne ich einen Schatten hinter dem Ornamentglas. Mein Herz schlägt mit einem Mal so schnell, dass ich Angst habe, dass es jeden Moment vor Erschöpfung stehen bleiben könnte. Ich höre, wie das Schloss entriegelt wird und dann-

Die Tür öffnet sich.

Erst einen Spalt breit und dann immer weiter. Vorsichtig steckt meine Oma ihren Kopf aus der Tür. Sie trägt ein freundliches Lächeln auf den Lippen, das augenblicklich erstirbt, als sie mich entdeckt. Entsetzen breitet sich in ihrem Gesicht aus. Mir wird plötzlich schlecht. Ihre Kinnlade klappt herunter. Tränen sammeln sich in ihren Augen. Ein erstickter Laut entfährt ihr. Dann ruft sie nach meinem Großvater. Ich nehme den Ton ihrer Stimme wahr. Verstehe das Wort. Höre es irgendwo in der Ferne. Und gleichzeitig ist in meinen Ohren nur ein Rauschen. Es dröhnt und piept. Mir droht schwindelig zu werden und gleichzeitig merke ich, wie unendlich viel Anspannung meinen Körper verlässt.

Es tut so gut hier zu sein!

Nur sitzt der Schmerz in meiner Brust mindestens genauso tief.

Ein Beben erfasst meine Schultern. Ein Knoten in meiner Brust, der sich bereits normal angefühlt hat, löst sich. Auch wenn vorher schon Tränen meine Wangen hinunter gelaufen sind, beginne ich jetzt richtig zu heulen. Mein Gesicht vergrabe ich in den Händen, meine Schultern beben heftig. Ich habe das Gefühl, kaum noch Luft zu bekommen. Ein seufzender Laut entfährt mir. Meine Lunge brennt. Hastig hole ich Luft und schaue gen Himmel. Graue Wolken ziehen über uns vorbei. Die Sonne ist bereits untergegangen. Schon bald wird es stockdunkel sein. Ich lege meine Hände auf meine Oberarme und umarme mich selbst. Eine Methode, die ich oft anwende, wenn Panik mich ohnmächtig werden lässt. So fühle ich mich sicherer.

Als ich den Blick wieder senke, schaue ich geradewegs in die Augen meines Großvaters, der mich völlig entsetzt mustert. Ich sehe von meiner Granny zu Paps und wieder zurück. Hin und her, bis die nächste Welle des Schmerzes über mich einbricht und ich das

Gesicht erneut in den Händen vergrabe.

Meine Großeltern kommen auf mich zu und nur Sekunden später finde ich mich in der Umarmung der beiden wieder.

Zwei Teile meines gebrochenen Herzens rücken wieder dichter zusammen.

***

Eine Weile später finde ich mich in der Küche meiner Großeltern wieder. Vor mir steht eine dampfende Tasse Tee. Waldfrucht. Noch vor einem Jahr habe ich diesen Tee jeden Morgen zum Frühstück getrunken. Ein dumpfer Schmerz schießt durch meinen Magen. Mir wird schlecht. Wieder hier zu sein löst so viele Emotionen in mir auf. Wieder rinnen Tränen meine Wangen hinunter.

Schweigend sehen meine Großeltern mich an. Tausend Emotionen spiegeln sich in ihren Gesichtern wider. Trauer. Schmerz. Verzweiflung. Furcht. Freude. Neugierde. Sorge. Auf dem Tisch liegen ihre Hände, deren Finger miteinander verschränkt sind. Diese Geste berührt mich zutiefst. Meine Großeltern waren schon immer meine Vorbilder. Sie lieben sich noch immer, wie am ersten Tag. Ich wünsche mir so sehr, auch eines Tages einen solchen Partner zu finden. Besonders, nachdem mir meine eigenen Eltern immer eine Art Zweckgemeinschaft vorgelebt haben.

Meine Eltern waren immer eher Businesspartner als ein Liebespaar. Sie haben nie die Balance zwischen Herz und Hirn gefunden, während meine Großeltern ihr Leben einfach teilen, weil sie einander viel bedeuten.

Ich versuche mich auf meine Atmung zu konzentrieren. Atme länger aus, als ein und spüre, wie etwas Anspannung meinen Körper verlässt.

»Lou, wir … Wo warst du? Und wo kommst du so plötzlich her?« Die Stimme meiner Großmutter bricht. Mein Paps ergreift die Stimme für sie: »Wir haben jeden Tag in Sorge verbracht. Dich zu sehen ist erleichternd und gleichzeitig machen wir uns noch viel größere Sorgen um dich. Du siehst nicht aus, als würde es dir gut gehen.«

»Egal, was es ist«, sagt meine Großmutter wieder schnell. »Niemand muss davon wissen. Wenn du dich sicherer fühlst, dann bleibt es erstmal ein Geheimnis, dass du hier bist.«

Erleichterung macht sich in mir breit. Die Schultern, die ich gerade schützend hochgezogen habe, fallen herab.

»Ich musste einfach weg«, bricht es aus mir heraus. »Das alles hier hat mich krank gemacht.« Ich beobachte, wie meine Großeltern einen Blick austauschen, nur kann ich ihre Mienen nicht deuten.

Weil ich spüre, dass ihnen meine Antwort nicht reicht und weil ich weiß, dass ich vor ihnen keine Geheimnisse haben brauche, hole ich aus. Ihnen etwas zu verschweigen, macht keinen Sinn. Immerhin bin ich ja genau deswegen hier: Um eine Brücke über den Graben zu bauen, den ich vor einem Jahr geschlagen habe.

»Ich war in der Psychiatrie. Weil ich -« Meine Stimme bricht, aber ich zwinge mich, weiter zu sprechen. Ich darf jetzt nicht aufhören; darf jetzt nicht aufgeben. Egal, wie schwer mir das hier fällt. »Ich konnte nicht mehr. Und ich wollte nicht mehr. Ich wollte das nicht länger ertragen müssen und es gab einfach nichts mehr, was mich am Leben gehalten hat. Für mich war alles nur dunkel und schwer und so aussichtslos. Ich war so unglücklich verliebt. Und Mom und Dad wollten immer, dass ich eines Tages in die Architektur gehe. Aber alles, was ich wollte, war und ist, Handwerkerin zu werden. Ich will in die Praxis. Aktiv anpacken. Und nicht in einer stillen Kammer sitzen und Pläne schmieden, die ich aber nie umsetzten kann und werde. Und dann … Dann bin ich auf ein Geheimnis gestoßen. Ein Geheimnis, das so vieles erklärt hat und was dennoch so unfassbar schmerzhaft ist. Ich hasse Mom und Dad. Ich hasse die so sehr.« Meine Trauer macht Platz für unendlich viel Wut.

»Welches Geheimnis?«, fragt mein Großvater. Ich blicke zwischen den beiden hin und her. Ob sie es wirklich nicht wissen? Oder ob sie erst herausfinden wollen, wie viel ich weiß, bevor sie ihr eigenes Wissen preisgeben? »Ich weiß von meiner Schwester«, sage ich ruhig und klar und versuche mich weiter auf meine Atmung zu konzentrieren, um meine eigenen Emotionen für einen Moment zu vergessen und ihre Reaktion völlig in mich aufnehmen zu können.

Doch nichts. Es passiert nichts. Sekunden verstreichen. Meine Großeltern sehen erst einander und dann schließlich mich mit gerunzelter Stirn an.

»Wie meinst du das, Lou?«, fragte Granny.

»Von welcher Schwester?«, fragt Paps.

Ich weiß nicht, welche Reaktion mir lieber gewesen wäre. Das sie es wissen oder eben nicht. Aber es fühlt sich nicht gut an, ihnen die Wahrheit erzählen zu müssen.

Kapitel 7

Lou

Ich fühle mich leer und gleichzeitig viel zu voll. Meine Großeltern sind geschockt. Durch diese Offenbarung. Durch die Geheimnisse, die wir die ganze Zeit über in der Familie zu haben scheinen, die aber nie jemand geteilt hat. Meine Mom und mein Dad haben eine Mauer aus Lügen aufgebaut, die gerade zusammen zu fallen droht. Oder viel mehr stürzt sie gerade ein. Weil ich diejenige bin, die sie zum Fallen bringt. Weil ich will, dass sie bricht. Ich will nicht länger darauf herumbalacieren. Ich will, dass die Mauer fällt, damit wird endlich ehrlich miteinander sein können. Damit wir einander endlich richtig anschauen. Ich will endlich Ehrlichkeit. Keine weiteren Geheimnisse.

Ich will endlich wieder frei atmen können.

Eigentlich war es mein Plan, direkt nach der Begegnung nach Hause zu fahren, aber inzwischen ist es kurz nach Mitternacht. Als meine Großmutter mich mit Tränen in den Augen gefragt hat, ob ich nicht hoch in meine Wohnung gehen möchte, konnte ich es ihr einfach nicht ausschlagen. Und nun bin ich hier. In meinem alten Zuhause. Mein Cousin Ian und ich sind bei unseren Großeltern aufgewachsen. Unsere Zimmer hatten Aussicht aufs Meer. Als Ian allerdings in seine erste eigene Wohnung gezogen ist, haben wir den oberen Teil des Hauses ausgebaut und aus den Zimmern eine richtige Wohnung gebaut. Plötzlich hatte ich mein eigenes Reich. Meine eigenen vier Wände. Mit einem separaten Eingang und trotzdem der Möglichkeit über die Treppe, vor der wir eine Tür gesetzt haben, ins Untergeschoß zu kommen. Mein eigenes Reich. Die Wohnung, von der ich immer geträumt habe. Mein Zuhause, in dem ich die Nächte oft mit Dylan verbracht habe, der sich heimlich zu mir geschlichen hat.

Ich war so unfassbar glücklich hier!

Bis meine ganze Welt zusammengebrochen ist.

Aus meinem ehemaligen Zimmer ist mein Schlafzimmer geworden. Wie schon damals, liege ich allerdings nicht in meinem Bett, sondern vor der Holzbank vor dem Fenster. Auf ihr liegt eine schmale Matratze. Sie ist wie ein kleines Sofa, nur das ich sie eben nie als solches genutzt habe. Ich lag hier als Kind oft mit Büchern. Dann irgendwann mit meinem Laptop auf dem Schoß, während ich eine Serie geschaut habe, und schließlich war es der Platz, an dem Dylan und ich oft gesessen haben. Einander gegenüber und doch meist den Blick aufs Meer gerichtet. Wir haben stundenlang geredet. Einander stundenlang das Herz ausgeschüttet. Alles Gute und Schlechte haben wir miteinander geteilt. Nur wusste nie jemand von uns. Bis auf Celine.

Ich frage mich oft, ob alles vielleicht ein wenig anders aussehen würde, wenn Dylan und ich anders mit allem umgegangen wären. Wenn wir ehrlich gewesen wären. Aber meine Gedanken sollten nicht länger aus Ewigen und Unendlichen, wenn oder aber bestehen. Dafür habe ich keine Kraft mehr.

Denn das, was ich gerade weiß, ist, dass wir im selben Ort sind. Dass ich ihn vermisse. Und dass ich ihn wissen lassen möchte, dass seine Nachricht bei mir angekommen ist. Ich öffne auf meinem Handy unseren Chat und überlege zu lange, was ich antworten könnte. Schließlich wähle ich das Naheliegendste.

Lou: *Ich denke auch viel an euch. Ich bin gerade in Lunar Beach und habe mit meinen Großeltern geredet. Ich verbringe die Nacht hier. Ich hoffe, dass es dir gerade gut geht.*

Es fühlt sich fürchterlich und unfassbar schön zur selben Zeit an, die Nachricht an Dylan abzusenden. Ich kann mich nicht daran erinnern, das zum letzten Mal getan zu haben. Es ist, als wäre ich einmal durch die Zeit gereist. Ehrlich gesagt antworte ich mit keiner Antwort, doch mein Handy vibriert nur wenige Minuten, nachdem ich auf Senden gedrückt habe. Sofort schaue ich nach und stelle fest, dass es Dylan war.

Dylan: *Bist du morgen auch noch in Lunar Beach?*

Mehr nicht. Auf die anderen Teile in meiner Nachricht ist er nicht eingegangen.

Lou: *Ich denke schon.*

Lou: *Warum??*

Mein Brustkorb hebt und senkt sich schnell, während ich beobachte, wie aus dem Online unter seinem Namen ein schreibt … wird. Gebannt warte ich auf seine Antwort.

Dylan: *Ich würde dich gerne sehen. Wir würden dich alle so gerne sehen. Ich habe noch so viele Fragen und würde sie dir am liebsten alle stellen und gleichzeitig weiß ich nicht, was dir guttun würde. Und deswegen kann ich einfach nicht einschätzen, wie ich mich verhalten soll.*

Vor wenigen Sekunden war ich emotional erschöpft. Meine soziale Batterie war an ihrem absoluten Nullpunkt und alles, was ich wollte, war mich zurückzuziehen und durchzuatmen. Traurig war ich nicht. Bis die Nachricht eintraf und ich nun bitterlich weine. Die Nachricht, die ich als Nächstes absende, ist alles andere als durchdacht. Weil der Schmerz und die Sehnsucht viel zu groß sind. Ich will endlich mein altes Leben zurück! Abende am Meer. Das Beisammensein. Das Lachen. Die Leichtigkeit.

Momente, in denen Celine, Jess und ich uns ausgetauscht haben, während Dylan und Ian neue Pläne für Bauprojekte geschmiedet haben. In denen wir angetrunken Schwimmen gegangen sind. Abende, in denen wir nur im Moment gelebt haben.

Nächte, in denen wir das Leben geliebt haben.

An denen wir einfach nur waren, statt uns mit all den Fragen zu beschäftigen, was wir eines Tages im Leben erreichen wollen.

Die Fragen, wer wir sind und was wir werden wollen oder in meinem Fall nicht werden dürfen.

Und auch die Augenblicke, in denen ich lernen durfte, dass ich für Dylan anders fühle, als für all die anderen Menschen um mich herum.

Es ist inzwischen beinahe zwei Jahre her, dass Dylan und ich in einer dieser Nächte, uns vor dem Morgengrauen nicht voneinander getrennt haben. Wir saßen noch am Strand, bis unser Lagerfeuer ausging. Haben geredet und gelacht und geflirtet. Irgendwann saßen wir in eine Wolldecke gekuschelt da und dann ist es irgendwie passiert.

Die Schmetterlinge sind aus ihrem sonst so wohlbehüteten Käfig ausgebrochen.

Und dann haben wir uns geküsst.

Diese Nacht im Sommer vor zwei Jahren war die schönste meines Lebens. Und gleichzeitig jene, durch die mein Leben so viel komplizierter geworden ist.

Trotzdem möchte ich nichts anderes, als dorthin wieder zurück.

Lou: *Ich will, dass alles wieder normal ist. Ich möchte Zeit mit all meinen Lieblingsmenschen am Meer verbringen. Ich will, dass alles wieder so ist, wie früher. Aber das geht nicht. Weil alles viel zu kompliziert ist. Ich will einfach wieder hier sein, ohne dass ich nach dem Wenn und Aber gefragt werde. Warum ich weg war. Warum ich wieder da bin. Ich möchte einfach hier sein können, ohne dass es so schrecklich kompliziert ist!!!*

Dylan verweilt scheinbar auf unserem Chat; liest meine Nachricht sofort. Nur geht er plötzlich offline, ohne zu antworten. Die ganze Zeit bleibt mein Handy hell erleuchtet. Auch dann noch, als die Müdigkeit mich übermannt.

Ich liege auf der Bank vor dem Fenster. Meinen Blick habe ich aufs Meer gerichtet. Immer wieder fallen mir die Augen zu. Doch als ich drohe, einzuschlafen, zwinge ich mich dazu, einen Blick auf mein Handy zu werfen. Nur leider ohne eine Antwort von Dylan. Und so falle ich in einen unruhigen, traumlosen Schlaf.

Dylan

Den ganzen Tag lang habe ich nur dieses eine Ziel: Lou den Abend zu schenken, den sie sich wünscht. Die Organisation fällt schwerer als gedacht. Immerhin ist jede Person, die ich anrufe, geschockt. Keiner versteht, warum Lou plötzlich wieder da ist. Alle haben Fragen. Und alle fragen sich, warum ich derjenige bin, der anruft und nicht Lou. Und doch gelingt es mir, allen verständlich zu machen, dass es Lou nicht gut ging und sie uns braucht. Aber dass sie Angst hat und voller Scham ist.

Die Regel Nummer 1 für diesen Abend: keine Fragen. Egal, wie schwer es uns allen fallen wird.

Wir vereinbaren einen Treffpunkt um sieben Uhr vor dem Haus von Lous Großeltern.

Mein Puls ist schon den ganzen Tag höher als sonst. Ich kann mich kaum auf die Arbeit konzentrieren und bin unfassbar froh, als es endlich vorbei ist. Ich eile nach Hause und springe unter die Dusche. Als ich dabei bin, mir etwas anzuziehen, höre ich, wie unten die Tür geöffnet wird. Kurz darauf Schritte auf der Treppe. Ich schlüpfe in mein Shirt und stecke den Kopf aus der Tür.

Meine Schwester Chrissi schaut mich aus weit geöffneten Augen an. Sie sind rot unterlaufen.

»Ich verstehe das alles nicht!«, platzt es aus ihr heraus und sie beginnt wieder zu weinen.

Ich gehe auf sie zu und öffne die Arme. Chrissi stürmt sofort in die Umarmung.

»Ich verstehe es auch nicht.«

Sie löst ihren Kopf von meiner Brust. »Aber du bist doch derjenige, der all das hier erst angeleiert hat, oder nicht?«

Ich zucke mit den Schultern. »Ja. Schon.«

»Aber wo kommt sie denn so plötzlich her? Was soll das denn alles? Wie kommt ihr auf die Idee, dass wir jetzt alle wieder treffen und alles wieder gut sein soll, aber wir nie erfahren, wo Lou war und wie es ihr geht?«

Ich seufze. Ich weiß, dass Chrissi nicht locker lassen wird, bis sie zumindest einige Antworten erhalten hat. Und so erzähle ich ihr von dem Anruf und von unserem Treffen im *Milk & Sugar*. Davon, dass es Lou psychisch sehr schlecht geht und sie keinen anderen Ausweg mehr gefunden hat. Davon, dass sie langsam versucht, wieder hierher zu kommen und das wir ihr fehlen. Davon, dass ich hoffe, dass wir ihr nicht noch mehr Steine in den Weg legen, egal, wie schwer mir das fällt und wie weh es tut.

Aber dass ich dennoch so sehr hoffe, ihr ein guter Freund sein zu können.

Kapitel 8

Lou

Am Morgen sitze ich ewig vor dem Fenster. Zwar sitze ich hier in meiner eigenen Wohnung, bin mir aber dennoch der Nähe meiner Großeltern bewusst. Ich fühle mich nicht länger einsam, wie in der Wohnung in Pittsburg. Und ich bin am Meer. Das Meer hat mir gefehlt … Ich habe es unendlich vermisst, vor dem Fenster zu sitzen und einfach nur hinauszuschauen. Oder noch besser draußen im Sand zu sitzen und ganz meditativ meine Gedanken so schnell Weiterrauschen zu lassen, wie die Wellen ans Ufer strömen und sich anschließend wieder zurückziehen. Sie brechen. So, wie auch ich gebrochen bin.

Am Meer zu sein hat mir schon immer geholfen. Und genau das habe ich mir das letzte Jahr über verwehrt, aus Angst, endlich die Konflikte austragen zu müssen, die mich schon so lange belasten.

Früher habe ich alles getan, um den Frieden zu bewehren. Ich wollte nie, dass die Situationen eskalieren.

Ich wollte nie dafür verantwortlich sein, dass dieser heile Schein, den wir all die Jahre aufrechterhalten haben, einbricht.

Und doch habe ich das Gefühl, dass es genau meine Aufgabe ist, die ich habe, jetzt wo ich wieder da bin.

Ich will, dass die Wahrheit ans Licht kommt.

Ich will, dass nicht länger so getan wird, als wäre alles gut, wenn es das nicht ist.

Ich will den Streit.

Ich will die völlige Eskalation.

Aber auch nur, wenn ich mir sicher sein kann, dass die Leute, die mir alles bedeuten, am Ende auch noch meine Freund*innen sein wollen.

Nur kann mir genau das niemand versichern.

Dabei habe ich nur die ganze Zeit im Hinterkopf, dass ich es niemals wissen werde, wenn ich es jetzt nicht riskiere, mutig zu sein, und das anstoße, von dem ich weiß, dass es angestoßen werden muss.

Eine ganze Weile sitze ich am Fenster und versuche, erneut einen Schlachtplan zu entwickeln. Nur auch dieser Versuch misslingt mir. Dabei weiß ich nun aber auch, dass es mit der Art, wie ich zurück in das Leben meiner Großeltern gekehrt bin, auch nicht funktioniert hat. Mein Ziel war es, das Ganze vorsichtig anzugehen und doch bin ich hier eher unglücklich reingeplatzt, als alles andere.

Und ich sitze hier noch immer fest.

Zum ersten Mal an diesem Tag blicke ich auf die Uhr, die über der Tür hängt. Laut ihr ist es kurz nach eins. Ob das stimmen kann? Vielleicht geht sie inzwischen falsch.

Mit einem Mal schlägt meine Gefühlswelt um. Ich fühle mich nicht länger wohl hier vor meinem Platz auf dem Fenster. Ich komme mir vor wie ein Eindringling. Wie eine Plage.

Irgendwie hänge ich hier fest. Störe nur. Während meine Großeltern unten sitzen und sich sicherlich Sorgen machen und nicht wissen, wie sie nun mit der Situation umgehen sollen.

Aus Unsicherheit greife ich nach meinem Handy und checke dort die Uhrzeit. Dabei stelle ich aber nur fest, dass es wirklich bereits kurz nach eins ist.

Ich weiß, dass ich runtergehen muss zu meinen Großeltern und fühle mich auf der einen Seite schuldig, sie so lange warten zu lassen und auf der anderen dankbar dafür, dass sie mir meinen Freiraum bieten.

Nur schwerfällig kann ich von der Bank aufstehen. In den Schränken verbirgt sich noch immer meine Kleidung und ich fische mir etwas Sauberes heraus, ehe ich ins Badezimmer gehe. Ein fetter Kloß bildet sich in meinem Hals.

All das hier hat mir die Welt bedeutet.

Und das tut es noch immer.

Das hier war schon immer mein Zuhause. Schon als Kind habe ich mich hier nach dem Baden im Meer geduscht. Nach der Schule. Nach dem Sporttraining. Meist aber nur, um dann abends zu meinen Eltern zu fahren. Da war dieser Ort bei Granny und Paps wie eine Haltestation. Erst als ich als Teenagerin angefangen habe, zu rebellieren, durfte ich noch mehr Zeit hier verbringen. Bis ich mich dann ganz geweigert habe, nach Hause zu meinen Eltern zu gehen, und mein Großvater schließlich die Idee hatte, das Obergeschoß in eine Wohnung umzubauen.

Alles, was ich je wollte, war für immer hierzubleiben.

Zuhause.

Und doch hatte ich so schnell das Bedürfnis, auszubrechen.

Manchmal verstehe ich selbst nicht, warum.

War nicht eigentlich alles doch ganz okay?

Oder gaslighte ich mich gerade nur selbst?

In Wahrheit war nicht alles okay. Auch nicht ganz okay. Nichts war okay. Und mein Bauchgefühl ausbrechen zu müssen, war genau das Richtige, obwohl ich immer versucht habe, Gründe zu finden, um zu bleiben.

Es gibt Aspekte, für die ich dankbar bin. Die mir auch heute noch viel bedeuten, so wie diese Wohnung hier. Aber das bedeutet noch lange nicht, dass ich die schlechten Seiten nicht sehen darf.

Ich nutze die 4711 Atemmethode, um mich ein wenig zu regulieren und anschließend unter die Dusche zu hüpfen. Das kalte Wasser und die frische Kleidung tun gut. Im Spiegelschrank finde ich eine frische Zahnbürste und Zahnpasta. Ich putze mir die Zähne, bürste mir die Haare und schlüpfe in meine Hausschuhe, die ich viel zu sehr vermisst habe, ehe ich anschließend nach unten gehe.

Jeder Schritt fällt mir schwer. Fühlt sich falsch und wackelig an und dennoch weiß ich, dass es notwendig ist. Dass ich nach vorne gehen muss, weil sich der Zustand des Nicht-Bewegens schlimmer anfühlt als jeglicher Fortschritt.

Unten angekommen sehe ich mich um. Versuche, den Geräuschen zu folgen, doch höre nichts. Bin ich etwa allein? Mein Herzschlag beschleunigt sich. Ich weiß nicht, wohin mit mir und muss den Drang widerstehen, einfach wieder ins Obergeschoss zurückzukehren.

Und so gucke ich erst im Wohnzimmer nach, sehe aber niemanden. Eigentlich hätte ich mir auch denken können, dass sie sicherlich gerade in der Küche sind und zu Mittag essen. Normalerweise tun sie das immer gegen Punkt eins. Und so ist es auch heute.

Nur dass sie nicht gerade beide in der Küche stehen, sondern bereits davor auf der Veranda sitzen. Ich durchquere den Raum und trete zaghaft aus der Tür.

Ich weiß nicht, ob sich beide einfach unfassbar gut von all den Hiobsbotschaften erholt haben, die ich gestern verkündet habe, oder ob sie beide begnadete Schauspieler sind. Doch beide grinsen mich nur breit an.

»Lou, schön, dass du auf bist!«, begrüßt mich meine Granny und zieht den Stuhl in der Mitte der beiden ein Stück zurück.

Ich setze mich darauf und bedauere still und heimlich, dass ich nun mit dem Rücken zum Strand sitze und die Aussicht nicht genießen kann. Aber ich kann meine Umgebung hören. Das Rauschen der Wellen. Das Krächzen der Möwen. Allein das reicht, damit mein Herz wieder ein wenig leichter schlägt.

Als ich den Blick hebe, schaue ich in warme, offene Gesichter.

»Wir waren uns nicht sicher, ob wir dich zum Essen rufen sollen, oder nicht«, beginnt mein Großvater. Kurz stockt mir der Atem, weil ich doch eine Ansage befürchte. Doch meine Granny lenkt ein.

»Ich kann mir dennoch vorstellen, wie sehr du deine Lieblingsspeise vermisst hast und ich habe gedacht, falls du noch etwas für dich sein möchtest, dann machst du dir das Essen einfach noch einmal warm.«

Ein breites Grinsen schleicht sich auf mein Gesicht. »Danke«, sage ich und ohne länger zu zögern, fülle ich meinen Teller mit den gebratenen Nudeln. Anschließend gieße ich noch etwas Sojasoße über sie herüber. Ich habe asiatisches Essen schon immer gerne gemocht und weil meine Großmutter die Arbeit in der Küche genießt, hat sie begonnen, sich auch an den Gerichten anderer Nationalitäten zu probieren. Und das mit Erfolg!

Mein Großvater war zwar schwerer zu überzeugen, wie ich und genau deswegen ist es gerade so schön, zu beobachten, wie er sich noch eine Portion auf seinen Teller füllt.

Ich beginne zu essen und habe den Blick dabei stets auf meine Mahlzeit gerichtet. Dabei genieße ich die Ruhe, die sich zwischen uns legt. Die Geräusche im Hintergrund und das Gefühl, einfach sein zu dürfen. Ohne auch nur ein Wort zu sagen, genieße ich das Essen. Aber besonders auch die Gesellschaft meiner Großeltern.

Als ich satt bin, lehne ich mich zurück und atme tief durch. Mein Paps schenkt ein Glas frischer Limonade ein, das er mir anschließend reicht.

»Die habe ich gemacht«, sagt er dabei.

Prüfend sehe ich zu meiner Großmutter, die auflacht.

»Er sagt die Wahrheit.«

Ich nippe an dem Glas und hebe überrascht die Brauen. »Das ist gut!«, rufe ich und will mir die Haare aus dem Gesicht streichen. Nicht, weil sie mich stören, sondern einfach weil ich nervös werde und etwas mit meinen Händen machen muss. Nur fällt mir dabei mal wieder auf, dass mir keine blonden Strähnen mehr ins Gesicht fallen können. Immerhin habe ich inzwischen einen Buzz Cut.

Wir sitzen noch eine ganze Weile beisammen und unterhalten uns, als wäre ich nie weg gewesen. Selbst ich vergesse diesen Fakt. Meine Großmutter erzählt mir die neusten Fakten der Nachbarschaft und aus dem Ort. Mich hat dieser Klatsch nie interessiert und das tut es auch jetzt nicht, dennoch ist es schön, wieder an ihrem Alltagsgeschehen teilzuhaben.

Bis dann die allentscheidende Frage kommt.

»Wie hast du vor den Tag zu verbringen?«, fragt Paps.

Ich hole tief Luft und auch wenn ich keinen Plan habe, was ich hier tue, möchte ich einer Sache während meiner Rückkehr treu bleiben: der Wahrheit.

Ich werde nichts als die Wahrheit sagen. Ich atme bewusst tiefer aus, als ein und versuche, bei mir selbst anzukommen, ehe ich antworte. »Ein Teil von mir möchte zu Mom und Dad fahren und sie endlich zur Rede stellen. Und gleichzeitig möchte ich gerne einfach nur hier sein. Und das hier genießen. Wieder bei euch zu sein. Ich weiß nicht, ob ich das direkt übertreiben sollte. Das Schritt gestern Abend an eurer Tür zu klingeln, war schon schwer genug.«

»Wir werden dich nicht unter Druck setzen, Liebes«, sagt Granny. »Du bist alt genug und nicht verpflichtet, dich bei deinen Eltern zu melden. Tu, was auch immer sich gut für dich anfühlt. Wir sind auf jeden Fall froh, dass du wieder hier bist und dich langsam wieder wohl bei uns fühlst.«

Tränen kullern über meine Wangen. Unmengen von Gefühlen toben in meinem Inneren. Dankbarkeit. Erleichterung. Der Schmerz, der sich viel zu lang in meinem Inneren angestaut hat.

Auch meine Granny wischt sich die Tränen von den Wangen.

Ich weiß nicht, wie viel Zeit vergeht, aber es kommt mir so vor, als würde ich eine halbe Ewigkeit mit mei-

nen Großeltern auf der Veranda verbringen. Irgendwann wird es frisch und wir haben den Krug mit Limonade ausgetrunken. Meine Großeltern bieten mir
noch an, mit ihnen ein wenig Fernsehen zu schauen,
doch ich lehne dankend ab. Obwohl ich heute nicht
viel gemacht habe, bin ich schrecklich müde und kann
es nicht erwarten, oben auf der Bank vor dem Fenster ein wenig zur Ruhe zu kommen und abzuschal-
ten. In der Therapie habe ich gelernt, dass es durch
meine Depressionen ganz normal wäre, dass ich zu
besonderen Zeiten viel mehr Schlaf gebraucht habe.
Besonders, als ich gerade aus meinen alten Strukturen ausgebrochen bin, war es schwer für mich, mir
zu erlauben, mich so viel zu erholen. Dabei ist es so
logisch, dass der Körper Erholung braucht, wenn er
endlich an einem sicheren Ort ist. Einige Zeit, nachdem ich aus Lunar Beach geflohen bin, wurde es
besser und ich habe keine zehn Stunden Schlaf und
regelmäßige Naps gebraucht, um mich erholt zu fühlen. Jetzt, wo ich wieder in Lunar Beach bin und alles
Aufkrempel, brauche ich wieder mehr Ruhephasen
und bin froh, gelernt zu haben, sie mir zu erlauben.

Kapitel 9

Lou

Ich will es mir gerade vor dem Fenster gemütlich machen, als es an der Tür klingelt, weswegen ich gähnend hinlaufe. Zögernd greife ich nach dem Türgriff und frage mich, wer wohl gleich vor mir stehen wird. Ich will nicht, dass es Dylan ist. Doch ein kleiner oder vielleicht sogar sehr großer Teil meines Herzens hofft genau das. Ich öffne die Tür und halte den Atem an.

Erst sehe ich nur Ian, dann rufen die anderen hinter ihm »Überraschung!«, und es macht mich plötzlich unfassbar glücklich, meine Freund*innen hier vor meiner Tür zu sehen.

Ganz egal, wie müde ich bin.

Egal, wie wenig ich damit gerechnet habe.

Ein Teil von mir will das hier nicht. Will mich nicht erklären müssen. Will nicht, dass ich hier heute angesehen werde, als wäre ich ein Freak.

Ich habe Angst vor den Reaktionen.

Und gleichzeitig kann ich meine Freude nicht fassen, dass sie alle hier sind.

Wegen mir.

Bei mir.

Panik überkommt mich. Woher wissen sie, dass ich hier bin? Warum sind sie trotz allem, was war, noch immer für mich da? Wie kann es sein, dass ich gestern Abend noch geweint habe, weil mir diese Momente so schrecklich gefehlt haben und jetzt bin ich in genau dieser Situation?

Mein Blick trifft den von Dylan.

Er lächelt und nickt unauffällig.

Ich bin sicher, denke ich. Er ist hier. In Dylans Nähe habe ich mich bisher immer am Sichersten gefühlt.

Sie alle sind hier.

Ich bin nicht allein.

Ganz egal, wie schrecklich einsam ich mich manchmal fühle.

»Wir haben Bier mitgebracht und konnten dich nicht ins

Bett gehen lassen, ohne dass du noch einmal mit uns ans Meer kommst.«

Mein Cousin Ian zieht meine Aufmerksamkeit wieder auf sich und sieht mich so treudoof an, dass er mich an einen verliebten Golden Retriever erinnert. Ich lache, schnappe mir meine Jacke von der Garderobe, schlüpfe in Schuhe und stecke meinen Schlüssel ein, dann trete ich zu ihm vor die Tür und ziehe sie ins Schloss.

Egal, wie schwierig das hier wird. Und auch egal, ob auch nur eine*r von den Menschen mir gegenüber sieht, wie sehr meine Hände zittern oder wie mir die Tränen in die Augen steigen.

Ich will mir selbst auch nur für einen Abend sagen können, dass ich all das hier verdient habe.

Nicht durch Leistung, wie meine Eltern es mir immer weiß machen wollten, sondern weil ich bin, wer ich bin.

»Lasst uns keine Zeit verlieren«, verkünde ich und Ian umfasst meine Hand, als wir die Stufen nach unten laufen.

Als genug Platz ist und meine Freund*innen loslaufen, legt er mir den Arm über die Schulter. Ich sehe Ian an. Die Grübchen auf seinen Wangen, bemerke das Strahlen in seinen Augen. Ich muss mich zusammenreißen nicht zu lachen. Den Badboy alias Business-Mann alias Supermodel und Millionär Ian Baker, ja, den Ian Baker, so zu sehen, macht mich nervös. Er grinst weiter vor sich hin, lehnt seinen Kopf an meinen und atmet dann wieder tief ein und sieht beim Ausatmen verträumt in die Ferne. Ich kann nicht länger an mich halten, lache auf und lasse die Glücksgefühle zu, die durch meinen Körper rauschen.

Ich löse den Blick von Ian, schweife ihn durch die Runde und halte bei einem dunkelblonden Haarschopf inne. Ich sehe Dylan einen Moment lang an und als würde er es spüren, sieht er über die Schulter zu mir. Seine Miene wirkt nachdenklich. Als sich unsere Blicke kreuzen, dreht er sich schnell wieder weg und ich wünschte, ich könnte näher bei ihm sein.

Während des restlichen Weges zum Wasser, der keine drei Minuten dauert, sehe ich auf den Boden. Ian weicht mir nicht von der Seite und Celine und Jess steuern geradewegs den alten Steg an, auf dem wir schon als Kinder so manche Nachmittage verbracht haben. Meine Mutter war immer ängstlich und ihr gegenüber habe ich nie zugegeben, wie wir versucht haben, auf dem Geländer zu balancieren. Ob ich das wohl heute auch noch könnte?

Ich schiele zu Ian, dann löse ich mich von ihm und schlüpfe aus den Latschen. In drei geschickten und perfekt einstudierten Bewegungen stehe ich auf dem obersten Holzbalken. Ich fühle mich ein wenig wacklig. Ganz vorsichtig setze ich einen Fuß vor den anderen.

»Louise Baker!« Ian kreischt neben mir. »Bist du wahnsinnig?! Komm da sofort runter!«

Ich lache, rutsche abgelenkt nach rechts, doch seine Hand ist sofort da, um mich zu halten, damit ich nicht falle. Ich drücke zu, bin froh, als ich beim nächsten waagerechten Balken ankomme, und nehme mir vor, nicht in die Mitte des Holzes zu treten. Etwas verunsichert laufe ich weiter und als ich das zweite Mal meinen Fuß aufsetze, knackt es unter mir. Ian springt auf mich zu, ich lasse mich in seine Richtung fallen und spüre nur noch starke Arme um meine Hüfte. Alles geht wahnsinnig schnell und plötzlich knie ich auf den Holzdielen.

Zum ersten Mal seit ich wieder in Lunar Beach bin, fange ich herzhaft an, zu lachen. Ich lasse mich auf den Hintern fallen, vergrabe das Gesicht in den Händen und fühle mich dämlich.

»Was soll man dazu anderes sagen, als: Louise Baker ist wieder in der Stadt und bereit, alles zu zerstören!« Celine lacht laut. Auch die anderen steigen mit ein.

Ich grinse wie blöd, spüre, wie mir die Hitze in die Wangen schießt und die Welt um mich herum plötzlich wieder ganz leicht und einfach wirkt. Als wäre nie etwas gewesen …

Doch dann sehe ich auf und begegne Dylans Blick.

Augenblicklich setzt diese Schwere in meiner Brust wieder ein. Jede Faser meines Körpers sehnt sich nach ihm. Ihm und seinen Umarmungen. Seinen Küssen. Dem Gefühl, dass Raum und Zeit nicht existieren, wenn wir gemeinsam auf dem Bau arbeiten und ein so eingespieltes Team sind, dass wir gar nicht miteinander reden müssen und dennoch wissen, was zu tun ist.

Und dennoch steht viel zu viel zwischen uns.

Geheimnisse, von denen er noch keinen blassen Schimmer hat und die dafür sorgen, dass ich augenblicklich ein schlechtes Gewissen bekomme, hier zu sein.

Vielleicht habe ich das hier doch nicht verdient.

Jedenfalls so lange, wie nur ich die Wahrheit kenne.

Ich rapple mich auf und sehe ihn dabei noch immer an.

Dylan sieht nicht weg. Sein Blick ist so intensiv, dass er mir beinahe den Atem raubt. Und dennoch überschattet nichts den Wunsch, dass ich ihm erklären kann, warum ich gegangen bin. Dass ich das nicht wollte. Und dass es doch so unfassbar notwendig war. Dass ich musste.

Für ihn.

Dylan

Ich kann Lou nur ansehen. Wir haben es uns auf den Steg bequem gemacht und alle teilen mit Lou, was bei ihnen in der letzten Zeit passiert ist. Ian und Jess sitzen Arm in Arm da. Celine sitzt neben Lou. Neben meiner Cousine Will. Chrissi zu meiner Rechten und Miles und Haley zu meiner Linken. Wie sich herausgestellt hat, war es eine gute Idee, die neuen Gesichter gleich heute vorzustellen. Immerhin lockert das die Stimmung ein wenig auf.

Ich war derjenige, der diesen Abend inszeniert hat und dennoch habe ich nicht gedacht, dass es mir so schwerfallen wird, hier zu sein. Lou scheint den Abend zu genießen und ich gönne es ihr von ganzem Herzen und dennoch kann ich nicht länger über meinen tobenden Herzschlag hinwegsehen. Oder darüber, dass sobald ich sie ansehe, tausende Fragen in meinem Kopf herumtoben, auf die ich am liebsten sofort eine Antwort hätte.

Ich sehe Lous Zustand.

Ich sehe, dass es ihr nicht gut geht.

Ich sehe, dass ich nachsichtig sein muss.

Dass sie Zeit braucht.

Und ich sehe, dass ich meine Bedürfnisse nicht an erste Stelle stehen dürfen.

Aber ich sehe auch, dass es mir eher schlechter als besser geht, jetzt wo sie wieder ein aktiver Teil meines Lebens ist. Weil ich ihren Schmerz erstmals erleben darf, den sie zuvor immer so gut vor mir versteckt hat. Lou heilt und lässt uns alle daran teilhaben, weil ich mir sicher bin, dass sie wirklich gegangen wäre, wenn sie still geblieben wäre.

Und nun ist es meine Aufgabe, ihren Schmerz zu ertragen und sie zu stützen. Der Gedanke daran, dass wir so an Schnellstes diese schwere Zeit hinter uns lassen können, treibt mich an.

Stetig nippe ich an meinem Bier. Celine ist die Erste, die ein Video für Instagram aufnimmt und es in die Story ihrer Autorinnenseite postet.

Anschließend schaue ich dabei zu, wie sie noch ein kurzes Video für TikTok aufnimmt, und bin unfassbar erstaunt darüber, wie leicht ihr das inzwischen fällt. Ich weiß, dass ihre Therapeutin da ihre Finger im Spiel hat und dennoch bin ich so unfassbar stolz auf meine Cousine, dass sie sich jetzt endlich traut, zu den Geschichten zu stehen, die sie schon seit frühster Kindheit erzählt.

»Was machst du denn da, Celine?«, fragt Lou neugierig und ich wünschte, ich hätte sie noch einen Moment länger vergessen können.

Celine steht auf, setzt sich neben Lou und die beiden beginnen, sich zu unterhalten. Ich nehme mir mein zweites Bier und da noch, welche übrig bleiben, trinke ich viel zu hastig mein Drittes. Ich weiß, dass ich gleich noch fahren muss und Celine mitnehme und dadurch nicht nur Verantwortung für mich übernehme. Ich fühle mich wie in der Opferrolle und doch rede ich mir selbst ein, den Abend nicht anders überstehen zu können.

Kapitel 10

Lou

Celine zeigt mir ihre Accounts und ihre Website. Ich fühle den schrecklichsten Herzschmerz, als ich mir dessen bewusst werde, dass ich noch nicht einmal mitbekommen habe, dass meine beste Freundin ihr allererstes Buch veröffentlicht hat, ohne dass ich davon wusste. Ich habe dreißigtausend Fragen und doch bin ich mir sicher, dass es gerade nicht der richtige Zeitpunkt wäre, sie zu stellen. Nicht vor all den anderen. Celine teilt mit mir, was sie teilen möchte, und doch wünschte ich, ich wäre live dabei gewesen, als sie das Buch das erste Mal in den Händen gehalten hat. Nur bin ich die einzige Person, die dafür Verantwortung trägt. Das weiß ich.

Celine macht eine kurze Pause, als eine Internetseite etwas länger zum Laden braucht. Ich sehe mich wieder um. Jess und Ian haben die Köpfe zusammengesteckt und sehen einander an, als wären sie nicht unbedingt einer Meinung. Ians Blick ist starr und siegessicher. Jess hat die Lippen aufeinandergepresst und die Augenbrauen in die Höhe gezogen. Schweigen herrscht. Dann schüttelt sie den Kopf und wendet sich ab. Ich weiß noch, dass die beiden besonders am Anfang ihrer Beziehung, als ich noch hier gewohnt habe, kleine Auseinandersetzungen hatten, und frage mich, wie das wohl heute aussieht.

Ich spüre diese erdrückende Neugierde, mit ihm über die Dinge zu reden, die gerade in seinem Leben stattfinden. Und dennoch wird mir schmerzhaft bewusst, wie unfassbar viel ich aus dem Leben der Menschen, die mir am meisten bedeuten, verpasst habe. Und es tut weh. Es tut unfassbar weh, weil ich schon wieder das Gefühl habe, kein wirklicher Teil dieser Truppe zu sein, als ich mich dazu entschieden habe zu gehen. Obwohl der einzige Grund dafür, dass ich gegangen bin, die Liebe war.

Ich schaue mich weiter in der Runde um. Mein Blick erhascht Dylans, der mit dem Rücken an das Geländer gelehnt dasitzt und hinaus in die Ferne sieht. Ich schlucke.

Alles in mir sehnt sich nach seiner Nähe. Sehnt sich danach, so zu kuscheln, wie Jess und Ian es tun. Doch jede meiner Gehirnzellen weiß, dass ich gegangen bin, um eben so etwas nicht mehr zu denken.

Nur merke ich schon wieder, dass dieser Plan nicht aufgegangen ist. Dass keine räumliche und zeitliche Trennung der Welt ausreicht, damit ich ihn vergesse.

Ein blonder Haarschopf erhascht meine Aufmerksamkeit. Blaue Augen funkeln mich frech an. »Ich bin übrigens Haley. Ich hoffe, dass es okay für dich ist, dass ich auch hier bin. Das hier ist Will, mein Bruder.« Sie zeigt auf einen Kerl mit Kapuzenpullover und dunkelblonden Haaren. Mir ist schon zuvor aufgefallen, dass er ziemlich dicht bei Celine sitzt. »Und das ist Miles.« Der Typ mit den schwarzen Haaren, der eine ziemlich abweisende Körperhaltung zeigt. Er wirkt wie ein Badboy, der eigentlich doch keiner ist. »Miles und ich waren hier, um nach Motiven für Kunstkurse zu suchen. Im *Milk & Sugar* haben wir

Celine kennengelernt und hatten hier zwei unvergessliche Tage. Als es mir nicht so gut ging, wollte ich einfach nur raus und weg aus meinem Alltag und bin einfach hergefahren. Celine hat auf mich aufgepasst und dann durfte ich für eine Weile die Hütte am Meer von Ian beziehen. Aber das Problem war, dass ich einfach nicht mehr weg wollte. Ich brauche diesen Ort. Hier fühle ich mich so sehr Zuhause, wie sonst nirgendwo.«

Ich presse die Lippen zusammen und versuche, gegen die Tränen anzukämpfen, die in meine Augen steigen. Atmen, Lou, atmen, versuche ich mich in Gedanken zu erinnern.

Aber wie bizarr ist es bitte, dass eine andere Person an dem Ort, der mich kaputt gemacht hat, Frieden findet?

Das ist der einzige rationale Gedanke, den ich fassen kann.

Alle scheinen auf eine Antwort von mir zu warten. Dabei fühle ich mich gerade überhaupt nicht in der Lage dazu, zu sprechen.

Chrissi rettet mich. Doch sobald ich sie ansehe und sie sprechen höre, wird der Kloß in meinem Hals nur noch Größer.

»Aber es ist so gut, dass Haley hier ist!«, ruft sie. »Ich darf Haley und Miles bei ihren Kunstkursen unterstützen und helfe ihnen vor allem bei der Organisation. Im Gegensatz dazu helfen sie mir bei der Bewerbung für die Fine Art Academy in Seattle.«

»Fine Art Academy?«, höre ich mich fragen. Dabei hört sich meine Stimme im nächsten Moment total fremd an.

Chrissi nickt aufgeregt. »Eine der besten Unis,

wenn man Kunst studieren möchte. Sie vergeben jedes Jahr Stipendien und ich hoffe so sehr, dass ich dank der Hilfe von Ruby, Haley und Miles dieses Jahr die Glückliche sein darf.«

Haley und Chrissi erzählen mir abwechselnd von der WG und wie am Nachmittag bei meinen Großeltern, genieße ich es, ihren Erzählungen zuzuhören und ganz langsam wieder hier anzukommen.

Dylan

Wir trinken alle noch etwas, bis die letzte Flasche geleert und es inzwischen dunkel ist. Wir räumen unseren Müll zusammen und auf dem Weg Richtung Ufer macht Lou ein Bild von der Holzleiste, die sie vorhin zerbrochen hat. Es geht viel zu schnell, dass wir uns alle voneinander verabschieden.

Mit beiden Händen umfasse ich das Lenkrad. Meinen Blick richte ich starr in das Wohnzimmer von Lous und Ians

Großeltern. Auf dem Fernseher läuft eine Talkshow. Plötzlich wird die Beifahrertür geöffnet. Celine steigt in das Auto und ich bin froh, dass wir endlich losfahren. Die Fahrt verbringen wir schweigend.

Wenn es nach mir ginge, dann könnte Louise Baker gern wieder nach Europa verschwinden. Dieser Gedanke hat sich fest in meinem Kopf verankert, als ich vor dem *Milk & Sugar* halte. Will steht vor der Eingangstür und winkt uns zu.

Celine strahlt übers ganze Gesicht. »Ach daher weht der Wind der guten Laune?«, frage ich.

»Auch. Er ist gestern Morgen hier aufgetaucht. Wir

sprechen gefühlt zum ersten Mal so richtig über alles«, antwortet meine Cousine knapp und ich lächle matt.

Sie löst ihren Gurt, schnappt sich ihren Beutel aus dem Fußraum und greift nach der Tür.

»Manchmal tut es sehr weh, etwas zu verzeihen. Aber wenn du diesen Schritt überwunden hast, dann wird es leichter, Dylan. Vertrau mir.«

Celine steigt aus und schließt die Tür. Eine Quälende Nervosität breitet sich in mir aus und mit ihren Worten im Ohr fahre ich noch eine Weile durch den Ort. Ich finde keine Ruhe. Ich kann mich jetzt nicht ins Bett legen und morgen mit Lou in der Werkstatt ihrer Eltern stehen, als wäre nichts gewesen. So tun, als wäre alles ganz normal. Doch das muss ich.

Und so treffe ich eine Mut-Entscheidung: Ich lenke den Wagen wieder Richtung Meer. Kopflos parke ich am Haus von Lou und ihren Großeltern und steige aus, ohne noch mehr Zeit zu verlieren. Mit schweren Schritten umrunde ich das Haus und nehme auf der Treppe zwei Stufen auf einmal. Ich weiß nicht, wo dieses Gefühl plötzlich herkommt, aber der Drang danach, endlich allein mit Lou reden zu können, lässt meine Bewegungen immer fahriger werden. Ich klopfe und werde dann doch mit einem Mal schrecklich nervös.

Wie fange ich an? Was sage ich zuerst? Ob Lou mich überhaupt ernst nimmt? Sie muss.

Ich brauche endlich Antworten.

Kapitel 11

Lou

Ich liege gerade auf der Bank und versuche zu verstehen, was da gerade alles passiert ist, da klopft es an der Tür. Mein Herz bleibt stehen. In all der Zeit, in der ich hier oben wohne, gab es nur eine Person, die klopft, statt zu klingeln. Aber was sollte er hier wollen?

Ich stehe auf, gehe schnellen Schrittes durch den Flur. Dabei will ich das nicht. Ich will mich nicht freuen. Ich will ihn nicht vermissen. Aber ich tue es trotzdem. Mein Herzschlag donnert in meiner Brust und ich bin mir nicht sicher, ob ich öffnen soll. Dylan klopft erneut und an dem Rhythmus bestätigt sich meine Vermutung. Einmal. Pause. Zwei Mal schnell hintereinander. Pause. Dann noch einmal.

Schluss.

Ich weiß, dass es kein Zurück mehr gibt. Ich ziehe meinen Pulli herunter, der hochgerutscht ist, dann entriegle ich die Tür und öffne sie.

»Dylan«, sage ich atemlos.

»Lou, wir müssen reden. Jetzt. Ich kann damit nicht länger warten.«

»Aber-« Ein erstickter Laut entfährt mir. »Wir haben uns doch gerade erst gesehen?!«

Dylan seufzt. »Lou, ich will. Ich will es für dich ertragen, dich zu sehen und nicht zu wissen, was los ist, aber ich kann nicht. Es geht nicht! Ich muss einfach wissen, was los ist. Muss wissen, was dich beschäftigt und was passiert ist. Ich halte es einfach nicht aus, dich zu sehen und nicht wissen zu dürfen, was schreckliches passiert ist, dass du einfach abgehauen bist. Von uns alles. Von mir. Ich würde es einfach so gerne verstehen. Und es tut mir leid, dass ich dich damit so überfalle und dich damit sicherlich überfordere und keine Rücksicht auf das nehme, worum du mich gebeten hast, aber -« Er rauft sich durch die Haare und tritt von einem Fuß auf den anderen. »Aber warum, Lou? Warum hast du mich verlassen? Warum bist du einfach gegangen? Ich verstehe, dass es dir hier nicht gut ging, aber Lou, da muss noch etwas anderes sein, da bin ich mir ganz sicher. Dafür kenne ich dich zu gut.«

Ich höre nur noch rauschen in den Ohren.

Er kennt mich zu gut.

Er weiß, dass da etwas ist.

Etwas Großes.

Viel zu Großes.

Etwas, das ich allein nicht in der Lage zu stemmen bin.

Verantwortung, die ich nicht allein tragen kann und sollte, weil …

Weil es nicht meine Verantwortung ist.

Und dennoch leide ich tagtäglich darunter. Leide, weil ich die Wahrheit nicht aussprechen kann. Weil dieser kleine Dominostein, diese vier Worte, reichen würde, dass alle um mich herum die Welt nicht mehr verstehen würden.

Weil dieses Geheimnis so schwer auf meiner Familie wiegt, dass es gerade nur mich allein zerdrückt, dabei sollte meine ganze Familie daran zu Grunde gehen.

Ich atme tief ein und aus. Versuche, mir eine logische Antwort zurechtzulegen, und doch weiß ich im Grunde nur eines: »Es ist keine gute Idee, dass du jetzt hier bist. Ich würde die so gerne die Antworten geben, die du verdienst, aber Dylan.« Meine Stimme bricht. Ich hole tief Luft. »Ich kann nicht! Es geht einfach nicht.«

Er scheint abzuwägen. Dann kommt er einen Schritt auf mich zu. Unsere Körper berühren sich beinahe und ich muss den Kopf in den Nacken legen, um ihn anzusehen. Mein Herzschlag beschleunigt sich weiter. In meinem Bauch bildet sich ein Ball aus Begierde und Sehnsucht, der mit jedem Herzschlag größer wird.

In keiner Sekunde, die ich weit entfernt von ihm verbracht habe, konnte ich ihn vergessen. Nicht mal einen Moment lang. Nie. Alles in mir sehnt sich danach, ihn zu berühren, ihn zu küssen, ihn zu spüren und endlich wieder dieses Uns herzustellen.

Als ich ihm jetzt in die Augen sehe, weiß ich, dass es ihm ganz genauso geht.

»Ich meine damit, dass wir endlich dazu stehen müssen, was für einander empfinden.«

Tränen sammeln sich in seinen Augen. Ein Kloß bildet sich in meinem Hals, aber verdammt, ich darf ihm nicht zeigen, dass es mir genauso geht. Ich muss stark bleiben. Ich muss es für ihn und Chrissi tun.

Dylan hebt den Arm an. Ganz langsam und vorsichtig legt er seine Hand an meine Wange.

Das erste Mal seit einer Ewigkeit berührt er mich auf diese behutsame und intime Art und Weise.

Hier sind wir allein. Nur er und ich und all die unausgesprochenen Gefühle.

»Es wäre besser für dich, wenn du sauer auf mich wärst«, flüstere ich und versuche, zu ignorieren, wie meine Stimme dabei bricht.

»Du weißt doch ganz genau, dass ich das nicht lange kann.«

Mit jedem Wort kommt er mir näher. Dylan spricht so leise und so tief. Seine Nähe sorgt dafür, dass sich eine Gänsehaut auf meinen Armen bildet. Ich hole tief Luft und atme seinen Geruch ein. All das, wonach er stets gerochen hat, und all das, wonach er vermutlich auch immer riechen wird. Sein herbes Aftershave. Der Geruch nach frisch bearbeitetem Holz. Der Werkstatt. Nach seinen liebsten Pfefferminzkaugummis.

»Lou, was ist, wenn ich es will? Wenn ich dich küssen will und vor allem will, dass alles wieder so wird wie früher? Dass wir wieder werden, was wir früher einmal waren? Nur eben noch mehr?«

Ich schließe die Augen. Mir wird das alles zu viel. Ich will mich dem nicht widersetzen. Ich kann mich gerade nicht widersetzen. Ich kann es nicht, weil ich all die Dinge, die Dylan aufzählt, genauso will.

Aber ich weiß, dass ich-

Federleicht legen sich seine Lippen auf meine, doch nur für den Bruchteil einer Sekunde, dann zieht er sich zurück. Innerlich möchte ich ihn gern dafür bestrafen, dass er nicht weitergemacht hat. Es wäre so einfach gewesen …

»Sag mir, dass du es auch willst.« Ich öffne die Augen. Und dann macht es klick.

Ganz egal, wie sehr ich es möchte, alles an dieser Situation ist falsch.

»Oder sag mir, dass du es nicht möchtest, aber dann sag mir auch, warum.« Ich schließe die Augen erneut, weil ich genau weiß, was ich gleich tun werde. »Nun brich mir schon das Herz, Louise Baker. Brich es mir schon wieder.«

»Dylan, ich bin gegangen, damit du mich endlich vergisst!« Ich schlage seine Hand weg und trete einen Schritt zurück. Dylan folgt mir.

»Hast du es getan? Hast du mich vergessen?« Seine Stimme wird schon wieder so unfassbar wütend und ich bin froh darüber.

Froh, dass es dann vielleicht ein bisschen weniger wehtut.

Ihm jedenfalls.

Denn ich breche nicht nur ihm das Herz, ich stampfe auch auf meinem eigenen herum. Anders als vorhin erdrückt mich all das hier so sehr, dass ich mich nicht mehr daran hindern kann, in Tränen auszubrechen. »Hast du mich vergessen?«, fragt er erneut. Eindringlicher diesmal.

Ich schüttle mit dem Kopf. »Aber ich muss. Wir haben keine Wahl!«

Meine Stimme wird immer lauter. Warum begreift er denn nicht endlich, dass ich das hier tue, weil ich ihn verdammt noch mal Liebe? Als ich schluchze, sieht er mich bedrückt an. Bevor ich durch den Schmerz vor ihm in die Knie gehe und er mich im schlimmsten Fall noch tröstet, muss ich rein. Ich muss endlich weg von ihm.

Ohne hinzusehen, strecke ich den Arm nach hinten aus, öffne die Tür und trete zurück.

Dylans Schultern sacken noch weiter nach unten. Er wischt sich die Tränen von den Wangen und verdammt, mein Herz blutet. Und doch muss ich noch eines loswerden.

»Bitte, Dylan … Bitte versprich mir, mich endlich zu vergessen, damit auch ich dich endlich loslassen kann.«

Dylan

Völlig sprachlos stehe ich vor Lous Tür. Tränen laufen mir über die Wange. Am liebsten möchte ich erneut klopfen und sie fragen, was das soll und ob ich ihr wirklich so wenig wert bin, dass sie mir wirklich keine einzige Antwort auf meine Frage geben kann.

Nur eines hat sie immer und immer wieder betont: dass ich sie endlich vergessen soll.

Das, was ich am öftesten denke, ist, dass es an mir liegt. Das mein größter Fehler war, dass ich die Sache mit uns damals nicht ernst genommen habe. Das ich sie nicht ernst nehmen wollte. Ich wollte keine wichtige Person in meinem Leben haben. Der Verlust meiner Mom saß so tief. Ich hätte es einfach nicht ertragen, wenn ich Lou eines Tages auf eine Art verloren hätte. Oder wenn sich etwas in unserem Umfeld verändert hätte, weil wir nun offiziell ein Paar sind. Ich hätte nicht mit blöden Kommentaren umgehen können oder der Frage, ob die Liebe es wirklich wert ist, dass wir unsere enge Freundschaft aufs Spiel setzen.

Ich wollte mich all dieser Ängste nicht stellen.

Ich wollte nicht, dass sich etwas ändert.

Aber eben weil ich so sehr an der Vergangenheit festgehalten habe, habe ich mir selbst alles genommen.

Und genau deswegen stehe ich jetzt hier und sehe auf eine verschlossene Tür.

Regungslos stehe ich da.

Sicherlich sorgt diese Aktion hier nur noch mehr dafür, dass Lou sich von mir zurückzieht. Sicherlich habe ich nur das genaue Gegenteil von dem, was ich mir gewünscht habe, erzeugt.

Fuck!

Ich schließe die Augen und schüttle den Kopf.

Aber was bringt es, hier länger zu stehen?

Ich laufe die Treppen nach unten und steige in meinen Firmenwagen. Während ich wegfahre, sehe ich durch den Rückspiegel zu dem Haus von Lous Großeltern und frage mich, wie lange sie wohl noch in der Wohnung bleiben wird. Sicherlich haut sie bald wieder ab und ich kann nichts dagegen machen. Egal, wie oft ich es ihr sagen werde, egal, wie oft ich frage. Lou wird mir die Wahrheit erst erzählen, wenn sie bereit dafür ist. Für alles andere ist sie viel zu dickköpfig.

Nur ist genau das für mich so unfassbar schwer zu ertragen.

Ich habe keine Kontrolle über die Situation und muss mich gedulden, bis sie bereit ist. Dabei würde ich gerne sofort Bescheid wissen, was vor sich geht.

Ich fahre eine Weile ziellos durch Lunar Beach und weil an Schlaf sowieso nicht zu denken ist, parke ich den Wagen vor meiner Werkstatt und mache mich dort an die Arbeit. Die meditative Stimmung setzt ein und nur kurz darauf vergesse ich die Welt um mich herum, tanke Kraft aus meiner Wut und Enttäuschung und verwandle sie in Arbeitsstunden. Ich schleife und schraube und sitze um kurz nach fünf in der Nacht in einem der alten Sessel und suche auf Verkaufsplattformen nach neuen Vans, die ich ausbauen möchte. Mir ist schlecht, weil ich inzwischen schrecklich müde bin, und gleichzeitig treibt mich noch immer etwas in meinem Inneren an. Ich weiß nicht, was es ist. Vielleicht mein Ego. Aber ich bin mir einfach so unfassbar sicher, dass ich es nicht zulassen möchte, dass mir das hier auch noch genommen wird. Ich will etwas erschaffen, was nur mir gehört. Etwas, was mir niemand nehmen kann. Eine Sache, die mich und meine Familie für immer absichern wird, sodass ich nicht länger abhängig bin von anderen Menschen oder einem anderen Arbeitgeber.

Ich will endlich frei sein.

Aber das, was mich aktuell am meisten einsperrt, sind meine Gefühle der Schuld und Verunsicherung, Lou gegenüber.

Kapitel 12

Lou

»Und du bist dir sicher, dass du das machen möchtest?«, fragt meine Grandma.

Ich nicke. Abermals.

Wir sind in getrennten Fahrzeugen zu dem Haus meiner Eltern gefahren. Mir ist klar, dass ich nach diesem Besuch nur noch eines möchte: in meinen sicheren Ankerlatz fliehen. Meiner Wohnung in Pittsburg. Die Zeit in Lunar Beach hat vieles in mir geheilt und gleichzeitig so unfassbar viel wieder aufgewühlt. Besonders Dylans Besuch gestern Abend. Ich empfinde Schuld und Scham und Mitgefühl, weil ich an seiner Stelle sicherlich auch völlig verzweifelt gewesen wäre und mir sehnlichst gewünscht hätte, endlich zu erfahren, was los ist. Hätte diese Unwissenheit genauso wenig ausgehalten und gleichzeitig spüre ich Wut. Ich würde so gerne sagen, was los ist. Aber er scheint mir einfach nicht zu glauben, dass ich eben nicht kann. Es geht nicht. Vorher muss ich diesen Schritt hier gehen. Vor mir ist diese Mauer, die ich schier nicht durchbrechen kann. Und deswegen muss ich andere Wege finden, um sie zu überwinden.

»Ja, ich bin mir ganz sicher. Das hier ist längst überfällig.« Ich recke das Kinn, strecke den Rücken durch und rede mir selbst ein, dass ich meinen Eltern gleich die Stirn bieten werde. Keine Chance mehr für Ausreden. Ich lasse mich nicht vertrösten und ich will auch nicht hören, dass sie mich so schrecklich vermisst haben. Immerhin kann ich an einer Hand abzählen, wie oft sich meine Eltern im letzten Jahr bei mir gemeldet haben.

Sagen, dass ich die Wahrheit kenne.

Ihnen ein Ultimatum stellen.

Drohen, dass ich sonst die Wahrheit verkünden werde.

Gehen.

Mehr habe ich nicht zu tun.

Mehr will ich auch gar nicht tun.

»Okay, dann lass es uns hinter uns bringen«, sagt mein Großvater mit Nachdruck. Er legt die Hand fest um meinen Rücken und drückt mich liebevoll Richtung Eingangstür. Ich hebe den Blick und sehe die tiefen Furchen auf seiner Stirn. Die letzten beiden Tage hat er sich kaum etwas anmerken lassen, doch jetzt gerade sehe ich ihm die Anspannung an. Erkenne, dass das, was ich meinen Großeltern erzählt habe, wirklich etwas mit ihm macht. Die letzten zweiundsiebzig Stunden war ich mir unsicher, ob er mir nicht zugehört hat oder ob er mir einfach ein gutes Gefühl geben wollte und seine Sorgen verdrängt hat. Das schien offensichtlich der Fall gewesen zu sein. Genauso bei meiner Großmutter.

Als wir vor der Holztür halten, legt auch sie mir die Hand auf die Schulter. Die beiden an meiner Seite zu haben, gibt mir den Mut, die Klingel zu drücken.

Sofort verstärkt sich die Übelkeit in meiner Brust.

Seit ich gestern nach Dylans Besuch beschlossen habe, heute zu meinen Eltern zu fahren, spielt mein Magen und Darm verrückt. Zusätzlich zerren Herzrasen und Schweißausbrüche an meinen Nerven.

Aber ich weiß, dass ich das Richtige tue.

Weiß, dass ich es niemals hätte mit meinem Gewissen vereinbaren können, von hier wegzufahren, ohne auf meine Eltern zuzugehen. Ohne endlich die nötigen Schritte einzuleiten, damit alle die Wahrheit erfahren.

Ich fühle mich allein mit meinem Gewissen. Und doch zeigt mir die Nähe meiner Großeltern, dass ich es nicht bin.

Nur ändert mein rationales Wissen nichts an den Gefühlen tief in meinem Inneren. Ich habe mich so oft in meiner Kindheit und Jugend allein und im Stich gelassen gefühlt. Für meine Eltern war ich immer Mittel zum Zweck. Etwas, womit sie angeben konnten. Mit meinen Noten. Meinen sportlichen Aktivitäten. Meinem Aussehen. Ich war immer etwas, womit sie sich schmücken konnten. Die schöne und kluge Tochter. Sehr alle hin!

Bis ich mich entschieden habe, genau das nicht mehr zu sein. Ein Vorzeigeexemplar.

Denn das wollte ich nie sein. Ich wollte Eltern, die mich lieben und schätzen, wie ich eben bin. Nicht für das, was ich tue.

Also wuchs ich bei meinen Großeltern auf.

Weil ich ja eh machen würde, was ich will und nicht kontrollierbar bin.

Dabei haben sie nur nie gesehen, dass alles, was ich mir gewünscht habe, ihre Liebe ist.

Mehr hätte ich nicht gebraucht, um mit ihnen an einem Strang zu ziehen.

Mich an ihre Regeln zu halten.

Ich hole tief Luft.

Halte sie an.

Und dann. Ganz plötzlich.

Öffnet sich die Tür.

Eine genervte Frau in ihren Fünfzigern steht vor mir.

Vor uns.

Sie hat ein Handy am Ohr und einen Becher in der Hand.

»Es hat geklingelt. Warte bitte -«

Weiter schafft sie es nicht, der Person am anderen Ende der Leitung zu sagen, dass ihre Tochter seit einem Jahr wieder vor ihr steht. Da sausen sowohl Handy als auch Tasse zu Boden. Vor den Füßen meiner Mutter entsteht ein Brei aus Schmerzen, dem Telefon und brauner Flüssigkeit. Ihr entfährt ein spitzer Schrei. Dabei hat sie allerdings den Blick noch immer auf mich gerichtet.

»Louise! - Du - Äh - Wie -« Sie lacht auf. Es klingt hässlich und hysterisch und es ärgert mich, dass diese Frau vor mir schon wieder nicht in der Lage ist, auf ihre Tochter zuzugehen und sie zu umarmen.

»Spar dir das«, pfeffere ich ihr entgegen.

Eigentlich wollte ich warten, bis auch Dad hier ist, aber ich halte es nicht länger aus, hier zu stehen und diese Frau anzusehen in ihrem hübschen Kostüm und der perfekt sitzenden Frisur.

Hat sie auch nur ein Mal an mich gedacht?

Bin ich ihr so egal?

»Ich kenne die Wahrheit, Mom. Ich weiß von meiner Schwester. Ich weiß von Chrissi. Und wenn ihr es ihr nicht sagt, dann werde ich es tun. Zwei Wochen. Wenn ihr es ihr in zwei Wochen nicht gesagt habt, dass Dad ihr Vater ist, dann werde ich es tun.«

Der Griff meiner Großeltern verstärkt sich.
Ich habe es geschafft.
Ich habe die Wahrheit ausgesprochen.

Ein Jahr zuvor

Dylan

Ich zucke heftig zusammen und Lou und ich drehen uns gleichzeitig um. Ihr Vater kommt direkt auf uns zugelaufen. Jack Baker. Mein Vorgesetzter und der Mann, der irgendwie mein Leben zusammengehalten hat, nachdem meine Mom gestorben ist. Der Mann, der irgendwie dafür gesorgt hat, dass mein Leben nicht völlig den Bach heruntergeht, seitdem wir Waisenkinder sind. Dem Mann, dem ich mit nichts anderem als Dankbarkeit begegnen sollte. Der Mann, dessen Tochter ich heute heimlich mit zur Baustelle genommen und gerade geküsst habe.

Der Jack Baker.

Zorn spiegelt sich auf seinem Gesicht wider.

Absolut verständlicher Weise.

Fuck, was auch immer das für Folgen haben wird. Ich bin mir nicht sicher, ob ich mit den Konsequenzen umgehen kann.

Ob er vielleicht nicht gesehen hat, dass wir uns geküsst haben? Was aus der Richtung, als der er kam, eigentlich völlig unmöglich ist.

Er wird es gesehen haben.

Er muss es gesehen haben.

Er muss nun von uns wissen.

Alles, was ich immer versucht habe zu vermeiden, ist jetzt geschehen und ich bin mir nicht sicher, ob mein Leben in nur vierundzwanzig Stunden dasselbe sein kann.

Mein schlechtes Gewissen bringt mich beinahe um.

»Louise Baker. Denkst du etwa, dass wir uns keine Sorgen machen? Deine Mom wartet nun schon seit sieben Stunden in ihrem Büro auf dich. Heute wären wichtige Termine gewesen, auch für dich! Und was machst du? Haust einfach ab. Deine Großeltern wussten auch nicht, wo du bist. Wir haben gedacht, dass dir sonst etwas passiert ist! Wir sind gestorben vor Sorge!«

Jacks Gesicht ist knallrot. An seinem Hals sticht eine Ader pochend heraus.

Lous Blick ist gleichgültig. Ich weiß ganz genau, was in ihr vorgeht. Kann es mir genau vorstellen, was sie gerade denkt. Sehe ihr so direkt an, dass sie ihm kein Wort glaubt. Lous Eltern interessieren sich nämlich nur dann für sie, wenn es darum geht, dass sie bei ihrer Mom im Architekturbüro arbeiten soll oder wenn sie sie mal wieder mit ihren Unibewerbungen drängen. Sie hat gerade mal vor wenigen Wochen ihren Highschoolabschluss bestanden und weiß noch gar nicht genau, was sie studieren möchte. Sie soll Architektur studieren, aber Lou möchte viel lieber im praktischen Handwerk arbeiten und nicht im Büro sitzen. Dafür haben ihre Eltern nur keinerlei Verständnis.

Aber ich weiß, was Lou bewegt und was in ihr vorgeht und genau deswegen war es für mich selbstverständlich, ihr zu verraten, auf welcher Baustelle wir sind, auch wenn mir klar war, dass sie mit dem Rad zu mir kommen wird. Ich habe mich sogar darauf gefreut. Auf sie. Die Arbeit mit ihr und die küsse, die wir uns zwischendrin immer geschenkt haben. Lou hat den ganzen Tag leichter und strahlend für mich gemacht und jetzt scheinen wir gemeinsam unterzugehen.

»Hast du dazu nichts zu sagen, Louise? Tut es dir nicht leid, wie du mit deinen Eltern umgehst? Immer machst du nur ärger.«

Lou lacht schallend auf. Beinahe bekommt sie sich gar nicht mehr ein vor Lächeln, doch dann schüttelt sie nur mit dem Kopf. »Das kannst du doch nicht ernst meinen?«

»Was sollte ich nicht ernst meinen können?«, fragt Jack. Er lehnt sich Stück für Stück immer mehr zu ihr. Drohend. Wütend. Aber Lou lässt sich davon nicht beirren.

Sie bleibt bei sich und steht für sich ein und dafür bewundere ich sie.

»Ihr habt euch mein Leben lang nicht für mich interessiert. Aber jetzt plötzlich ist es euch so wichtig, wo ich bin und wie ich meine Zeit verbringe? Jetzt, wo es um meine berufliche Zukunft geht? Da seid ihr plötzlich da und wollt mitbestimmen. Ist schon klar!« Sie schüttelt den Kopf. »Ich bin euch gar nichts schuldig und kann machen, was ich will!«

Plötzlich richtet sich Jacks Blick auf mich. Jetzt, wo er merkt, dass er bei Lou wirklich nichts bewirken kann.

»Verschwinde Louise, bevor ich mich gleich vergesse«, sagt er und mir gefriert das Blut in den Adern.

Lou regt sich nicht.

»Steig jetzt sofort auf dein Fahrrad und fahre. Wir klären das noch mal!«

Ihr Blick zuckt zu mir. Sie atmet tief ein und geht

noch immer nicht.

Jacks Brust hebt sich immer schneller. Gleich platzt er vor Wut. Und ich will nicht, dass die Situation noch weiter eskaliert.

»Du solltest auf deinen Vater hören«, sage ich zu Lou und hasse, dass sich meine Stimme dabei so glaubwürdig anhört. Als würde ich auf Jacks Seite stehen. Dabei will ich einfach nicht, dass wir alle mehr unter dieser Situation leiden, als wir es eh schon tun.

Lou schüttelt den Kopf und lacht auf.

Ohne ein weiteres Wort zu sagen, steigt sie auf das Rad und verschwindet.

Und ich habe das Gefühl, als würde ich in eine tiefe Schlucht stürzen.

Lou

Ich fahre vom Hof und bleibe hinter der Hecke stehen, um das Gespräch zwischen Dylan und meinem Dad belauschen zu können. Es wundert mich so sehr, warum ich nicht dabei sein darf. Was haben die beiden wohl zu besprechen, dass ich nicht dabei sein darf?

Ich halte den Atem an und lausche. Gedämpfte Stimmen sind zu hören, doch keine genauen Worte. So stelle ich mein Rad ab und klettere über die kleinen Hügel noch dichter an das Gestrüpp heran. Endlich erkenne ich, was die beiden sagen.

»Jack, so ist das nicht!« Dylan klingt panisch und aufgebracht. Ich runzle die Stirn.

»Ach, nein? Wie ist es denn dann? Erzähl mal!«

Stille.

Er lacht auf, was fies klingt. »Ich wusste, dass du jetzt kneifst. Ich habe dir alles geboten! Alles! Du warst wie der Sohn, von dem ich mir immer gewünscht habe, dass er eines Tages meine Firma übernimmt.«

Mein Herz bricht. Seine Worte tun einfach unfassbar weh.

Denn ich bin hier. Ich bin seine Tochter, sein Kind und ich würde alles dafür geben, dass ich eines Tages die Firma übernehmen darf.

Aber mich respektiert er einfach nicht, weil ich eine Frau bin.

Oder angeblich für etwas Besseres bestimmt sein soll. Etwas mit mehr Zukunft. Architektur diese Scheiße.

»Und was ist, wenn es mir ernst mit Lou ist?«, fragt Dylan. Seine Worte – die Liebe darin – lassen mich den Schmerz einen Moment lang vergessen. Bis mein Vater wieder seine Stimme erhebt.

»Nein, Dylan. Das geht nicht. Es geht nicht, hörst du? Es gibt da Dinge, die ihr nicht wissen -« Er stockt abrupt. »Ihr dürft das nicht, hörst du? Es geht einfach nicht!«

»Aber -«

»Nein!«, faucht mein Vater. »Wenn ihr einander nicht vergesst, dann …«

»Was ist dann?«

»Es ist besser für uns beide, wenn …« Pause. »Du musst sie vergessen! Sonst müssen wir andere Geschütze aufziehen.«

Mein Herz schlägt so panisch, dass ich es kraftvoll in meinem Brustkorb spüre, doch um mich herum wird es still.

Kapitel 13

Lou

Ich begrüße die Kunden. Scanne die Artikel ein. Nenne den Preis. Kassiere. Wünsche Ihnen einen schönen Tag.

Das geht Stunde um Stunde so.

An manchen Tagen genieße ich diesen einfachen Job an der Tankstelle. An anderen hasse ich alles daran.

Ein solcher Tag ist heute.

Nach dem Besuch bei meinen Eltern, den ich sofort abgebrochen habe, als meine Mutter weiterhin nichts erwidert hat. Vielleicht stand sie unter Schock. Vielleicht wusste auch sie nichts von der Affäre meines Vaters. Vielleicht hat sich auch einfach nicht damit gerechnet, dass ich davon weiß und mich nicht scheue, sie damit zu konfrontieren.

Auf all diese Fragen habe ich keine Antwort. Aber anders, als an den guten Tagen bei der Arbeit, kann ich mich heute nicht in den Arbeitsflow fallen lassen. Und ich kann auch nicht freundlich mit den Menschen reden, die vor mir stehen.

Alles, was ich möchte, ist mich in meiner Bettdecke zu verkriechen und verstehen, was passiert ist in den letzten Tagen.

Die Aussprache mit meinen Großeltern.

Die Überraschung meiner Freund*innen.

Dylans abendlicher Besuch.

Die Begegnung mit meiner Mutter.

All das war nicht körperlich anstrengend, aber emotional. Ich würde mir wünschen, dass ich drei Wochen Urlaub bekommen könnte, um das alles zu verarbeiten. Nur ist das leider Wunschdenken.

Und so zieht die Zeit langsam vorbei und ich bin unfassbar dankbar, als ich endlich Feierabend machen kann. Nach dem Schichtwechsel ziehe ich mir noch einen Kaffee aus dem Automaten und gehe mit meinem Tagebuch nach draußen und setze mich auf eine der Bänke. Dieses lilafarbene Buch begleitet mich, seit ich hier hergekommen bin. Meine Therapeutin hat es mir damals empfohlen, um mich durch das geschriebene Wort zu reflektieren und das Geschehene besser verstehen zu können. Das Tagebuchschreiben soll mir dabei helfen, mir selbst und meinem Körper wieder mehr zuzuhören. Es ist gut dafür, um den Bezug zu mir selbst nicht zu verlieren und meine Taten und Gefühle wieder bewusster einordnen zu können und sie nicht länger zu unterdrücken.

Mit der Zeit wurde die Routine, täglich meine Gedanken aufzuschreiben, immer wichtiger für mich. Nur gibt es auch Tage wie den Heutigen, an denen so viel passiert ist, dass ich gar nicht genau weiß, wo ich anfangen sollte, meine Gedanken niederzuschreiben. Stattdessen sitze ich hier, nippe an dem schwarzen Kaffee und beobachte das Geschehen an den Tanksäulen, ehe ich beginne, in dem Buch zu blättern. Den ersten Satz habe ich vor 378 Tagen aufgeschrieben. Er lautet: Ich halte dieses Leben nicht mehr aus.

Und es stimmt. Stimmte. Vergangenheit.

Heute weiß ich wieder, dass es so viele Gründe gibt, wofür sich das Leben lohnt und gleichzeitig übermannt es mich alles. Immer noch. Ich habe das Gefühl, dass ich noch so viele Dinge tun muss, ehe ich mir erlaube, mein Leben zu genießen. Es kommt mir so unfair vor.

Ich habe eine Schwester, der ich nicht sagen kann, dass wir verwandt sind, weil meine Eltern das scheinbar für unnötig halten. Sie wollen es nicht. Sonst würden sie es doch tun, oder nicht? Was hindert sie? Warum zögern sie? Warum lassen sie mich mit diesem Wissen so allein? Haben wir wirklich gar keine Idee, was das mit mir macht? Ist es ihnen so egal?

Ich blättere durch das Buch und lese hier und dort einige Zeilen. All die Emotionen in meinem Körper und das Wissen in meinem Kopf nimmt mich so sehr ein, dass ich es allein nicht schaffe, den Sturm in meinem Inneren zu einem Text zu formulieren.

So trinke ich meinen Kaffee weiter und kämpfe mit den Tränen.

Warum, frage ich mich. Warum müssen einige Menschen so für ihr Glück und ihren Seelenfrieden kämpfen, während andere scheinbar einfach zurechtkommen und ihr Leben genießen. Woran liegt das? Ist das Karma?

Was habe ich getan, damit ich diesen Schmerz verdiene?

Warum muss ich so sehr dafür kämpfen, Ich selbst sein zu dürfen?

Oder führe ich den Kampf in Wahrheit nur mit mir selbst, weil ich es mir nicht erlaube, mein Leben nach meinen persönlichen Wünschen und Vorstellungen zu gestalten?

Im Augenwinkel sehe ich, wie jemand auf mich zukommt. Ich hebe den Blick und schaue geradewegs in

Emmas strahlendes Gesicht.

»Hey!«, rufe ich und stehe auf. Wir fallen einander in die Arme. Erst dann erwidert sie meine Begrüßung. Für einige Minuten halten wir einander. Als wir uns setzen, klappe ich mein Tagebuch zu und atme tief durch.

Wenn Emma bei mir ist, wird alles leichter. Sie gibt mir unfassbar viel Halt und Hoffnung und ich bin froh, sie hier kennengelernt zu haben. Emma hat auch hier in der Tankstelle gearbeitet, als sie mit ihrer Selbstständigkeit noch nicht genug Geld verdient hat. Sie ist Foto- und Videografin und studiert nebenher noch BWL. Bis alles zusammen zu viel wurde und sie den großen Sprung wagen musste, nur durch die Einnahmen ihrer Selbstständigkeit zu leben. Das ist ihr mit Erfolg gelungen und mich erfüllt es mit Stolz, sie auf diesem Weg begleiten zu dürfen. Auch wenn die Möglichkeit, dass wir uns sehen, seitdem ziemlich knapp geworden ist. Emma ist ein Workahollic. Wenn auch manchmal aus der Angst getrieben, ihre Rechnungen nicht zahlen zu können. Dabei weiß ich aber eigentlich auch, dass sie dafür genug Rücklagen geschaffen hat.

Manche Ängste und Themen wird man nie ganz los.

Auch ich werde immer einen besonderen Blick auf meine mentale Gesundheit werfen müssen.

Und dennoch weiß ich, dass es eines Tages besser werden kann.

»Erzähl, wie geht es dir?«, fordert Emma mich auf und meine Emotionen finden kein Halten mehr. All der gesammelte Schmerz und meine Ängste brechen in Form von Tränen aus mir heraus.

»Ich war das Wochenende in der Heimat«, antworte ich und Emma klappt die Kinnlade herunter. Sie rutscht auf der Bank ein Stück auf mich zu und legt mir den Arm um die Schultern.

Ich erzähle ihr alles. Jedes kleine Detail und etliche Emotionen, die ich mit dem Erlebnis verbinde.

An diesem Nachmittag ist Emma mein Tagebuch.

Sie hört mir aufmerksam zu, stellt kluge Fragen und tut dann etwas, was ein Notizheft nicht hätte tun können: Sie spendet mir Trost.

»Weißt du, so oft komme ich mir so fremd vor. Fremd in mir selbst und in diesem Leben. Alles, was ich gerne machen möchte, wird von anderen Leuten kritisiert und mir wird gesagt, dass es falsch ist. Ich darf den Job nicht ausüben, den ich so unfassbar gerne machen möchte. Dem Menschen, den ich liebe, dem kann ich nicht in die Augen sehen, weil ich weiß, wer der Vater seiner - unserer Schwester - ist. Wir sind nicht verwandt, aber alles daran kommt mir falsch vor. Meine Eltern, die mir immer vorwerfen, dass ich funktionieren müsste, wenn ich geliebt werden will. Ich habe keine Ahnung mehr, was Richtig und was Falsch ist.«

Emma schweigt und ich tue es auch. Dabei drehen sich meine Gedanken permanent um sich selbst.

Bis ich doch zu einem Schluss kommt.

Ja, vielleicht ist es das, denke ich. Vielleicht kommt mir die Welt so fremd vor, weil ich mich selbst darin verloren habe. In der Welt und in den Erwartungen anderer. Nur das wir genau das nicht tun sollten. Weil ich mir selbst so sicher bin, dass wir nur dann erfüllt Leben können, wenn wir nach unserer Wahrheit leben. Wenn wir uns in uns selbst verlieren. Wenn wir

Menschen uns den Raum und die Freiheit nehmen, unser Leben so zu gestalten, dass es uns glücklich macht. Uns selbst. Alle anderen sind zweitrangig. Nicht egal. Aber unsere erste Priorität müssen wir selbst sein.

Wie schön könnte das Leben sein, wenn jeder einzelne Mensch so lebt, wie es ihn erfüllt?

Ein Planet voller glücklicher Menschen, die sich gegenseitig auf die Füße helfen, statt nur auf ihren persönlichen Wohlstand oder ihr Ego zu achten. Wie vielen wäre wohl allein dadurch schon geholfen?

Emma und ich sitzen noch eine Weile zusammen. Wir reden, sie wischt mir die Tränen weg und dann können wir wieder gemeinsam lachen. Voller freundschaftlicher Liebe sehe ich die Person mir gegenüber an und empfinde nichts außer Dankbarkeit und vielleicht ein wenig Bewunderung. Denn Emma ist genau einer solcher Menschen, wie ich gerne wäre. Emma hat es geschafft, dass sie ihren Traum leben kann. Sie jeden Tag nach ihren Vorstellungen gestaltet.

Und auch, wenn sie viele Termine und Verantwortung trägt, ist sie frei.

Sie hat sich gefunden und nicht in der Welt verloren.

Ich hoffe so sehr, dass auch ich eines Tages die Kraft finde, wieder aufzutauchen.

***

Es ist schon kurz nach eins, doch ich liege noch immer ruhelos im Bett. Ein Satz von meinem Gespräch mit Emma ist mir besonders in Erinnerung geblieben. Sie hat mir dazu geraten, den Kontakt mit Dylan und

Celine nicht wieder abzubrechen, auch wenn es sein kann, dass meine Eltern nicht direkt in zwei Wochen mit der Wahrheit rausrücken. Dann habe ich noch immer die Optionen, es Dylan und Chrissi selbst zu sagen. Ich habe Optionen. Das hat Emma ausdrücklich gesagt. Aber ich darf deswegen nicht länger darauf warten, die Dinge zu tun, die mich glücklich machen. Und mich langsam meinen Freund*innen anzunähern, ist kein Verbrechen.

Ich habe keine Ahnung, was richtig und was falsch ist. Meiner Meinung nach, haben meine Freund*innen und besonders Chrissi ein großes Recht darauf, zu erfahren, was passiert ist, aber auf der anderen Seite … Was ist, wenn Emma recht hat? Wenn ich mir den Kontakt nicht verbieten kann, nur weil meine Eltern keine Verantwortung übernehmen?

Ohne über meine Handlungen nachzudenken, scrolle ich durch meine Bildergalerie auf dem Handy. Je weiter ich nach oben komme, desto häufiger kommen meine Freund*innen auf den Bildern vor.

Und je klarer wird mir, wie sehr sie mir fehlen.

Ich will in ihrer Nähe sein.

Celine noch weiter über ihre Bücher und ihren Mut zu Veröffentlichen ausquetschen.

Ich will erfahren, wie sie Will immer weiter kennengelernt hat.

Ich will Teil sein.

Ein Teil von dem Leben meiner Freund*innen.

Ich will mich nicht weiter verstecken und hoffen, dass dann alles besser wird. Ich weiß, dass ich mich trauen muss, aus meinem Versteck aufzutreten.

Oder …

Ich lade sie einfach in mein Versteck ein und dann

dürfen sie entscheiden, ob sie bleiben möchten.

Oder eben nicht.

Dylan

Ich liege im Bett und starre an die Decke. Auch schon gestern habe ich fast die halbe Nacht in meiner Werkstatt verbracht und habe versucht, mir den Schmerz von der Seele zu arbeiten. Doch leider ohne Erfolg.

Stattdessen ist mein Tag bloß von unfassbaren Kopfschmerzen und Kreislaufproblemen geprägt und ich spiele ernsthaft mit dem Gedanken, mich für morgen krank zu melden und meinen Schmerz stattdessen wegzuschlafen. Aber sicherlich wird auch das nicht funktionieren und stattdessen gilt wieder das übliche Sprichwort: Die Zeit heilt alle Wunden. Dabei halte ich das eigentlich für Schwachsinn.

Ich drehe mich auf die rechte Seite und hoffe, dass ich dadurch einschlafen kann, wie es dann meist der Fall ist. Nur leider ohne Erfolg.

Im Dunkeln taste ich nach meinem Handy mit dem Gedanken, eine Schlafmeditation herauszusuchen, damit ich hoffentlich wirklich zur Ruhe komme, als ich eine Nachricht entdecke, die dafür sorgt, dass ich kerzengerade im Bett sitze.

Lou hat mir geschrieben.

Schon vor siebenunddreißig Minuten!

Nachts habe ich mein Handy immer auf lautlos, wodurch ich nicht direkt mitbekommen habe, dass sie mir geschrieben hat.

Ich rutsche mit dem Hintern zurück und lehne mich in die Kissen. Ohne länger zu zögern, öffne ich den Chat und versuche zu begreifen, was dort in der Nachricht steht.

Lou: Hallo Dylan. Ich weiß nicht, wo ich anfangen und wie ich dir das jemals erklären soll, aber ich habe mich so von dir in die Enge gedrängt gefühlt und wusste einfach nicht, wie ich dir das alles erklären soll. Deswegen habe ich dich so weggestoßen. Das tut mir leid. Und es tut mir leid, dass es die Wahrheit ist. Es gibt Dinge, die kann ich einfach noch nicht mit dir teilen. Auch wenn ich das unfassbar gerne tun würde. Es geht noch nicht.

Und dennoch fehlt ihr mir alle so schrecklich und ich wünsche mir so sehr, dass wir einander wieder näher kommen. Nur geht das leider nur in kleinen Schritten. Es tut mir leid.

Ich habe mir aber gedacht, dass du und Celine mich vielleicht mal besuchen kommen möchtet?

Das würde ich sehr zu schätzen wissen.

Deine Lou.

Kapitel 14

Dylan

Ich blicke nach rechts zu Celine.
Meine Cousine sitzt stocksteif auf dem Beifahrersitz.
Ihre Finger halten sich noch immer an der Papierbox auf ihrem Schoß fest.
Darin befindet sich Gebäck aus dem *Milk & Sugar*. Ihr Blick ist starr geradeaus gerichtet.
Ich bin mir nicht sicher, ob sich die Gedanken in ihrem Kopf überschlagen, oder ob sich in ihrem Kopf die gleiche Leere widerspiegelt, wie ihre Augen ausdrücken.
Die Ampel wird grün und wie das Navi sagt, biege ich rechts ab und damit direkt in die Straße, in der Lou wohnen soll. So wirklich glauben kann ich das noch nicht. Es kommt mir vor wie ein Traum. Wie ein Missgeschick. Wie eine Lüge, die ich gleich aufdecke.
Und doch muss ich leider feststellen, dass es sich dabei um die Wahrheit handelt.
Nach nur einhundert Metern sehe ich bereits ihr Auto vor einem Wohnblock stehen. Die Lage wundert mich. Die Lou, die ich kenne, hasst den Lärm der Straßen. Aber scheinbar darf ich diesen Menschen, von dem ich dachte, ihn besser zu kennen als mich selbst, noch einmal ganz neu kennenlernen.

Lou

Nervös laufe ich auf und ab. Letztes Wochenende war ich erst in der Heimat und nur eine Woche später besuchen Dylan und Celine mich hier in Pittsburg. Seit diese Verabredung steht, kann ich kaum noch Schlafen. Ich putze jeden Winkel meiner Wohnung, weil ich nicht möchte, dass die beiden mir anmerken, dass es mir durch die Depression manchmal schwerfällt, Ordnung zu halten. Auch wenn ich weiß, dass eigentlich das eines der wichtigsten Dinge ist: ein sauberes Umfeld für klare Gedanken. Immer wenn meine Wohnung wieder im Chaos zu versinken droht, merke ich, wie es mir psychisch schlechter geht. Es gibt einen direkten Zusammenhang zwischen meiner mentalen Gesundheit und der Sauberkeit in meiner Wohnung.

Nur würde ich auch nicht behaupten, dass mein jetziger Putzfimmel unbedingt dafür steht, dass es mir gut geht. Viel mehr bin ich von Angst angetrieben.

Und deswegen wische ich auch gerade alle Oberflächen ab, obwohl ich weiß, dass ich das erst am Morgen getan habe und weiß, dass Celine und Dylan jederzeit hier ankommen könnten. Gerade poliere ich über einen Wasserfleck auf meiner Spüle, als es an der Tür klingelt. Ich fahre zusammen, hänge wie ferngesteuert das Handtuch auf und ärgere mich darüber, die beiden eingeladen zu haben.

In diesem Moment verstehe ich nicht, warum ich das getan habe.

Begreife nicht, was das hier bringen soll.

Würde so unfassbar gerne zurück in meine Komfortzone.

Aber das hier liegt weit weg davon.

Abgesehen von Emma hat mich noch niemand in dieser Wohnung besucht.

Ich war immer allein. War immer für mich und konnte heilen; Kraft tanken.

Und jetzt möchte ich den wichtigsten Menschen in meinem Leben Eintritt gestatten und bin mir nicht sicher, wie richtig diese Entscheidung war.

Ob ich damit vielleicht alles schlimmer statt besser mache?

Es klingelt erneut.

Okay, kein Zurück mehr, denke ich und atme tief durch.

Ich schaffe das. Ich habe es verdient, dass die wichtigsten Menschen in meinem Leben Teil daran haben dürfen. Ohne Widerrede.

Mit zittrigen Fingern betätige ich den Summer und öffne die Wohnungstür. Ich höre, wie Dylan und Celine eintreten und ihre Schritte im Flur. Und dann sehe ich die beiden und begegne Dylans Blick. Eindringlich sieht er mich an und ich spüre, wie meine Knie weich werden. Schwer atme ich ein und halte mich an der Türzarge fest. Er mustert mich. Dunkle Schatten liegen unter seinen Augen und ohne auch nur ein Wort miteinander gesprochen zu haben, weiß ich, dass es ihm ähnlich schlecht gehen muss, wie mir. Das sehe ich ihm einfach an.

Celine geht vor ihm und bleibt schneller als erwartet vor mir stehen. In der Hand hält sie einen Karton aus dem *Milk & Sugar*. Meine Mundwinkel schießen in die Höhe. Mir war selbst kaum bewusst, wie sehr ich den Kuchen aus dem Café vermisst habe.

Ich kann nicht anders, gehe einen Schritt nach vorne und ziehe meine beste Freundin in eine lange Umarmung. Tränen sammeln sich hinter meinen Lidern und als ich sie öffne, kullert eine Träne meine Wange hinunter. Celine fehlt mir so sehr. Und das, obwohl sie direkt vor mir steht. Mir fehlt es, ihr abends bei der Arbeit im Café zu helfen, damit wir schneller hoch in ihre Wohnung gehen können, um uns über unseren Tag auszutauschen. Mir fehlen ihre klugen Fragen, wenn ich Mal wieder das Gefühl habe, dass mein Leben bloß aus einer Sackgasse besteht. Celine war immer da.

Bis ich gegangen bin.

Schuldgefühle machen sich in mir breit, als ich Dylans Blick erhasche. Mit gerunzelter Stirn sieht er uns an. Ich atme tief durch und löse mich langsam von Celine. Als wir einander ansehen, hat auch sie Tränen in den Augen und ich senke den Blick. Anschließend trete ich beiseite und deute Celine an, einzutreten. Sofort folgt sie meiner Aufforderung.

Nur tritt dann Dylan vor mich.

Ich weiß nicht, was er Celine von seinem nächtlichen Besuch erzählt hat. Weiß nicht, ob es nach dieser Unterhaltung so fair ist, mich in seine Arme zu legen. Weiß nicht, ob ich mich vielleicht doch lieber fern von ihm halten sollte. Aber würde Celine dann nicht stutzig werden, wenn wir es nicht tun? Würde sie die Situation hinterfragen und uns früher oder später deswegen zur Rede stellen?

Ehe ich mir selbst noch eine weitere Frage stellen kann, trifft Dylan eine Entscheidung für uns beide und zieht mich an sich. Seine Arme liegen auf meinen Schultern und ich schließe meine um seinen Bauch. Mein Kopf legt sich auf seine Brust und in dem Moment, in dem ich seinen Geruch einatme, brechen all meine Dämme und die Versuchung mir einzureden, dass ich heute stark bin und keine Gefühle zeige. Ich beginne so heftig zu schluchzen, dass mein ganzer Körper vibriert. Meine Knie werden schwach und ich halte mich an Dylan fest. Und er - er hält mich.

Tränen laufen meine Wangen herunter und ich habe mehr und mehr das Gefühl, wäre es unmöglich, jemals wieder damit aufzuhören, zu weinen.

Niemand sagt etwas. Und dennoch habe ich das Gefühl, dass wir alle das Gleiche fühlen. Die gleiche Trauer, den gleichen Schmerz. Nur dass ich diejenige bin, die dafür verantwortlich ist.

Weil mir die Situation unangenehm wird, versuche ich wieder länger aus- als einzuatmen und schaffe es dadurch, mich ein wenig zu beruhigen. Und auch, wenn ich es mir nicht eingestehen will, hat es gutgetan, meinen Emotionen einfach freien Lauf zu lassen.

Als ich mich von Dylan löse, drehe ich mich sofort weg. Ich weiß, dass es mir das Herz brechen würde, wenn ich ihn jetzt ansehen müsste. Dann würde ich sicherlich nur erneut anfangen, schrecklich zu weinen, und das würde ich gerne vermeiden.

Stattdessen sehe ich Celine an, die in meinem Flur steht und mich aufmunternd anlächelt. Ich trete an die Tür und blicke auf den Boden, als Dylan nach mir in die Wohnung kommt. Anzusehen, wie seine Schuhe über die Schwelle treten, hat etwas Schweres an sich. Jetzt gibt es kein Zurück mehr. Jetzt sind die beiden wichtigsten Menschen in meinem Leben in meiner neuen Wohnung. In meinem Heilungszuhause wie ich es in Gedanken manchmal nenne.

Ich schließe die Tür hinter uns und als ich die Hand

vom Knauf nehme, bemerke ich, wie sehr meine Hand zittert.

»Wollen wir den Karton erstmal in die Küche bringen?«, frage ich Celine, die daraufhin nickt.

Ich gehe voraus in den zweiten Raum auf der linken Seite. Zwar hatte ich gestern nicht wie regulär Therapie, habe mir aber dennoch einen Strauß frischer Blumen gegönnt, die nun auf dem Tisch stehen. Darunter brennt eine Kerze. Das Geschirr, das ich hier habe, ist sehr zusammengewürfelt und viel habe ich auch nicht. Dennoch habe ich versucht, den Tisch möglichst hübsch einzudecken. Hätte ich gewusst, dass Celine Kuchen mitbringt, hätte ich in der Früh keinen gekauft. Aber das ist egal. Dann können wir uns jetzt jedenfalls dran sattessen.

Vor der Küchenzeile bleibe ich stehen und nehme Celine den Karton ab. Sie lässt den Blick schleifen und lächelt mich schließlich wieder an.

»Schön hast du's hier!«

Ich grinse zurück. »Danke! Aber eigentlich ist es so schade, dass der Raum so groß ist. Immerhin ist das hier nur die Küche.«

»Aber wie war das: Die besten Partys finden in der Küche statt? Ist doch schön, wenn man hier so gemütlich zusammensitzen kann. Dafür ist der Raum ideal.«

Stimmt, denke ich. Nur das ich meistens allein hier bin und absolut kein Bedürfnis danach habe, irgendwelche Leute für eine Party einzuladen.

»Zeigst du uns den Rest der Wohnung?«, fragt Celine und ich freue mich zutiefst über die Ablenkung.

»Ja klar!« Ich gehe voran und zeige den beiden zunächst mein Badezimmer und anschließend mein

Wohn- und gleichzeitig Schlafzimmer. Mit großen Augen betrachten die beiden mein Zimmer. Für mich ist dieses Zimmer inzwischen ein ganz gewöhnliches, doch die Reaktion der beiden macht mir deutlich, dass ich mich scheinbar zu sehr an die Schönheit dieses Raumes gewöhnt habe. Vor den Fenstern hängen dunkelgrüne Vorhänge. Statt einem einfachen Bettgestell habe ich Paletten übereinandergestapelt, sodass zwei Stufen zu meiner Matratze führen. In der Ecke steht ein dunkelroter Sessel, daneben ein kleines Bücherregal, das sofort Celines Aufmerksamkeit erhascht. Nachdem ich erfahren habe, dass sie ihre Bücher nun endlich veröffentlicht, ist es eine Ausgabe ihres Buches, die ich aktuell förmlich verschlinge. Ich kann beobachten, wie sich ihre Wangen rot färben und sie schnell den Blick abwendet. Gegenüber meines Bettes steht eine Kommode und darauf einige Pflanzen.

»Das war's auch schon«, sage ich. »Mehr gibt es hier gar nicht zu sehen. Abgesehen vielleicht von meinem Keller. Dort verbringe ich oftmals viel mehr Zeit als hier in der Wohnung.«

»Was befindet sich in deinem Keller?«, fragt Dylan.

»Ich vermisse das handwerkliche Arbeiten schrecklich. Und deswegen habe ich angefangen, ältere Möbel zu kaufen und sie zu restaurieren. Manchmal verkaufe ich sie auch wieder.«

»Oh, wie cool. Zeigst du sie uns später?«, fragt Celine.

Ich nicke. »Klar, wenn ihr das möchtet. Wir können auch gerne eine Runde durch den Ort drehen und dann zeige ich euch, wo ich arbeite und -« Ich halte inne. Sollte ich das wirklich? Aber andererseits, warum nicht? Immerhin sind die beiden genau deswegen hier. Weil ich ihnen zeigen möchte, wo ich bin und wie mein Leben hier aussieht.

Nur fällt es mir so unfassbar schwer, ihnen mein neues Leben zu zeigen, wenn ich ihnen nicht die Wahrheit darüber verraten kann, warum ich überhaupt hier bin. Und gleichzeitig weiß ich, dass mir einfach keine andere Wahl bleibt, wenn ich mich den beiden langsam wieder annähern möchte, auch bevor meine Eltern die Wahrheit über unsere Familie geteilt haben.

Panik macht sich in mir breit. Celine und Dylan tauschen einen Blick aus. Anschließend lächeln sie mich beide an.

»Gerne!«, sagt Celine. Ihr Blick ist so warm und voller Hoffnung und ich habe Angst, ihr all diese positiven Emotionen wieder nehmen zu müssen, sobald sie die Wahrheit kennen. Diese Aktion hier werden sie mir sicherlich übel nehmen, sobald sie wissen, was die ganze Zeit vor sich gegangen ist.

Vor allem Dylan.

Unterbewusst suche ich seinen Blick. Zwar lächelt er, doch auf seiner Stirn zeichnen sich Sorgenfalten ab. Seine Augen sind durch Dunkelheit und Traurigkeit geprägt. Vielleicht auch ein wenig hoffnungslos. Ich kann mir nicht vorstellen, wie schwer es für ihn sein muss, hier zu sein nach unserem Streit am vergangenen Wochenende. Nur wusste ich mich nicht anders zu wehren. Das Bedürfnis ihm nahe zu sein, ist einfach viel zu groß.

Dabei weiß ich, dass sein Bedürfnis danach mir nahe zu sein, Geschichte gewesen sein wird, sobald er weiß, dass Chrissi auch meine Schwester ist.

»Aber lasst uns doch erstmal in die Küche gehen. Möchtet ihr etwas bestimmtes Trinken?«, frage ich und gehe voraus.

»Was hast du denn da?«, fragt Celine hinter mir. Dylans Schritte höre ich ebenso.

Ich zeige den beiden meine Auswahl an verschiedenen Teesorten und deute auf meine Kaffeemaschine und die unterschiedlichen Sirupe, so wie den Milchaufschäumer.

»Das kann zwar nicht mit eurer Baristamaschine im *Milk & Sugar* mithalten, aber der Kaffee schmeckt dennoch ganz okay«, erkläre ich Celine und versuche die Stimmung dadurch aufzulockern.

»Also ich würde gerne einfach einen schwarzen Kaffee nehmen«, sagt Dylan und beäugt meine kleine Kaffeeecke mit gerunzelter Stirn.

Ich trete ein Stück nach rechts und nehme einen Becher aus dem Regal. Anschließend nehme ich ein entsprechendes Kaffeepad aus der Dose und starte den Vorgang. Die Maschine beginnt das Wasser zu erhitzen.

»Hast du Hafermilch da?«, fragt Celine und ich hebe den Blick.

»Ja, im Kühlschrank«, antworte ich und genieße den Anblick, wie meine beste Freundin ganz selbstverständlich den Kühlschrank öffnet und sich die Milchpackung herausnimmt. Dass sie scheinbar keine Schwierigkeiten damit hat, sich hier frei zu bewegen, bedeutet für mich, dass sie sich wohl zu fühlen scheint. Sie fühlt sich wohl in meinem Zuhause … Das bedeutet für mich viel mehr, als ich mir je gedacht habe. Vielleicht ist es ja doch keine so schlechte Idee gewesen, die beiden hierher einzuladen …

Kapitel 15

Dylan

Ich sitze an Lous Küchentisch und habe das Gefühl in einem Paralleluniversum festzustecken. All das hier fühlt sich so fremd und gleichzeitig vertraut an. Vor mir steht eine Tasse mit dampfendem Kaffee. Lou trinkt Tee und Celine hat sich einen Kaffee gemacht. Mit sehr viel Milchschaum. Mein Geschmack würde es nicht treffen, aber Celine scheint es zu gefallen. Sie ist warm und aufgeweckt und diejenige, die in dieser Stunde dafür sorgt, dass die Stimmung nicht kippt. Sie stellt Lou viele Fragen. Zu der Wohnung und zu ihrem Alltag. Meine Aufgabe besteht gefühlt bloß darin, meiner schlechten Laune nicht so viel Raum zu geben und irgendwie zu versuchen, sie zu verdrängen. Dabei will ich mich nicht so schlecht fühlen. Ich will nicht sauer auf Lou sein. Mich dankbar schätzen, dass sie uns hierhin einlädt und mich an diesen Strohhalm klammern und gleichzeitig verspüre ich mehr und mehr das Gefühl, als würde Lou bloß auf meinen Emotionen herumtreten und das verletzt mich von Tag zu Tag mehr. Ich bin verletzt und das kotzt mich an. Ich fühle mich undankbar und versuche, mich wieder und wieder an den Fakt zu erinnern, dass Lou psychisch Krank ist. Dass sie kurz davor war, sich das Leben zu nehmen. Dass ich gerade der Stärkere von uns beiden bin und Rücksicht darauf nehmen müsste, und gleichzeitig fällt mir eben genau das immer und immer schwerer.

Weil ihr Leid keine Ausrede dafür ist, mit den Gefühlen anderer Leute zu spielen und sie zu verletzen.

Aber ist das wirklich ihre Absicht?

War ich nicht derjenige, der ihre Grenzen nicht akzeptiert hat?

Ich bin hin und her gerissen.

Zwischen Rationalität und meinen verletzten Gefühlen.

Zwischen meinem eigenen Wohl und dem von Lou.

Zwischen aushalten, was sie mir gerade geben kann und dem Bedürfnis, mehr davon zu bekommen. Mehr Wahrheit, mehr Nähe, mehr Lou.

Und dann, wenn ich meinen eigenen Schmerz versuche zu verdrängen und mein Gegenüber mit wachsamen Augen betrachte, dann sehe ich diese zutiefst verunsicherte, junge Frau vor mir. Diese gebrochene und erschöpfte Seele.

Lous fahle Haut. Die tiefen Augenringe. Dieses bisschen Haar, das sie noch immer als eine Frisur bezeichnet. Den Fakt, wie unfassbar dürr sie geworden ist. Die eingefallenen Wangenknochen und den Fakt, wie fest sie den Becher in ihrer Hand umklammert. Ihre Fingerknöchel schauen bereits weiß hervor. Der erschöpfte und gleichzeitig panische Ausdruck in ihren Augen.

Ich weiß nicht, was es genau ist, was Lou so belastet. Aber ich sehe ganz genau, wie sehr sie darunter leidet.

Natürlich ist es wichtig, dass ich meine eigenen Gefühle nicht nur unterdrücke, aber vielleicht werde ich erst Erleichterung empfinden, wenn ich es geschafft habe, dass Lou sich wieder so wohl in unserer Nähe fühlt, dass sie sich traut zu sagen, was genau der Grund war, warum sie gegangen ist. Vielleicht muss ich mich bis dahin einfach noch ein wenig gedulden. Auch, wenn das unfassbar schwer ist.

Lou und Celine wechseln sich ab und Lou beginnt Celine über ihr Leben auszuquetschen. Zwar kenne ich die Details aus Celines Alltag, weiß, welche Bücher sie gerade plant oder was genau zwischen ihr und Will passiert und wie sie sich damit fühlt. Dennoch versuche ich mich einfach auf das zu konzentrieren, was sie erzählt und meine eigenen Gedanken dadurch vergessen zu können.

Ich bin der Einzige, der sich noch ein zweites Stück Kuchen nimmt. Allmählich nimmt das Gespräch der beiden ab und ich schiebe meinen Teller von mir weg und trinke den letzten Schluck meines Kaffees.

»Was haltet ihr davon, wenn wir uns Lous Werke anschauen und danach eine Runde spazieren gehen? Die Sonne kommt gerade so schön raus.«

Wir brechen auf und ich genieße es, mich endlich zu bewegen. Dadurch werden meine kreisenden Gedanken ein wenig leiser und ich bekomme das Gefühl, wieder leichter atmen zu können.

Celine und ich folgen Lou in den Keller. Es ist stickig und düster und ich frage mich, wie Lou es stundenlang hier unten aushält. Allgemein frage ich mich, wie sie es hier aushält. Nicht, dass sie in einer heruntergekommenen Wohnung wohnen würde und ich mir Gedanken um ihre Sicherheit hier machen müsste. Nur passt all das hier nicht zu Lou. Meine Lou hasst Straßenlärm und stickige Abgasluft. Meine Lou findet Mehrfamilienhäuser gruselig und hätte sich nie vorstellen können, in einer Stadt zu wohnen. Meine Lou würde sich in all dem hier eingeengt und unwohl fühlen.

Aber scheinbar hat diese Person vor mir wenig mit der Frau zu tun, die ich schon mein Leben lang kenne und Liebe.

Lou öffnet die Tür und augenblicklich stockt mir der Atmen.

Oder täusche ich mich?

Vor mir eröffnet sich ein kleines Paradies. Hier drinnen ist es nicht so dreckig und heruntergekommen wie im restlichen Teil des Kellers. Die Fenster sehen aus, als wären sie frisch geputzt. Sie spenden ein wenig Licht und doch erstrahlt der Raum erst dann, als Lou das Licht einschaltet. Eine Tageslichtlampe sorgt dafür hier arbeiten zu können.

Ich sehe mir die Möbel an und bekomme das Grinsen kaum noch aus dem Gesicht.

»Krass!« Platzt es aus mir heraus.

»Wie cool!«, ruft Celine ebenfalls neben mir. Lou tritt ein Stück vor und wir treten weiter in den Raum ein. Groß ist er nicht. Aber es reicht, um hier etwas Werkzeug und ein paar Möbel unterzubringen. Ich entdecke zwei kleine Kommoden und einen Tisch. Bei allen erkenne ich noch ein paar Lackreste an einigen Stellen und an der rauen Oberfläche, dass Lou gerade erst angefangen hat sie aufzuarbeiten.

»Es ist leider nicht ganz so viel Platz hier unten und bisher hatte ich auch noch keine Möglichkeit, größere Möbel hier nach unten zu bringen. Bei einigen Dingen hat Emma mir geholfen, aber das ist ja leider nicht immer möglich. Aber das hier hat mir sehr geholfen. Egal, ob ich nicht schlafen konnte oder einfach einen freien Tag hatte, an dem ich nichts wirklich mit mir anzufangen wusste.«

»Wie ich in meiner Werkstatt«, platzt es aus mir heraus, dabei waren diese Worte eigentlich nur für mich bestimmt.

Lou verengt die Schultern und mustert mich kurz. »Deine Werkstatt?«, fragt sie.

Ich möchte auflachen und gleichzeitig erfasst mich schlagartig viel zu viel Schmerz. »Ja, ich habe inzwischen eine eigene Werkstatt.«

Seit einem Jahr.

Das wüsstest du, wenn du da gewesen wärst.

Aber das warst du nicht.

Ich versuche, den Schmerz wieder zu verdrängen. Doch als Lou und ich uns direkt in die Augen schauen, ist das kaum möglich.

Sie sieht mich aus diesen großen, blauen Augen an. Ihr Blick bohrt sich direkt in mein Herz. Ich erkenne in ihm die Sehnsucht und Neugier, die ich empfinde.

Ich räuspere mich. »Ja, ich arbeite inzwischen nicht mehr für Ian und habe eine eigenen Werkstatt. Dort baue ich Vans und Tinyhäuser aus.«

Lou sagt nichts. Trauer spiegelt sich in ihrem Gesicht wider. Sie senkt den Blick.

»Ich habe dort übrigens noch etwas Platz. Falls du also mal an größeren Dingen arbeiten möchtest, dann sag mir gerne Bescheid.«

Ruckartig hebt Lou den Kopf. »Wirklich?«

Ich zucke mit den Schultern und nicke dabei und zeige leider viel zu deutlich, dass ich selbst gar nicht weiß, was ich da fasel.

Lou lächelt sanft. »Danke.« Sie spricht ganz leise.

Mein Herzschlag beschleunigt sich. Dieses unfassbare Bedürfnis danach, einen Schritt auf sie zuzugehen und sie zu küssen.

Aber das kann ich leider nicht.

»Wollen wir etwas raus?«, fragt Lou und Celine und ich stimmen zu.

Für einen Moment laufen wir schweigend durch die Straßen.

Hier ist alles recht weitläufig und Lou fängt nach und nach ein wenig an zu erzählen, an welchen Orten sie Zeit verbringt oder Dinge erledigt. Es ist schön, erleben zu können, wo sie abgeblieben ist, und gleichzeitig tut genau dieser Fakt schmerzlich weh.

»Was habt ihr denn an diesem Wochenende noch so vor?«, fragt Lou irgendwann.

»Heute Abend ist in der Bar in Lunar Beach eine Party, wie sie früher jeden Freitag waren. Wir haben überlegt, ob wir vielleicht hinfahren sollten. Auf die guten alten Zeiten und so«, erklärt Celine unser Vorhaben.

Ich beobachte Lou währenddessen.

Sie presst die Lippen zusammen. Es macht den Eindruck, als würde sie gerne etwas
sagen wollen und tut es dann doch nicht.

Celine scheint es ebenfalls zu bemerken und fragt ganz direkt: »Möchtest du mitkommen?«

Lous Miene hellt sich auf. »Wäre das okay?«

Während sie diese Frage stellt, sieht sie allerdings mich an.

Ich kann nicht anders, als zu lächeln.

In meinem Kopf stelle ich mir unendlich viele Fragen und besonders die, ob ich die Nähe zu ihr ertrage.

Nur meine Freude darüber, dass sie scheinbar wirklich langsam zurückkommt und wir die Chance haben, uns dadurch wieder näher kommen zu können, überschattet alles.

Es ist meine Hoffnung, die mich sagen lässt: »Ich würde mich riesig freuen, wenn du uns auch begleitest.«

Kapitel 16

Lou

Die Erde bebt. Es fühlt sich an, als würde ich fliegen und fallen und schweben und ein kleiner Teil etwas großem Ganzen sein. Meine Freunde wirbeln um mich herum. Wir springen und klatschen, tanzen und lachen. Ich fühle mich so frei und unbeschwert und doch spüre ich, dass etwas fehlt. Mein Blick fällt auf Dylan, der auf einem Barhocker sitzt und sich mit einem ehemaligen Kollegen unterhält. Es vergehen keine drei Sekunden, da fällt sein Blick auf mich.

Er mustert mich und schluckt hart. Der Alkohol im Blut und meine Sehnsucht nach ihm legen einen Schalter in meinem Kopf um. Ich bewege mich lasziver unter seinem Blick. Tanze, als würde ich es nur für ihn tun. Dylans Blick klebt an mir.

Fest und undurchdringlich. Auch ihm scheint es egal zu sein, ob das jemand bemerken könnte oder nicht. Bei ihm ist der Alkohol keine Ausrede. Ich weiß, dass er nichts getrunken hat.

Plötzlich spüre ich kräftige Hände an meinen Hüften. Eine eklige Parfümfahne liegt in der Luft. Ungefragt und ohne Rücksicht, krallt sich jemand an mir fest und presst sein Becken gegen meinen Hintern. Ich erstarre.

»Gut, dass du wieder da bist«, säuselt er mir ins Ohr. »So eine Braut wie du hat uns hier gefehlt.«

Ruckartig fahre ich herum und stoße ihn von mir. Einen Fremden, wie ich dabei feststelle. Mein Griff scheint so fest zu sein, dass er sofort wenige Schritte rückwärts taumelt und gegen andere Menschen stolpert. Diese schauen ihn ebenso wütend an, wie ich es tue. Doch der Kerl scheint so besessen, dass er das gar nicht mitbekommt. Es interessiert ihn auch nicht, wie ich mich fühle. Am liebsten möchte ich auf ihn zuspringen, ihn erneut an den Schultern packen und einmal kräftig schütteln. Doch selbst das würde er sicherlich falsch verstehen.

Er kommt verschmitzt grinsend wieder auf mich zu. Ein kaltes Schaudern läuft mir über den Rücken.

»Wehe du fasst mich noch einmal an!«, brülle ich.

Er reagiert nicht. Seine Hände legen sich auf meinen Bauch, fahren über meine Taille und sind auf dem Weg von meinem Rücken zu meinem Hintern. Da platzt mir die Hutschnur. Ich ziehe mein Bein hoch, winkle es dabei an und ramme ihm mein Knie in den Schritt. Vor Schmerz lässt er mich los, krampft sich zusammen und am Rande nehme ich wahr, dass die Leute um uns herum verstummen. Doch das ist mir egal. Es ist egal, was sie von mir denken, solange Kerle wie er nicht verstehen, dass Frauen kein Objekt ihrer Begierde sind. Er krümmt sich immer noch vor mir und ich gehe auf ihn zu.

»Wenn du noch einmal auf die Idee kommst, eine Frau so zu belästigen, dann schneide ich dir deinen verkümmerten Schwanz ab.« Ich spreche lauter, als beabsichtigt.

Der Kerl errötet, wirkt plötzlich ganz klein und schüchtern und nicht mehr so bedrohlich, wie noch vor wenigen Sekunden. Ich will es mir nicht eingestehen, doch vor Panik schlägt mein Herz unfassbar schnell.

Weil ich nicht weiß, wohin mit mir und mit meinen Gefühlen gehe ich wenige Schritte rückwärts und will aus der Bar verschwinden.

Ich spüre die Blicke der Leute um mich herum auf mir.

Bilde mir ein, sie reden zu hören, doch das alles wird plötzlich egal. Denn ich muss hier raus, einfach raus und ganz weit weg. Einige versuchen, mich anzusprechen, während ich mich an ihnen vorbeidrängel und zur Tür durchdringe. Draußen atme ich hastig ein. Ich huste, spüre Tränen in meinen Augen und frage mich sofort, wo sie herkommen.

Eigentlich ist doch alles okay, oder nicht? Eigentlich ist alles doch gar nicht so schlimm, oder? Es ist doch nichts weiter passiert … oder?

Warum zur Hölle fühle ich mich so benutzt? Beschmutzt? Es ist ja nicht so unüblich, dass man mal angetanzt wird, wenn man im Club ist. Und dennoch erschaudere ich, als ich erneut daran denke, dass er meinen Körper berührt hat, ohne zu fragen. Er hat mich wie ein Objekt behandelt. Unmenschlich.

Er wollte mich nur benutzen. Mir wird schlecht.

Die Welt bleibt so ruckartig stehen, dass es mir die Galle hochtreibt. So schnell ich kann, versuche ich es zur nächsten Hecke zu schaffen. Ich klammere mich an der Mauer rechts von mir fest, dann kann ich es nicht länger halten. Mit gekrümmtem Rücken erbreche ich mich. Ich weiß nicht, wie mir geschieht, doch plötzlich packt mich jemand an den Hüften, drückt sein Becken gegen meinen Hintern und ich erstarre. Es fühlt sich genauso an, wie eben. Ganz anders, als drinnen, fühle ich mich nicht mehr mutig. Und vor allem nicht mehr taff.

Ich spüre, dass sein Griff stärker und mein Herzschlag immer schneller wird und schreie.

Kapitel 17

Dylan

Ich blicke zur Tür. Ein mulmiges Gefühl macht sich in meinem Bauch breit. Nachdem Lou die Bar verlassen hat, habe ich diesen merkwürdigen Kerl noch einen Moment gesehen, doch inzwischen entdecke ich ihn nicht mehr. Ich trete von einem Fuß auf den anderen, stoße mich von der Bartheke ab und gehe mit langen Schritten durch den Raum und mitten auf die Tanzfläche. Es tut mir furchtbar leid, meine Cousine zu unterbrechen, doch ich lege meine Hand auf ihre Schulter, als sie Will gerade etwas ins Ohr flüstern möchte. Erschrocken fahren sie herum.

»Ich muss einmal kurz an die frische Luft«, sage ich. »Schaust du bitte nach Chrissi?«

Meine Schwester befindet sich am Rand der Tanz-fläche und spricht mit Lucas. Die beiden stehen dicht beieinander. Er hat sich deutlich zu ihr gelehnt. Sie wirken, als würden sie sich prächtig amüsieren. Ob er weiß, dass sie lesbisch ist und all seine Flirtversu-che ins Leere laufen werden? Erst hat er ein Auge auf Lou geworfen und jetzt ist meine Schwester dran?

»Mache ich«, sagt Celine. Über die Schulter sieht sie zu Chrissi, dann zu mir. Ich nicke.

Ohne zu zögern oder anzuhalten, gehe ich mit zü-gigen

Schritten auf die Tür zu. Erst, als ich dicht bei den

Fenstern bin, bemerke ich das flackernde blaue Licht auf der Straße. Panik macht sich in mir breit. »Was zur Hölle«, flüstere ich.

Über die Schulter schaue ich noch einmal in das Geschehen, als ich die Tür erreiche. Hier drinnen ist es zu laut und jeder mit sich selbst beschäftigt.

Ich stoße die Tür auf. Kühle Luft kommt mir entgegen, und Stimmengewirr. Die Blaulichter schmerzen für einen Moment in meinen Augen, sodass ich sie zusammenkneife, und mich dann umsehe.

Ich fühle mich orientierungslos und gleichzeitig sind meine Sinne auf völliger Höchstspannung. Wo verdammt noch mal ist Lou? Und wo ist dieser Kerl? Aber vor allem: Was ist hier draußen passiert?

Ich stehe noch direkt vor der Tür, da öffnet sie sich erneut. Lous Cousin tritt heraus und neben mich.

»Was ist hier los?«, fragt Ian mit einer bedrohlichen Autorität in der Stimme.

»Keine Ahnung«, antworte ich. »Aber ich weiß nicht, wo Lou ist.«

Ein Schatten huscht über sein Gesicht und ich habe schon Angst, mich verraten zu haben. Doch da scheint es etwas Wichtigeres zu geben. »Ich weiß auch nicht, wo Jess ist«, sagt Ian. »Sie ist Lou hinterher.«

Ian blickt die Straße Richtung Polizeiwagen hoch. Zwei Beamte treten um das Fahrzeug. In der Mitte von ihnen befindet sich dieser Widerling, der Lou nicht in Ruhe lassen wollte. Er wehrt sich, doch ich höre nichts mehr. Begreife nicht, was um mich herum passiert.

Bis Ian über die Straße eilt und mich ratlos stehen lässt.

Lou

Es fühlt sich an, als hätte meine Seele meinen Körper verlassen und neben Jess sitzt nur noch eine leere Hülle.

Ich halte die Freundin meines Cousins im Arm, die fürchterlich weint. Ich verstehe nicht ganz, warum. Begreife ja noch nicht einmal, was passiert ist. Alles, was ich spüre, ist eisige Angst. Oben und unten existiert gerade nicht, ich bin im freien Fall, bin mir nicht sicher, ob ich richtig oder falsch gehandelt habe. Könnte nicht sagen, was vor zehn Minuten geschehen ist – oder ist es eine Stunde her? Meine Erinnerungen sind so verschwommen. Ich habe geschrien, weil dieser Unbekannte wieder da war. Dann war Jess bei uns, und gleich wieder weg. Reflexartig greife ich hoch zu meinem Hals, der unfassbar wehtut.

Alles, was ich weiß, ist, dass ich Angst habe. Sie ist so präsent, dass mir das Atmen schwerfällt. Ich kann den Kopf nicht heben, nicht senken. Mag die Augen nicht schließen, doch der Wahrheit ins Gesicht sehen, das kann ich auch nicht.

Die Stimme des Unbekannten erfüllt die Straßen. »Das tut weh, Mann! Die Fotzen sind doch selbst schuld, schau sie dir doch mal an.«

Mein Herzschlag ist laut und stark und kraftvoll. Das Blut rauscht mit viel zu hoher Geschwindigkeit durch meinen Körper. Es fühlt sich an, als würde jemand seine Hand hart und fest um meinen Hals drücken. Schwarze Punkte tanzen vor meinen Augen, die Welt dreht sich. Habe ich einfach nur zu viel getrunken? Träume ich? Mein linkes Bein beginnt zu zittern.

Warum bin ich eigentlich in diesen Scheißort zurückgekehrt, in dem ich, eh nicht ich selbst sein kann?

Den Kerl, den ich liebe, darf ich nicht lieben.

Den Job, der dafür sorgt, dass ich morgens voller Vorfreude auf den nächsten Tag ins Bett gehe, darf ich nicht ausführen.

Und jetzt darf ich mich noch nicht einmal wehren? Jetzt darf ich nicht dieses eine Mal Nein sagen, ohne dass mir wieder ein Mann erzählt, dass ich mich anders zu verhalten habe?

Auch wenn ich nicht weiß, was gerade passiert ist, eins weiß ich: dass ich das auf keinen Fall wollte. Nur wurde ich mal wieder nicht gefragt.

Wut lodert durch meine Adern, sie erstickt meine Angst im Keim. Ich spüre alles ganz deutlich. Jess‹ Zittern. Ihre Panik. Die Unruhe um uns herum. Das Entsetzen. Und vor allem das in mir.

Für einen Moment frage ich mich, ob ich wirklich tun sollte, was ich im Begriff bin zu machen. Doch dann sehe ich sein selbstgefälliges Grinsen vor meinem inneren Auge. Den Fakt, dass ihm zu gefallen scheint, die Macht über uns zu haben. Noch einer. Noch einer dieser Männer.

Forscher als beabsichtigt schiebe ich Jess‹ Arm von mir.

Sie schreckt auf, sagt etwas, doch ich höre nur das Rauschen in meinen Ohren. Die Hände habe ich zu Fäusten geballt, als ich mich von der Bordsteinkante hochdrücke. Ich komme nur wenige Schritte voran, da traben Sanitäter auf uns zu.

Abwesend deute ich auf Jess, laufe aber weiter Richtung Bar.

Ich sehe den Polizeiwagen. Er steht einige Meter

von mir entfernt, vielleicht zehn. Und hinten auf der Rückbank erkenne ich den Fremden.

Mein gesamter Körper steht unter Strom. Jemand berührt mich an der Schulter. Wie ein Tier auf der Flucht und mit nur einem Ziel vor Augen, renne ich los. Schnelle Schritte donnern auf dem Asphalt. Die Beamten stehen auf der linken Seite des Autos und unterhalten sich mit einem Mann. Vage kann ich mich an ihn erinnern. Weiß, dass er mir keine Angst macht.

Ich befinde mich auf der rechten Seite und habe freie Bahn zu der Autotür, endlich eine Antwort auf meine Frage zu bekommen.

»Warum?«, flüstere ich zu mir selbst, als müsse ich mir ins Gedächtnis rufen, warum ich das hier tue. »Warum tust du uns so etwas an?«, flüstere ich erneut.

Gerade, als ich die Tür erreiche, umfasst jemand harsch meinen Arm und zieht mich weg. Ich schreie auf, fühle die Blicke auf mir und pralle gegen eine harte Brust. Zwei starke Arme umschließen mich. Ich boxe und trete manchmal ins Leere und in anderen Augenblicken treffe ich ihn. Dylans Griff wird fester. Er tut mir nicht weh und dennoch tut es gut, etwas anderes zu spüren, als den Schmerz, der unterbewusst die ganze Zeit präsent war.

Ich kann hier in Lunar Beach niemals diejenige sein, die ich eigentlich bin. Weil es immer jemanden geben wird, der oder die mir erzählt, wie ich mein Leben zu leben habe. Diesen Gedanken zuzulassen, sorgt dafür, dass ich wieder auf diesen Mistkerl eindreschen will.

Doch Dylan bleibt an meiner Seite. Er zieht mich noch ein Stück weg, wirbelt mich herum und drückt seine Stirn gegen meine.

»Es ist okay, Lou. Es ist okay.«

Ich fange an zu zittern. »Nichts ist okay! Ich werde nicht aufhören, bis ich weiß, warum er das getan hat!«, schreie ich.

Lou

Ein Moment verstreicht und alles, was ich tun kann, ist fühlen. Den Fakt, dass ich niemals unsere Zimmerei übernehmen kann. Mein Abkommen mit mir selbst, dass ich die Finger von Dylan zu lassen habe.

Und am schlimmsten: Die Erkenntnis, dass ich mich im Ernstfall nicht wehren könnte. Ich war wie versteinert, als der Kerl seine Hände auf mich gelegt hat. Panisch. Nicht fähig zu handeln. Ich frage mich, was passiert wäre, wenn Jess und dieser Fremde nicht da gewesen wären.

Ein kalter Schauder läuft über meinen Rücken. Ich male mir die fürchterlichsten Bilder in meinem Kopf aus, ehe die Wut wieder Überhand über mein Fühlen und Handeln nimmt. Was denkt dieser Kerl, wer er ist? Was denkt er, machen zu können, ohne die Konsequenzen dafür zu tragen? Für wen hält er sich?

Ich stoße Dylan von mir. Kurz zuckt er zusammen, scheint nicht zu verstehen. In dem Moment, in dem ich mich einen Schritt von ihm wegbewege, folgt er mir. Seine Hände umfassen meine Schultern, aber ich versuche, sie abzuschütteln.

»Lou, bleib bei mir. Was ist los?«

Ich wirble herum. Erkenne die Verzweiflung und die Panik in seinem Blick.

Er weiß gar nicht, was passiert ist, denke ich.

»Der Kerl hat mich begrapscht, Jess geschlagen und mich dann gewürgt und bedroht!« Als ich das ausspreche, dämmert es mir selbst erst wieder. Ich schreie Dylan an. Seine Miene wird von Wort zu Wort ausdrucksloser, doch ich kenne meinen Dylan. Kurz huscht mein Blick zu seinem Hals. Die

Hauptschlagader steht deutlich heraus und pulsiert. Er ist genauso wütend wie ich.

»Okay, aber wenn du dich jetzt dafür auf diese Art rächen willst, dann wird es dir nicht besser gehen, Louise.«

Meinen vollen Namen aus seinem Mund zu hören, verwirrt mich einen Moment. Niemand nennt mich Louise. Ich bin immer nur Lou.

Abwartend sehe ich zu ihm auf. Dylans Blick ist auf den Polizeiwagen vor uns gerichtet. Er zieht die Brauen zusammen, presst die Lippen aufeinander. Kurz denke ich, dass er mir zeigt, wie empört er ist. Aber dafür ist Dylan zu vernünftig, das hätte ich mir eigentlich schon denken können.

Dylan geht rückwärts und zieht mich mit sich. »Er wird seine Strafe bekommen«, sagt er dabei und hat den Blick noch immer auf das Auto gerichtet. Meiner gilt stattdessen nur ihm. Ein Teil von mir ist froh, dass er jetzt da ist, wo ich ihn am meisten brauche.

Er kommt zum Stehen, umarmt mich fester. Ich lasse es zu und lege meinen Kopf an seine Brust. An den weichen Pullover, unter dem ein kariertes Hemd hervorschaut. Dieses Outfit mag ich mindestens genauso gern an ihm wie seine Arbeitskleidung. Ich akzeptiere seine Berührung und wünschte, es würde mehr dieser Momente geben, in denen sie okay sind.

Ich verdränge die letzte Stunde aus meinem Kopf, schließe die Augen. Mein tobender Herzschlag überschattet alle Gedanken.

Meine Idee, zu dem Auto zu stürmen, um den Kerl zur Rede zu stellen, kommt mir plötzlich unfassbar dumm vor. Ich schäme mich für mein Handeln. Und doch hatte ich, als ich da einsam auf dem Bordstein saß und Jess neben mir weinen gehört habe, das Gefühl, keine andere Wahl zu haben.

»Ich verstehe deine Verzweiflung«, raunt Dylan. »Die Angst, nichts machen zu können, wenn man so viel zu sagen hat, um verstehen zu können, was passiert ist. Aber jetzt auf ihn einzuprügeln, bringt dich nicht weiter.«

»Wie soll ich etwas einfach so akzeptieren, was mich so direkt betrifft?«, frage ich verzweifelt und sehe zu ihm auf.

»Sein Verhalten ist nicht deine Schuld. Das hier liegt nicht an dir. Mit ihm stimmt etwas nicht, Lou. Du hast dich nicht falsch verhalten.«

»Wie kannst du dir da so sicher sein?«

»Ich habe mich auch einst so verzweifelt gefühlt. Aber das ist hier nicht der richtige Moment für dieses Gespräch.« Ich schlucke hart. Ob er damit meine Flucht aus Lunar Beach meint? Wenn Dylan so darüber spricht, klingt das so, als habe er schon längst damit abgeschlossen. Als wäre das Ganze ewig her und gar nicht mehr relevant. Ich frage mich ständig, was in ihm vorging, als ich weg war. So wie er gerade darüber redet, scheint es, als wäre es ihm im Grunde egal.

»Anders hätte ich den Schmerz, dass du gegangen bist, gar nicht ausgehalten«, flüstert er. Dylans Stimme zittert.

Scheinbar war er doch nicht so cool damit.

Verwirrung macht sich in mir breit. Tausende Fragen toben durch meinen Kopf, von denen ich weiß, dass ich sie ihm niemals stellen kann. Einfach, weil es dann zu auffällig wäre, dass wir das Gleiche empfinden. Genau das dürfen wir nämlich nicht.

Ich möchte etwas erwidern, ihm sagen, dass er das nicht fühlen und mich besser vergessen sollte, da kommen zwei Polizisten auf uns zu.

»Sie waren in den Vorfall verwickelt?«, fragt einer der beiden.

Ich nicke, löse mich von Dylan und gleichzeitig ist ihn zu spüren, mein einziger Halt. Doch wenn jemand sieht, dass wir so lange dicht aneinandergeschmiegt sind, wird sicher darüber gelästert.

Den Fragenhagel der Beamten lasse ich über mich ergehen.

Ich schildere ihnen, was passiert ist – immerhin das, woran ich mich langsam erinnere – und versuche, die Nerven zu wahren.

»Ihre Freundin wird ins Krankenhaus gebracht«, sagt einer der Beamten zu mir.

Ein erstickter Laut entfährt mir.

»Sie hat eine Gehirnerschütterung und steht unter Schock. Wir würden Sie bitten, sich auch einmal untersuchen zu lassen.«

Der Mann vor mir deutet auf den zweiten Krankenwagen. Ich beäuge ihn argwöhnisch. Dylan ist aber derjenige, der mich ein Stück dorthin schiebt.

Dylan

Lou bewegt sich nur widerwillig. So langsam befürchte ich, dass sie genauso unter Schock steht wie

Jess. Nur, dass sich das bei ihr weniger deutlich bemerkbar macht, weil sie selbst dagegen ankämpft. Sie hält ihre Gefühle mal wieder unter Verschluss.

Sie sitzt im Krankenwagen auf der Liege, während einige Untersuchungen an ihr durchgeführt werden. Da so wenig Platz ist, stehe ich draußen. Doch so weit scheint alles in Ordnung zu sein.

Ich gucke mich um. Wenn ich ehrlich bin, habe ich mit mehr schaulustigen Leuten gerechnet. Aber es ist relativ friedlich. Von hier aus höre ich leise die Musik der Bar und vielleicht ist das der Trick, die Menschen drinnen bei Laune zu halten. Inzwischen sehe ich vier Polizeiwagen. Leute am Bordstein werden befragt.

Drei bekannte Gesichter fallen mir in der Menge auf. Will, Celine und Chrissi winken mir zu. Ich hebe die Hand. Meine Schwester noch immer sicher bei meiner Cousine zu wissen, beruhigt mich. Celine hält ihr Handy in die Höhe. Kurz bin ich verwundert, was sie mir damit sagen will, dann spüre ich meines in der Hosentasche vibrieren. Ich ziehe es heraus und sehe sofort die eingegangene Nachricht.

Celine: Chrissi übernachtet auf meinem Sofa. Mach dir keine Sorgen und kümmere dich um Lou. Sie braucht dich jetzt. Ich habe gehört, was passiert ist.

Ich schlucke. Obwohl alles so friedlich wirkt, scheint sich der neueste Dorffunk wie ein Lauffeuer zu verbreiten.

Danke!, tippe ich hastig, sende die Nachricht ab und stecke mein Handy wieder in die Hosentasche.

Erst jetzt fällt mir auf, dass die Tür des Krankenwagens nicht ganz zugezogen ist. Durch den Spalt sehe ich, wie es drinnen blitzt. Ich runzle die Stirn. Einen Moment lang ist es ruhig, dann erhellt sich das Innere erneut.

Die Minuten verstreichen, dann tritt Lou aus dem Fahrzeug.

Die beiden Beamten, mit denen wir zuvor gesprochen haben, folgen ihr.

»Haben Sie die Möglichkeit, bei Louise Baker zu bleiben?

Es wäre gut für sie, eine vertraute Person an ihrer Seite zu wissen. Wir können leider nicht ausschließen, dass sie noch immer unter Schock steht.«

Ich nicke. »Natürlich.«

Die Männer gehen zu ihrem Fahrzeug, Louise steigt hinten ein und ich folge ihnen. Im Inneren angekommen schnalle ich mich an und gucke dann zu Lou. Sie sieht auf ihren Schoß, hat die Hände zusammengefaltet und darin platziert. Mit den Fingern friemelt sie an ihrer Nagelhaut. Ihr linkes Bein zittert.

Ganz gleich, dass vor uns Polizisten sitzen, ganz gleich, dass wir gerade in einem Polizeiwagen nach Hause fahren, ich strecke den Arm aus und lege meine Hand auf ihr Knie.

Lou zuckt zusammen, doch nur eine Sekunde später verschränkt sie ihre Finger mit meinen. Ich gebe mir größte Mühe, dass so neutral wie möglich zu betrachten, doch gegen meinen tobenden Herzschlag bin ich machtlos.

Kapitel 18

Dylan

Die Beamten setzten uns bei Lou ab, sagen, dass sie erneut auf uns zukommen werden, falls von ihrer Seite noch Fragen bestehen. Dann sind wir allein. Ich folge Lou nach oben zu ihrer Wohnung. Sie wirkt kraftlos, braucht mehrere Anläufe, um das Türschloss zu entriegeln, und als ich über meine Schulter schaue, nachdem ich die Tür geschlossen habe, steht sie teilnahmslos mitten im Flur. Ich sperre ab und drehe mich dann zu ihr um. Wie von selbst gehe ich einen Schritt vor und komme dicht vor ihr zum Stehen.

»Es ist doch okay für dich, dass ich bleibe?«

Lou zuckt zusammen, dann nickt sie. Ihre Augen sind so ungewohnt ausdruckslos, als sich unsere Blicke treffen.

»Ich möchte gerade nicht allein sein«, raunt sie.

»Das brauchst du auch nicht.«

Lou nickt erneut, wendet den Blick dann aber ab in Richtung ihres Schlafzimmers. Einen Moment verharren wir beide. Ich bin so unsicher und weiß nicht, wie ich mich zu verhalten habe. Sollte ich einen weiteren Schritt auf sie zugehen? Soll ich bestimmen, was als Nächstes passiert? Wie weit darf ich gehen und was ist okay für Louise?

»Mir ist so kalt, Dylan, und ich habe Angst«, flüstert sie plötzlich.

Ich verwerfe all meine Zweifel und Fragen und gehe auf sie zu. Meine Arme lege ich um ihre Schultern. Lou steht mit dem Rücken zu mir und klammert sich an meinen Unterarmen fest.

Sie beginnt zu zittern, dann schluchzt sie. Ich lege das Kinn auf ihren Kopf und ziehe sie ein Stück dichter zu mir.

In diesem Moment beschließe ich, dass ich meine Wünsche und Hoffnungen, was einst aus uns werden könnte, über Bord werfe.

Es geht nicht um das, was wir sind. Sondern darum, ein Freund für Lou zu sein. Für sie da zu sein. Ohne Regeln und Normen.

Was auch immer sie braucht, ich werde es ihr geben.

Der Griff ihrer Hände wird stärker. Sie schluchzt erneut und ringt nach Luft. Mein Herzschlag beschleunigt sich, weil ich mich überfordert fühle. Doch Lou entscheidet, dreht sich herum und drückt ihr Gesicht gegen meine Brust.

Dann gibt es kein Zurück mehr.

Sie beginnt fürchterlich zu weinen und es ist kaum zu ertragen. Und doch finde ich meine Aufgabe darin, sie zu halten.

Nach einiger Zeit beruhigt sie sich. Lou lehnt sich zurück, schaut jedoch nicht zu mir auf. Mit den Händen fahre ich über ihre Oberarme, auf denen eine Gänsehaut liegt.

»Mir ist kalt«, raunt sie.

»Dann hüpf unter die Dusche. Ich lege dir deinen Schlafanzug raus und mach dir eine Wärmflasche.«

»Befindet sich alles auf dem Bett«, sagt sie, ehe sie mit hängenden Schultern Richtung Badezimmer trottet.

Ich beobachte noch, wie sie darin verschwindet und die Tür schließt. Ich drehe mich um. Auch nach einem Jahr, in dem ich nicht hier war, ist alles noch so furchtbar vertraut. Was mich nicht wundern sollte, immerhin war Louise auch nicht da und dadurch kann sich auch nicht viel verändert haben.

Ich schreite ins Wohnzimmer mit der offenen Küche. Dort setze ich Wasser auf, ehe ich mich auf den Weg ins Schlafzimmer mache. Völlig gedankenverloren wandere ich durch den Flur und höre das Rauschen der Dusche und das des Wasserkochers. Ich stoße die angelehnte Schlafzimmertür ein Stück auf und werde von unzähligen Erinnerungen überrollt.

Einen einzigen Schritt schaffe ich in den Raum, dann bleibe ich wie angewurzelt stehen. Mein Herz schlägt heftig. Die Bank am Fenster ist nicht mehr leer. Vor meinem inneren Auge sehe ich, wie Lou und ich darauf liegen. Erst sitzen wir einander gegenüber. Und dann küsse ich sie zum ersten Mal. Ganz heimlich. Meine Gedanken rasen in der Zeit nach vorne. Wir kommen betrunken von einer Party nach Hause und schlafen dort zum ersten Mal miteinander. Wir tun es wieder und wieder und wieder. An meinen dunkelsten Abenden habe ich an ihrer Tür geklopft und sie hat auf der Bank dafür gesorgt, dass ich mich wieder lebendig gefühlt habe.

Lous Aufgabe schien es schon immer zu sein, mich dazugehörig fühlen zu lassen. Wichtig. Durch und mit Lou fühle ich mich gesehen und bedeutsam. Als könnte ich alles erreichen, was ich mir wünsche. Als würde die Welt mir allein gehören.

Als wäre alles möglich, wenn ich mich nur anstrenge. So lässt Lou mich fühlen.

Zu gern würde ich all das, was im letzten Jahr passiert ist, mit ihr teilen. Aber ob wir wirklich eines Tages wieder dazu kommen, dass wir eine Nacht auf dieser Bank verbringen, ohne dass etwas Schlimmes passieren muss?

Lou

Ich wickle mir gerade mein Handtuch um, da klopft es an der Tür.

»Deinen Schlafanzug lege ich dir vor die Tür.«

»Danke«, sage ich und warte, bis sich Dylans Schritte entfernen, ehe ich zur Tür gehe, sie öffne und mir meine Kleidung nehme. Ich trockne mich ab, ziehe mich an.

Widerwillig putze ich mir die Zähne. Am liebsten möchte ich nur in mein Bett und vergessen. Als ich das Badezimmer verlasse, ist die ganze Wohnung dunkel. Bloß aus dem

Schlafzimmer dringt gedämpftes Licht.

Auf leisen Sohlen gehe ich auf den Raum zu. Schon als ich im Türrahmen ankomme, sehe ich Dylan. Er läuft auf und ab und verharrt mit einem Mal in der Bewegung.

»Ich habe keine Ahnung, wie ich mich verhalten soll«, sagt Dylan ganz leise und tritt von einem Fuß auf den anderen.

Wenn ich ehrlich bin, dann weiß ich das auch nicht und dennoch gibt es tief in meinem Herzen nur diesen einen Wunsch.

»Können wir für diesen Abend alles vergessen, was war und was eines Tages sein wird?« Tränen kullern meine Wangen hinunter. »Ich brauche dich gerade.«

Anstatt mir zu antworten, tritt er auf mich zu. Als ich in seinen Armen liege, fühlt es sich an, als hätte es nie eine Zeit ohne ihn gegeben. Als hätten wir erst vor wenigen Stunden gemeinsam auf der Bank in meinem Zimmer gelegen.

Hätten uns geküsst, berührt und als hätte ich mich noch ebenso unfassbar kraftvoll gefühlt. Denn das Gefühl hat er mir schon immer gegeben: dass ich stark bin. Dass ich alles schaffen kann, was ich will. Ganz egal, welche Vorurteile und Erwartungen auf mich gerichtet sind.

Gemeinsam taumeln wir auf die Bank vor dem Fenster zu, setzen uns erst und ich löse mich von ihm. Ohne ein Wort zu sprechen, gibt er mir zu verstehen, dass ich zum Fenster krabbeln soll. Dort lag ich schon immer am liebsten. Auf dem

Platz ist bereits die Wärmflasche, um die ich meine Arme schließe, während ich spüre, dass Dylan zu mir kommt. Ich sehe über die Schulter zu ihm und beobachte, wie er sich ins Kissen legt. Er breitet einen Arm aus und ich zögere nicht länger, sondern lehne mich zurück. Dabei überkommt mich das Bedürfnis, ihn anzusehen, weswegen ich mit dem Rücken zur

Glasscheibe liege, dicht zu ihm rutsche und froh bin, dass meine Gedanken gerade nur um ihn kreisen.

Dylan ist wie erstarrt, doch dann legt er seine Hand auf meinen Rücken und zieht mich dichter zu sich. Ich spüre, wie eine Mischung aus Erleichterung und Schmerz in meinem Brustkorb schon wieder dafür sorgt, dass mir die Tränen kommen. Ich schluchze, vergrabe meinen Kopf und realisiere, dass ich einen riesigen Fehler begehe.

»Was ist passiert?«, fragt Dylan nach einer Weile.

»Ich weiß, dass du mich in der Bar beobachtet hast. Beim Tanzen.« Eigentlich wollte ich diesen Fakt nicht unbedingt sofort preisgeben, doch dafür scheint es mir jetzt zu spät zu sein. »Und deswegen gehe ich davon aus, dass du diesen ekligen Kerl mitbekommen hast …«

»Habe ich.«

Seine Stimme so nah zu hören und dass er so dicht bei mir liegt und dass mir in diesem Moment wieder so schlagartig bewusst wird, lässt erneut die Tränen in meine Augen schießen. Dieses Mal allerdings aus einem ganz anderen

Grund.

Das hier wird nur dieses eine Mal passieren, sage ich in Gedanken zu mir selbst.

Als ich damals gefahren bin, war es immer mein Ziel, mich eines Tages in genau dieser Position wiederzufinden, auch wenn ich wusste, dass ich es nicht sollte. Nur hätte ich niemals damit gerechnet, dass das so schnell passiert.

Aber vor allem habe ich gehofft, dass es aus einem anderen Grund passiert. Mit einem anderen Hintergrund. Habe gehofft, dass wir einander erst wieder so nahekommen, wenn wir alles geklärt haben.

Denn ich weiß jetzt schon, dass ich ihn in wenigen Stunden wieder verletzen muss.

Augenblicklich fühlt sich das hier nicht mehr so gut an.

Weil ich mir wieder dessen bewusst werde, wen wir alles mit uns in den Untergang ziehen.

Dylan

Ich kann nicht wegsehen. Lous Kopf liegt auf meiner Brust und das ist unvorstellbar und fühlt sich absolut unrealistisch an. Und dann muss ich immer wieder in ihren Nacken sehen. Auf das Schild des Hoodies, das heraussteht.

Ihre Haare locken sich und obwohl sie das Schild etwas verdecken, kann ich es ganz deutlich erkennen: Dort steht mein Name. Geschrieben mit einem schwarzen Edding, der inzwischen verblasst ist. Meine Mutter war irgendwann so genervt davon, dass ich andauernd meine Sachen verliere,

dass sie begonnen hat, überall unseren Familiennamen oder meinen Vornamen hineinzuschreiben. Manchmal auch nur die

Initialen. Brotdose, Bücher und auch Pullover.

Lou trägt meinen Pullover. Ich habe ihn mir gekauft, nachdem meine Mutter gestorben ist, und trotzdem konnte ich es lange Zeit nicht sein lassen, alles, was ich besitze, zu beschriften. Dieses war das erste Kleidungsstück, in das ich meinen Namen selbst schreiben musste. Lou wusste das, denn sie war dabei.

Und dann erscheint die Erinnerung wieder vollständig. Als hätte ich sie verdrängt und mich mit einem Schlag wieder daran erinnert, weil ich mir genau das wieder erlaube: Der Moment, in dem ich Lou diesen Pulli nach einer wirklich langen Nacht in der Bar gegeben habe. Das war auch die erste Nacht, in der wir uns zum ersten Mal so richtig nahegekommen sind. Eigentlich schaue ich gern auf diese Zeit zurück, wenn ich sie aktuell nicht mit so einem großen Schmerz verbinden würde.

Dieser Fakt macht etwas mit mir. Vielleicht ist es die Gewissheit, dass sie dieses Kleidungsstück aus dem Grund trägt, dass er mir gehört. Und das würde bedeuten, dass ich ihr wirklich noch etwas bedeute. Dass ich ihr vielleicht immer etwas bedeutet habe?

Doch all das könnte ich mir auch einbilden und sie trägt ihn nur, weil er oben in ihrem Schrank lag. Aber kann das sein? Kann all das hier ein Zufall sein? Etwas, das einfach passiert?

Lou weint wieder in meinem Arm und ich stelle mir unendlich viele Fragen, bis diese eine nicht nachgibt und mich wieder nachfragen lässt: »Lou, was ist passiert, nachdem du ihn zurückgewiesen hast?«

»Er ist mir nach draußen gefolgt.«

»Und dann?«

»Er hat mich angefasst. Jess kam plötzlich dazu und wollte dazwischen gehen. Sie hat gesagt, dass sie nicht zulässt, dass mir das Gleiche passiert wie ihr. Er hat sie geschubst, sie hat geschrien und ich habe völlig schockiert zugesehen.« Sie schluchzt. »Alles ging so furchtbar schnell. Dann war er wieder bei mir und dann ertönten die Sirenen und ich … Ich komme nicht darüber hinweg, dass ich nicht reagieren konnte.

Als er dort draußen vor mir stand …«

Ihre Stimme bricht und auch wenn ich so viel zu sagen habe, schweige ich und halte Lou im Arm.

»Dylan, wenn ich mir nur vorstelle, was noch alles hätte passieren können.«

»Aber ist es nicht. Du bist hier. Du bist hier bei mir und in Sicherheit, hörst du?«

Kapitel 19

Lou

Mir ist kalt, mein ganzer Körper bebt und schreit nach Flucht. Meine Atmung geht schwer, die Welt scheint sich zu drehen. Ein fahler Geschmack hat sich in meinem Mund gebildet und ich spüre die Berührungen in meinem Rücken. Es handelt sich um keine zarte. Dylan hält mich – wenn ich mich auch an nichts, was gestern passiert ist, erinnern kann, das weiß ich. Mit niemandem war es so vertraut wie mit ihm. In seinen Armen habe ich mich schon immer sicher und geborgen gefühlt. Ich sollte es nicht genießen. Sollte es nicht wollen. Und doch tue ich genau das.

Als ich tief einatme, bewegt er sich hinter mir. Dylan seufzt, zieht mich fester in seine Arme und ich öffne die Augen. Draußen ist es bereits hell. Die Sonne steht hoch am

Himmel und ich wette darauf, dass es sicherlich bald schon kurz vor Mittag ist. Heute ist Samstag und somit bin ich nun seit einer Woche wieder in Lunar Beach.

Eine Woche, Louise. Du hast dein Versprechen an dich, an ihn und euer ganzes Umfeld nicht einmal eine Woche lang aufrecht halten können.

Mit einem Mal spüre ich wieder diese immense Wut auf mich selbst. Bin ich denn wirklich zu gar nichts in der Lage?

Ich vergesse das beklemmende Gefühl in meiner Brust und krabble aus Dylans Umarmung. Getrieben bin ich nur noch von der Panik in mir. Was ist, wenn ich allen wehtue? Was ist, wenn uns jeder hasst, wenn sie erfahren, was wir doch eigentlich, seit Ewigkeiten schon sind?

Gleichzeitig fällt es mir wahnsinnig schwer, mir selbst einzureden, dass ich es überhaupt verhindern könnte, in solchen Situationen zu enden.

Ich rutsche von der Bank und durchquere den Raum. Ganz leise öffne ich die Tür und schließe sie hinter mir, ehe ich über den Flur zum offenen Wohn- und Essbereich gehe, wo ich mir einen Kaffee aufsetze. Langsam läuft die Flüssigkeit in meinen Becher und wenn es etwas geben würde, das den Prozess beschleunigen könnte, dann würde ich es tun.

Nur stehe ich keine Minute später mit meinem Kaffee mitten im Raum und weiß nicht, wo ich jetzt hinsoll.

Schließlich krabble ich auf die Bank, die einst Ian gehörte. An die Wand gelehnt sitze ich da und sehe auf das Meer. Die Möwen drehen ihre Kreise und singen ein Lied, ich höre sie durch das geöffnete Fenster. Ganz in der Ferne sehe ich einige Leute bei ihrem Spaziergang, erkenne die Regenschirme, die sie vorsichtshalber in den Händen tragen.

Der Himmel ist grau, der Horizont bedeckt mit Nebel. Das Wetter spiegelt meine eigene Stimmung wider.

Trist. Grau.

Gefühlsgrau. So fühle ich mich.

Mein anstehendes Studium, das ich noch gar nicht in Aussicht habe. Und das werde ich auch nicht.

Irgendwie muss ich meiner Familie noch beibringen, dass ich nicht studieren werde, sondern viel lieber eine Ausbildung machen möchte, und zwar am liebsten in ihrem Unternehmen.

Es ist nur mein tobender Herzschlag, der mich daran erinnert, dass etwas ganz und gar nicht stimmt. Ich trinke einen großen Schluck von meinem Kaffee, lasse mich etwas tiefer in die Kissen fallen und schließe die Augen.

Mit einem Mal befinde ich mich wieder in der Bar. Hände greifen nach meinen Hüften. An meinen Bauch, meinen Brüsten, meinen Hals.

Ich setze mich schlagartig auf und schnappe nach Luft.

Sein Verhalten ist nicht deine Schuld. Das hier liegt nicht an dir. Mit ihm stimmt etwas nicht, Lou. Du hast dich nicht falsch verhalten.

Dylans Worte rauschen mir durch den Kopf und ich konzentriere mich darauf, zu atmen. Ein und aus. Ein und aus und ein und …

Ich rufe mir das Gefühl in Erinnerung, von Dylan gehalten zu werden. Bilde mir ein, seine Arme um meinen Körper zu spüren. Das Gefühl, wie sich sein Oberkörper sanft durch seine Atmung hebt und senkt. Die Ruhe, die ich empfinde, wenn er in meiner Nähe ist. Das Wissen, dass er nach all der Zeit noch immer an meiner Seite sein würde, wenn ich es nur zulasse.

Doch ich kann es unmöglich zulassen und mache mir stattdessen wieder klar, dass ich allein hier sitze, während er drüben im anderen Raum ist.

Tränen sammeln sich in meinen Augen. Ich will sie wegblinzeln, will sie verdrängen, doch als ich die Lider wieder schließe, läuft eine erste meine Wange hinunter. Ich bin überfordert. Und ich bin verletzt und verwirrt und stelle meinen Kaffee beiseite, um meine Beine an die Brust zu ziehen und mich auf die Seite fallen zu lassen. Obwohl es mir schwerfällt, gebe ich mich meinen Gefühlen hin. Während ich weine, sehe ich hinaus aufs Meer. Die Wolken verdichten sich und ich wünschte mir sehnlichst, dass ich mit dem weitermachen kann, was ich mir für heute vorgenommen habe:

Bewerbungen zu schreiben. Doch auch wenn dieser Wunsch, die Zimmerei und Dachdeckerei meiner Familie zu übernehmen, mein allergrößter seit frühster Jugend ist, ist mir alles gerade fürchterlich egal. Dann werde ich halt Architektin und komme nicht von meinem Computer weg. Dann ziehe ich halt in die Stadt, obwohl die Aufregung in den engen Straßen schon meist nach wenigen Tagen für schreckliche Migräne bei mir sorgt. Dann verlasse ich halt all meine Freunde, um den Traum zu leben, den meine Eltern seit meiner Geburt für mich hegen.

Was ist schon dabei? Ich schluchze.

Mein Körper schickt mir jedes mögliche Zeichen, damit ich endlich realisiere, dass ich gegen all jenes ankämpfen muss.

Ich zittere, Schweiß bildet sich auf meiner Stirn und ich schluchze erneut. Die Tränen und der Schmerz scheinen nur so aus mir herauszubrechen. Wenn ich könnte, würde ich mir einen anderen Ort auf dieser Erde suchen, ich würde all meine Liebsten kidnappen und ohne alle Erwartungen leben, die an mich gestellt werden. Nur habe ich das ein Jahr lang gemacht. Aber ich habe das ohne meine engsten Freund*innen gemacht. Und leider dabei gemerkt, dass gerade sie es sind, die dafür sorgen, dass ich mein Leben so sehr liebe, wie ich es tue.

Und vor allem ist es Dylan, der mich auf jeden neuen Arbeitstag hinfiebern lässt. Nicht, weil ich meinem Job sonst nicht gern nachgehe. Nur ist er mein i-Tüpfelchen. Er macht alles einen Ticken besser.

Bloß darf ich genau das nicht.

Und ich weiß nicht, wie ich ihm erklären soll, was das in den letzten Stunden war. Ich habe ihn und den Halt gebraucht, den er mir gegeben hat, und will ihm nicht das Gefühl geben, ihn ausgenutzt zu haben. Er soll nicht denken, ich würde ihn benutzen. Gleichzeitig muss ich ihm klar machen, dass es kein nächstes Mal geben wird. Das mit uns darf und wird nicht wieder so werden wie zuvor. Jedenfalls nicht jetzt. Nicht sofort. Dafür muss noch so viel geklärt und ausgesprochen werden. Nur muss ich dafür das Gespräch mit meinen Eltern suchen. Ich muss ihnen sagen, dass ich die Wahrheit kenne und sie darum bitten, Verantwortung zu übernehmen. Sich dem zu stellen, was sie so lange vor uns allen verheimlicht haben.

Das mit Dylan und mir wird niemals funktionieren. Weil es nicht sein darf.

Dylan

Ich öffne die Augen und sehe das Meer. Ich brauche einen Moment, um zu verstehen, wo ich bin und was ich hier mache. Erinnerungen an die letzte Nacht flammen vor meinem inneren Auge auf. Die Fahrt im

Polizeiwagen nach Hause. Lou, wie sie in meinen Armen liegt, weint und einschläft. Ich, der sie noch ewig ansieht und sich nicht glücklicher schätzen könnte, sie endlich bei mir zu haben. Sie. Meine Lou.

Bis ich sie jetzt in der Ferne schluchzen höre.

Ich setze mich auf und schaue durch den Raum. Lou ist allerdings nicht hier. Also schlage ich die Bettdecke zurück, klettere von der Bank am Fenster und folge dem Geräusch ihres Weinens. Ich eile durch den Flur und stehe schließlich im Küchenbereich des Wohnzimmers. Lou liegt zusammengekauert auf der Bank am Fenster, mit Blick auf den Schrank. Mit großen Schritten laufe ich auf sie zu. Lou verkrampft sich in diesem Moment und schluchzt wieder. Bis sie meine Schritte hört und sich erschrocken aufsetzt. Mein Herzschlag dröhnt mir in den Ohren. Furcht macht sich in mir breit. Ich verstehe nicht, was plötzlich los ist.

Lou sieht kurz weg, dann wieder zu mir. In ihrem Blick spiegelt sich plötzlich keine Angst mehr wider. Es wirkt wie … Mitleid.

»Es tut mir leid, Dylan, aber du musst gehen. Bitte komm mir nicht zu nahe.«

Ich runzle die Stirn. Ist das eine Reaktion von gestern Abend? Hat sie jetzt Angst vor Männern?

»Lou, ich will dir nichts Böses! Ich sorge mich bloß um dich«, versuche ich ihr meine Absichten zu erklären.

Sie schüttelt mit dem Kopf. »Genau das ist das Problem!«

Meine Gedanken sind wie leergefegt, nur mein Puls beschleunigt sich. Mein Blickfeld wird schmaler und ich hyperventiliere so sehr, dass ich das Gefühl habe, keine Luft mehr zu bekommen.

Wie naiv konnte ich sein und mir einreden, dass wir wieder das werden könnten, was wir einst waren? Wie? Wie? Wie?!

»Das hier funktioniert nicht, Dylan. Ich liebe dich nicht mehr. Ich fühle mich noch immer sicher bei dir, deswegen bin ich dir sehr dankbar, dass du letzte Nacht geblieben bist, aber … das hier funktioniert nicht, okay? Das wird es niemals. Es tut mir leid.«

Lou nimmt sich die Kaffeetasse, die auf einem der Armlehnen stand und dreht mir den Rücken zu. Ich halte die Luft an und verstehe nicht. Verstehe einfach nicht, was hier verdammt noch mal passiert.

»Ist das dein Ernst?«, frage ich atemlos. Wie konnte ich nur so dumm sein?, frage ich mich dabei.

Ich bin doch selbst schuld.

»Geh jetzt, Dylan. Es ist besser für uns beide.«

Tränen rinnen meine Wangen hinab. Louise Baker hat mir schon wieder das Herz aufgerissen und scheint sich nicht darum zu scheren, wie es mir damit geht. Von wegen besser für uns beide. Wenn sie wirklich das Beste für uns wollen würde, wenn sie für mich wirklich das Gleiche empfinden würde wie ich für sie, dann würden wir miteinander sprechen. Dann würde sie mich nicht immer und immer und immer wieder verletzen und mir das Gefühl geben, als wäre ich es nicht wert. Als sei ich nicht gut genug. Als hätte ich sie nicht verdient.

Als sei Louise Baker etwas Besseres.

Wut keimt in mir auf.

Eigentlich hatte ich für heute so viele Pläne. So viele Dinge, die am Wochenende anstehen, die ich nur für mich und für mein eigenes Projekt machen wollte. Aber sie fragt mich ja noch nicht einmal, was in meinem Leben passiert. Hat sich nicht mal erkundigt, wie es mir geht, seitdem sie wieder hier ist.

Ich schüttle den Kopf, mustere sie noch einmal. Ein Teil von mir will noch immer zu ihr gehen, es ausblenden, dass sie nur versucht, mich von sich zu stoßen. Immerhin habe ich das damals auch so getan. Ich war da. Immer. Und sie war mir stets dankbar dafür. Nur ist unser Verhältnis angeknackst und ich nicht länger bereit, in Kauf zu nehmen, dass sie mir wieder und wieder vor den Kopf stößt.

Also mache ich auf dem Absatz kehrt, hole mir meine Kleidung aus dem Schlafzimmer und halte in der Türzarge inne, um mir die Hose anzuziehen.

»Dylan?« Mein Kopf schießt in die Höhe und Lous Großmutter sieht mich verblüfft an.

Ich bin unfähig, etwas zu sagen oder mich zu bewegen. Und sie ist es auch. Einen Moment lang betrachten wir uns, dann geht sie einen Schritt zurück und schließt die Tür, die noch immer nach unten in den Wohnraum von Lous Großeltern führt.

Damals wäre ich zu Lou gegangen und hätte sie vorgewarnt. Doch jetzt bin ich zu verletzt, ziehe mir meine restliche Kleidung an und verlasse die Wohnung.

Kapitel 20

Dylan

Nachdem ich Lous Wohnung verlassen habe, bin ich geradewegs zur Werkstatt gelaufen. Allerdings nur, um dort zu sitzen, die Wände anzustarren und mich zu fragen, was genau falsch an mir ist. Zwar kann ich verstehen, warum Lou Schwierigkeiten damit hat, wieder hier anzukommen. Ich verstehe auch, dass sie gestern nach diesem fürchterlichen Geschehnis meine Nähe gebraucht hat, und gleichzeitig tue ich genau das nicht. Denn wenn sie mich nicht will, warum nutzt sie mich dann aus, wenn es ihr Mal nicht so gut geht? Warum stößt sie mich so eiskalt von sich?

Hin und wieder nehme ich meinen Zeichenblock in die Hand, um den Wohnwagen für den Bauern zu planen, und erwische mich dann dabei, wie ich alles andere mache, außer zu arbeiten.

Mein Magen knurrt und die Einsamkeit hier drinnen frisst mich auf, weswegen ich beschließe, dass es vielleicht nicht verkehrt ist, wenn ich mir etwas Gesellschaft suche. Chrissi ist sicherlich beschäftigt und die Letzte, die ich mit meinen Problemen belasten möchte, weswegen ich mich auf den Weg ins Café mache.

Als ich dort ankomme, sitzt Will auf seinem Stammplatz und schaut nur kurz von seinem Laptopbildschirm auf. Ich hocke mich zu ihm, ziehe meine Jacke aus und atme kurz durch, da klappt er das Notebook zu und legt seine Kopfhörer darauf.

»Sorry, war voll im Flow!«, entschuldigt er sich.

Ich grinse ihn an. »Das macht gar nichts. Woran hast du gearbeitet?«

»An einer Grafik für Celine«, versucht er auszuweichen.

Ich will nachfragen, woran genau er werkelt, da tritt meine Cousine an unseren Tisch. »Was machst du denn hier?«, begrüßt sie mich.

»Ich wollte … musste einfach mal raus«, lüge ich.

Zwar mag ich Will und bin fest davon überzeugt, dass sich er und Celine wahnsinnig guttun, dennoch möchte ich mein Anliegen nicht mit ihm teilen.

»Was darf ich dir bringen? Ich lasse Sarah gerade noch einen Moment Pause machen, dann komme ich zu euch.«

»Einen schwarzen Kaffee, so stark wie möglich.«

An der Art, wie Celine die Lippen aufeinanderpresst, merke ich, dass sie doch gern etwas gesagt hätte. Sie runzelt jedoch nur die Stirn, mustert mich und schweigt. Dann geht sie zum Nachbartisch und ich richte meinen Blick wieder geradeaus zu Will.

»Ist alles okay?«, fragt er.

So viele Worte liegen mir auf der Zunge, doch keines scheint dem würdig zu sein, was ich fühle, weswegen ich bloß nicke.

»Letzte Nacht …«, sagt Will. Ich versteife mich. »Wir haben gehört, was passiert ist.«

Ich seufze und lasse mich gegen die Lehne fallen. »Es macht mich noch immer sprachlos«, platzt es aus mir heraus. »Lou und Jess waren beide absolut durch mit den Nerven. Ich hoffe, das hat Konsequenzen für den Kerl.«

»Ich auch. Lou war sicherlich froh, dass du für sie da warst.«

Ich frage mich, was ihn dazu bewegt, so eine Aussage zu treffen.

»Wie ging es Chrissi gestern Abend?«, weiche ich aus.

»Gut. Sie ist früh los heute Morgen und hat gesagt, dass sie unbedingt zeichnen muss. Wenn ich sie so über die Kunst sprechen höre, habe ich glatt Lust, auch mal wieder den

Pinsel zu schwingen.«

»Du bist auch Künstler?«

»Ich war dazu verpflichtet.« Will lacht und ich atme einen Moment lang durch. »In der WG in Seattle, so wie sie jedenfalls ursprünglich mal war, haben wir alle gemalt. Das hat uns ausgemacht. Nur gilt mein eigentliches Interesse dem hier.« Er klopft auf den Laptop vor sich.

»Verstehe.«

Celine kommt mit einem Becher und einem Glas zu uns an den Tisch. Das weiße Porzellan mit dem Logo des Cafés darauf stellt sie vor mir ab und setzt sich mit ihrem Latte macchiato zu Will auf die Bank.

Celine steigt in unser Gespräch über Kreativität ein und ich trinke meinen Kaffee. Dabei atme ich das erste Mal an diesem Tag richtig durch. Spüre, wie ich zur Ruhe komme. Bis die Tür des *Milk & Sugar* geöffnet wird und alles wieder in sich zusammenfällt.

Lou

Die Stunden verstreichen und ich wage es nicht aufzusehen und weiterzuleben. Das Gefühl, als würde alles still stehen, wenn ich hier sitzen bleibe, vermittelt mir Sicherheit. Weil ich mich an diesem Platz nicht mit dem beschäftigen muss,

was mich draußen vor der Tür erwartet. Ich bin hier, bin allein und kann machen, was ich möchte.

Draußen regnet es und dicke Tropfen prasseln an die Scheibe.

Wenn ich mich nicht so beschissen fühlen würde, könnte das hier ein verdammt gemütlicher Samstag werden.

Doch das ist er nicht.

Ich höre, wie jemand die Treppenstufen nach oben kommt.

Schon anhand des schweren Auftretens der Füße weiß ich, um wen es sich handelt. Die Geräusche verstummen, dann klopfen Knöchel auf Holz.

»Darf ich reinkommen?«, ruft meine Großmutter.

»Natürlich! Ich bin im Wohnzimmer«, antworte ich und bin selbst überrascht davon, wie fröhlich und leicht meine Stimme klingt. Vermutlich, weil ich mir wirklich nicht anmerken lassen möchte, dass etwas nicht stimmt.

Meine Granny betritt den Raum und anhand ihres misstrauischen Blickes, weiß ich, sie sieht mir an der Nasenspitze an, dass etwas nicht stimmt. Sie durchquert den Raum und setzt sich mir gegenüber auf die Bank. »Dylan war heute Nacht hier«, sagt sie.

Jegliche Farbe weicht mir aus dem Gesicht, da bin ich mir sicher. Ich habe mit vielem gerechnet: damit, dass Ian angerufen hat; dass jemand meinen Großeltern erzählt hat, was in der letzten Nacht passiert ist. Ein Teil von mir wünscht sich, dass es jemand anderes übernimmt, meinen Großeltern zu erzählen, was passiert ist. Ein anderer ist froh um die Möglichkeit, das selbst zu tun, wenn ich bereit bin. Denn dieser Zeitpunkt ist definitiv nicht jetzt.

»Möchtest du mir etwas sagen, Louise?« Ich schüttle den Kopf.

»Ich möchte dich nicht enttäuschen, aber ich weiß, dass

Dylan auch oft über Nacht hier war, bevor du nach Europa gegangen bist. Ich respektiere deine Privatsphäre, Kind.

Aber wenn du über etwas reden möchtest, dann findest du mich unten, okay?«

Ich nicke.

»Denn so wie du hier sitzt und den Tag verbringst, das ist nicht unsere Lou.«

Mein Herz blutet. In Gedanken stimme ich ihr zu. Denke, dass ich mich doch selbst nicht wiedererkenne und mir meine Rückkehr anders vorgestellt habe. Möchte ihr gern von all meinen Träumen und Wünschen und Ängsten erzählen.

Aber meine Lippen sind wie festgeklebt. Ich bekomme sie nicht auseinander und kein Wort aus meinem Mund.

»Wir würden gleich etwas essen, falls du zu uns kommen möchtest.«

Meine Großmutter steht wieder auf und ich verfolge jede ihrer Bewegungen mit dem Blick. Sie kommt auf mich zu, hebt die rechte Hand. Sanft legt sie sie an meine Wange.

»Hör bitte auf, das zu machen, was andere von dir erwarten und arbeite an deinem eigenen Glück. Ja, Kind? Für deinen Onkel war es auch nicht leicht, dass sich Ian gegen das Familienunternehmen gestellt hat. Aber inzwischen akzeptiert jeder seine Entscheidung. Und wir werden auch jeder deiner Entscheidungen annehmen, wenn es für dich die richtige ist, verstanden?«

Ich nicke, aber bin mir nicht sicher, ob mein Gehirn begreifen kann, was sie da gesagt hat.

»Das ist dein Leben, Lou. Du hast nur dieses eine, und das solltest du nutzen.«

Tränen vor Rührung steigen mir in die Augen. Meine Großmutter klopft mir noch einmal auf die Schulter. Dann geht sie aus dem Raum. Ich sehe ihr nach, höre, wie sie wieder nach unten läuft. Es wird ruhig im Haus. Mein Blick fällt wieder aus dem Fenster. Ich bin froh, dass ich ihr nicht erzählen musste, was in der letzten Nacht passiert ist. Andererseits wünsche ich mir, mit ihr über diese Situation reden zu können. Und gleichzeitig tut die Wunde, in die sie ein Messer gestochen hat, unendlich weh.

Denn sie hat recht.

Ich arbeite nicht an meinen eigenen Träumen. Lebe nur so vor mich hin und wünsche mir bloß, dass endlich alles gut wird. Nur tue ich nichts dafür. Ich bin nicht frei, nicht lebendig. Wenn ich ehrlich zu mir selbst bin, bin ich voller Angst.

Immerhin kann ich ja meinen eigenen Eltern noch nicht einmal erzählen, wie ich mir meine Zukunft vorstelle, weil ich davon ausgehe, dass sie sowieso nicht an mich glauben.

Dabei sollte ich diejenige sein, die auch ohne ihre

Bestätigung fest an ihre Träume glaubt. Nur ist das leider leichter gesagt als getan.

Für eine Weile sitze ich noch auf der Bank, bis meine Knochen so sehr schmerzen, dass ich das Gefühl bekomme, wirklich endlich aufstehen zu müssen. Meine müden Beine tragen mich ins Badezimmer. Dann ziehe ich mir eine Jogginghose und einen Kapuzenpullover an und schnappe mir den Autoschlüssel, nachdem ich in Schuhe geschlüpft bin. Im Flur angekommen, höre ich Geschirr klappern. Ob meine Großeltern enttäuscht sind, dass ich nicht mit ihnen esse?

Ich schlucke den Schmerz hinunter, ziehe die Kapuze über meinen Kopf und verlasse meine vier Wände. Ich laufe die Treppen nach unten und denke nur an diese eine Person, die mir hoffentlich sagen kann, was letzte Nacht passiert ist und warum ich mich noch immer so fühle, als wäre ich an allem schuld.

Ich steige in den Wagen, fahre los und parke keine zehn Minuten später vor dem Haus von Jess‹ Eltern. Ob sie inzwischen überhaupt zu Hause ist? Ich weiß, dass ich das erst erfahren werde, wenn ich danach frage und so löse ich meinen Gurt, steige aus dem Wagen und nehme die Kapuze vom

Kopf, als ich die Türklingel betätige.

Die Tür wird geöffnet. Jess‹ Mom schaut mich mit gerunzelter Stirn an. Erst öffnet sie die Tür nur einen Spaltbreit, dann weiter, als sie mich erkennt.

»Hallo Louise.«

»Hallo. Ist Jess da?«

Augenblicklich verfinstert sich ihre Miene.

»Ja.« Sie seufzt. »Aber sie spricht nicht. Auch nicht mit uns. Sie sagt immer wieder, dass sie allein sein möchte.« Ich erkenne Tränen in ihren Augen. »Ich weiß nicht, wie ich ihr helfen kann, aber ich möchte ihre Entscheidung akzeptieren. Ich richte ihr aus, dass du hier gewesen bist. Vielleicht kann sie sich ja bei dir melden, wenn sie soweit ist?«

Ich nicke. »Natürlich! Sie kann mich jederzeit anrufen. Oder mir schreiben. Ich würde mich sehr freuen.« Ich atme schwer und denke über meine eigenen Worte nach.

Denn wenn ich ehrlich bin, könnte ich es gerade brauchen, mit Jess zu sprechen. Aber natürlich werde ich auf sie Rücksicht nehmen.

Jess‹ Mutter schließt die Tür einen Spalt. »Ich muss dann auch. Ich koche ihr Lieblingsessen. Aber sie sagt immer, sie wolle nichts …«

Ganze deutlich höre ich die Verzweiflung in ihrer Stimme.

»Sie meldet sich«, sagt sie erneut, dann schließt sie die Tür komplett.

Ich kann bloß davor stehen, sie anschauen und mir wünschen, dass mich jemand in den Arm nimmt. Eine gefühlte Ewigkeit, bei der es sich sicherlich nur um eine halbe Minute handelt, verharre ich und spüre den Kloß in meinem Hals. Wenn ich könnte, dann würde ich die Tür aufbrechen und endlich zu Jess stürmen, damit ich nicht länger allein bin. Aber das geht natürlich nicht … Nur wo soll ich dann hin mit mir? Niedergeschlagen steige ich wieder ins Auto. Weil es mir unangenehm ist, noch länger vor dem Haus zu stehen, starte ich den Motor und fahre einige Minuten lang ziellos durch den Ort.

Es ist befremdlich, darüber nachdenken zu müssen, was ich wohl damals, vor meinem Jahr in Europa, gemacht hätte, wenn es mir schlecht ging. Vermutlich wäre ich ins Café gefahren.

Ich setze den Blinker nach rechts und bin drei Straßen weiter schon an meinem neuen Ziel angekommen. Anders als bei Jess warte ich nicht, sondern halte und springe direkt aus dem Wagen. Schnellen Schrittes eile ich zur Eingangstür des *Milk & Sugars* und denke dabei nur an eine warme Tasse Kaffee in meinen Händen, den süßen Geschmack des Schokokuchens und das Gefühl, nicht allein zu sein, wenn ich all die bekannten Gesichter um mich herum sehe.

Doch kurz nachdem ich durch die Tür trete, verfällt diese Hoffnung mit einem Schlag. Ich will gerade richtig eintreten, da höre ich seine Stimme. Erschrocken fahre ich herum und sehe Dylan, Will und Celine am Fenstertisch sitzen. Ihr Lachen verstummt. Celine und Will sehen mich mit großen Augen an. Ich verharre in der Bewegung. Als Dylan sich zu mir umdreht, bekomme ich Panik.

Ich taumle wenige Schritte rückwärts, verschwinde aus der Tür, die ich noch gar nicht richtig geschlossen habe, trabe zu meinem Auto und kann nur daran denken, wie fremd ich mich hier in Lunar Beach fühle. Ich bin kein Teil dieses Ortes mehr, und daran bin ich ganz allein schuld. Egal, aus welchem Grund ich gegangen bin. Ich war nicht bloß woanders, sondern habe alle Leute, die einst einen so wichtigen Einfluss auf mich hatten, aus meinem Leben radiert und mich noch nicht einmal entschuldigt. Warum sollte ich also etwas anderes erwarten, als dass meine Freund*innen auf unserem Stammplatz sitzen?

Wie konnte ich nur erwarten, dass jemand auf mich wartet?

Kapitel 21

Lou

Ich fahre ohne Ziel durch Lunar Beach. Da der Ort nicht groß ist, habe ich das Gefühl, mich nur im Kreis zu drehen, bis mir das den letzten Nerv raubt. Ich brauche ein Ziel.

Jemanden, mit dem ich reden kann, und so fahre ich die Küste weiter in Richtung Norden. Die Häuser um mich herum werden größer und luxuriöser, und mittendrin finde ich das Haus meines Cousins.

Ians weißer Tesla steht auf der Einfahrt. Ich hole tief Luft, parke meinen VW Polo und stelle den Motor aus. Nachdem ich meinen Gurt gelöst habe, steige ich aus und gehe durch das hüfthohe Tor. Mein Blick schweift vom gepflegten Vorgarten zu der weißen Fassade, dann die riesigen Fenster, die einem doch keine Möglichkeit geben, hineinzusehen. Ians Anwesen entspricht überhaupt nicht meinem Geschmack. Es ist kantig und karg, hat nichts Persönliches an sich. Alles ist glatt und gerade und mir fehlt dir Struktur von Holz. Das

Gebäude besteht nur aus Beton und Glas.

Ehe ich mich versehe, stehe ich vor der Eingangstür. Baker steht auf einem goldenen Schild über der Klingel, die ich drücke. Erst denke ich, dass Ian doch nicht zuhause ist, weil sich nichts tut, doch dann wird die Tür aufgerissen.

Ian baut sich vor mir auf und als er mich erkennt, wird seine Miene sanfter. Er tritt beiseite, grinst und nimmt das Handy herunter, das er sich ans Ohr gehalten hat.

»Lou, wie schön! Komm herein.«

Wie förmlich, denke ich und trete ein. Meine Füße tragen mich in den riesigen Flur, Ian schließt die Tür.

»Ich beende nur kurz das Gespräch. Sieh dich ruhig um. Du hast das Haus ja noch nicht so oft gesehen«, sagt er und an der Tonlage erkenne ich, wie angespannt er ist.

In Wahrheit war ich noch nicht einmal hier. Kein einziges Mal. Ich weiß auch nicht, was ich mir ansehen soll, wenn mir mein Gehirn sagt, dass es vielleicht besser wäre, wieder zu verschwinden. Wieso fühle ich mich so schrecklich unwohl?

Im Hintergrund spricht Ian mit gedämpfter Stimme. Ich weiß nicht genau, worum es geht, doch immer wieder fällt der Name Valentin. Die beiden haben ihr Immobilienimperium, wie sie es selbst schimpfen, zusammen gegründet, um sich den Respekt und die Aufmerksamkeit ihren Eltern zu erkämpfen. Das hat auch ausgesprochen gut funktioniert, aber inzwischen haben sich ihre Ansichten auseinandergelebt. Valentin möchte unbedingt ihren Umkreis erweitern und auch in Seattle einige Objekte kaufen. Bei Ian habe ich inzwischen eher das Gefühl, als würde ihm alles über den Kopf wachsen. Jedenfalls war das immer mein Eindruck, als ich die wenigen Male mit ihm telefoniert habe. Wie das inzwischen aussieht – keine Ahnung. Und es ärgert mich, dass ich noch keinen Moment gefunden habe, in Ruhe mit ihm darüber zu sprechen. Aber vielleicht ist es ja heute endlich so weit.

Ich stehe vor einer langen, weißen Kommode. Darauf befinden sich weiße Figuren vor einer weißen Wand. Der einzige Farbtupfer, den ich ausmachen kann, ist ein Foto. Ich gehe direkt darauf zu und umfasse den Rahmen. Tränen schießen mir in die Augen. Zu sehen sind meine Großeltern, Ian und ich. Wir sitzen in der Eisdiele. Die Aufnahme ist im Sommer vor zwei Jahren entstanden. Kurz nachdem sich Ian und sein Vater ausgesprochen haben und sich unsere familiäre Situation beruhigt hat. Es lag bei jedem vorherigen Familientreffen etwas in der Luft. Und das hier auf dem Foto ist der erste Tag, an dem es wieder unbeschwerter war. Wir haben Eis gegessen. Gelacht. Weil die Zeit nur so an uns vorbeiflog, haben wir noch eine zweite Portion bestellt und dann sind wir weiter zum *Milk & Sugar* gelaufen. Dort haben wir Kaffee getrunken und Ian und Jess haben sich kennengelernt.

An diesem Tag war alles richtig. Alles war an seinem Platz. Es war eine der glücklichsten Zeiten in meinem Leben, weil ich in eben diesem Sommer angefangen habe, Vollzeit in der Werkstatt zu arbeiten.

Und es ist der Sommer, in dem ich meine Gefühle nicht mehr vor Dylan versteckt habe. Und er seine nicht länger vor mir.

»Ich erinnere mich gern an diesen Sommer«, sagt Ian plötzlich. Ich zucke zusammen, stelle den Bilderrahmen schnell wieder weg und frage mich, ob ich etwas gemacht habe, was ich besser hätte lassen sollen. Als wäre das hier etwas Verbotenes. Etwas, was sicherlich bestraft wird. Doch zu meiner Verwunderung nimmt Ian das Foto selbst in die Hand.

»Da schien alles noch so leicht. Wenn ich mich heute an die Probleme erinnere, denke ich oft, dass ich sie gern wieder hätte. Inzwischen sind sie so viel größer.«

Ich sehe von der Aufnahme weg und zu meinem Cousin hoch.

Er hat die Stirn in tiefe Falten gelegt. Trauer spiegelt sich in seinem Blick und ich wünschte zu erfahren, was ihm aktuell auf der Seele brennt. Doch aus irgendeinem Grund traue ich mich nicht, zu fragen.

»Wie komme ich zu dieser Ehre?«, fragt mich Ian.

Wir stehen noch immer zwischen Tür und Angel und ich bin überhaupt nicht bereit dazu, ihm jetzt meine Gefühle mitzuteilen. Früher war das so leicht. Ich bin zu ihm gefahren – oder er zu mir – und dann haben wir meist noch vor dem Eintreten gesagt, was uns belastet. Jetzt weiß ich gar nicht, wo ich anfangen soll. Bei meinem Verschwinden?

Der letzten Nacht? Meiner Wiederkehr?

Ich wünschte, so viele Dinge wären anders. Mein Leben kommt mir vor, wie eine ewige Sackgasse und ich schaffe es nicht, wieder umzukehren.

Gerade, als ich den Mund öffne, um ihm zu erzählen, was passiert ist, klingelt sein Telefon wieder. Ian verdreht die Augen, dann greift er nach dem Telefon, das er auf der Kommode abgelegt hatte.

»Baker. Was ist? Und das hat nicht bis Montag Zeit?« Er seufzt theatralisch und dreht sich von mir weg. Anschließend verschwindet er im nächsten Raum, von dem ich keine Ahnung habe, was sich darin befindet.

Ganz leise höre ich seine Stimme. Er klingt wütend

und erschöpft zugleich. Mein Blick fällt erneut auf das Bild. Ian hat den Rahmen hingelegt. Ich greife danach und stelle ihn wieder ordentlich an seinen Platz. Währenddessen frage ich mich, was ich hier eigentlich mache.

Die Distanz zwischen all meinen Freund*innen hier in Lunar Beach ist so unendlich groß geworden, dass es in meiner Brust schmerzt.

Schon wieder frage ich mich, ob ich damals einen riesigen Fehler begangen habe. Dabei hat es sich so richtig angefühlt. So unvermeidbar. Ich musste einfach weg.

Ich beginne, auf- und abzulaufen. Mir ist langweilig und die innere Unruhe, die mich während der Fahrt begleitet hat, verstärkt sich. Mein Puls rast und mein Gesicht glüht.

»Ich melde mich bei dir!« Ians Stimme wird schlagartig lauter. Schritte hallen durch den Flur. Ich bin in der Nähe der Eingangstür und drehe mich um. »Lou, willst du etwa gehen?«

Ja, denke ich, spreche es aber nicht saus. »Ich würde uns einen Tee kochen. Oder willst du ein Bier? Wein? Was trinkst du gern? Bleib doch noch eine Weile.« Ian klingt verzweifelt. Ich wünschte, ablehnen zu können, doch das bringe ich nicht übers Herz.

Also lächle ich und gehe auf ihn zu. Ian macht auf dem Absatz kehrt und ich folge ihm. Am Ende des Flurs biegen wir nach rechts ab. Vor uns eröffnet sich eine große, weiße Küche. Alles ist so unberührt. Ich verstehe nicht, wie man sich hier zu Hause fühlen kann.

»Mathilda, würdest du uns bitte zwei Früchtetees ins Wohnzimmer bringen?«

Ich sehe mich um, höre dann Schritte. Eine Frau mittleren Alters kommt um die Ecke, sie hält einen Lappen in den Händen, trägt eine Schürze. Sie lächelt warm und nickt. Ian reicht das als Antwort. Er geht an mir vorbei und verlässt die Küche. Ich stehe wie angewurzelt da.

Mathilda scheint mein Blick unangenehm zu werden. Sie senkt den Kopf und durchquert den Raum. Ich sehe das als Zeichen, zu verschwinden. Doch während ich zurück in den Flur trete und Ian erreiche, frage ich mich, was zur Hölle habe ich alles verpasst, dass mein Cousin jetzt sogar schon eine Haushälterin hat? Kann er sich noch nicht mal mehr einen Tee selbst kochen?

Ian läuft vor, ohne sich zu mir umzudrehen. Wir betreten den Raum gegenüber und ich staune über die Aussicht, die ich von hier aus habe. Die bodentiefen Fenster geben einem das Gefühl, direkt am Strand zu sitzen. Draußen ist es diesig und grau. Nieselregen legt sich an die Scheibe und das gedämmte Licht und der Kamin lassen sogar diesen völlig kargen, weißen Raum gemütlich wirken.

Ian sitzt inzwischen auf der Couch. Erwartungsvoll sieht er mich an. Etwas Erhabenes liegt in seinem Blick. Das Kinn hat er gereckt, einen Mundwinkel leicht gehoben.

»Schön wohnst du hier«, sage ich, weil ich das Gefühl habe, dass er das von mir erwartet. Ich trete neben das Sofa, ziehe meine Schuhe endlich aus und setze mich im

Schneidersitz auf den weichen Stoff. »Danke. Magst du jetzt erzählen?«

»Was erzählen?«

»Was du hier willst.«

Die Kälte in seiner Stimme ist absolut präsent. Als würden wir uns über das Unterhalten, was wir vergangenes Wochenende unternommen haben. Aber seine Freundin war in diesen Vorfall involviert. Er kann mir doch nicht erzählen, dass es ihm egal ist, was dort passiert ist. Nur warum verhält er sich so?

Mathilda bringt uns unseren Tee und ich fühle mich unwohl.

Ich bedanke mich bei ihr, doch Ian guckt sie noch nicht einmal an. Mit dem Blick verfolge ich die Frau, die wieder aus dem Raum verschwindet. Sie sieht nicht unglücklich aus, lächelt warm und doch läuft mir ein kaltes Schaudern über den Rücken.

»Erzähl du mir doch lieber mal, seit wann du dir noch nicht einmal einen Tee kochen kannst«, sage ich, als ich mich meinem Cousin wieder zuwende.

»Was hast du denn jetzt?« »Wundere mich nur«, antworte ich stur.

»Ich bin viel auf Achse, Lou. Aktuell läuft alles schief, was schief laufen könnte. Da ist es mehr als notwendig, dass hier jemand acht auf das Haus gibt. Mathilda hat damals als
Köchin gearbeitet. Sie macht ihren Job gern.«

Galle steigt in mir auf. Ich mustere Ian und werde mir erst jetzt so richtig seiner Kleidung bewusst. Die Anzughose, das dunkle Hemd, die gestylten Haare, als wäre er auf dem Weg zu einem wichtigen Termin.

»Wie geht es Jess?«, platzt es aus mir heraus.

»Keine Ahnung«, antwortet Ian und zum ersten Mal habe ich das Gefühl, wirkliche Emotionen in seinem Gesicht zu erkennen. Trauer. Wut. Verzweiflung. Keine Sekunde später ist es wieder ausdruckslos.

»Keine Ahnung?«, echoe ich.

»Sie will mich nicht sehen. Dann kann ich ihr auch nicht helfen.« Er zuckt mit den Schultern, als wisse er gar nicht, worum es hier geht. Als würden wir uns über ein geplatztes Treffen unterhalten und nicht über einen Übergriff, wie Jess und ich ihn gestern erleben mussten. Und ich, hallt es in meinem Kopf nach. Schon wieder spüre ich für einen Augenblick diese Panik in meiner Brust, als ich mir bewusst werde, dass auch ich gestern etwas Schlimmes erlebt habe.

Nur wirkt es die ganze Zeit über so weit weg.

Kurz richte ich meinen Blick aus dem Fenster, beobachte, wie die Wellen ans Ufer rollen. Dann sehe ich Ian an. Er beobachtet mich ebenfalls. Doch in seinem Blick liegt keine Liebe. Kein Mitgefühl.

Mir ist nach Nähe. Danach, dass mich jemand in den Arm nimmt und mir sagt, dass die Welt schon wieder in Ordnung ist. Jemand, der mir sagt, dass das, was gestern passiert ist, nicht meine Schuld ist. Jemandem wie Dylan. Nein. Ich sehne mich nach Dylan. Und in Wahrheit auch nur nach ihm. Das hier ist eine Notlösung, die mich allerdings nur tiefer in den Abgrund zieht, als mir zu helfen, wie ich jetzt in diesem Moment spüre.

Ians Handy klingelt erneut. Es liegt auf dem Wohnzimmertisch und er greift danach. Doch zu meiner Verwunderung nimmt er den Anruf nicht entgegen, auch wenn ich fest damit gerechnet habe. Stattdessen drückt er auf das Symbol mit dem roten Hörer, lässt das Handy fallen und vergräbt sein Gesicht in den Händen. Er schüttelt sich, dann seufzt er, während er den Kopf wieder hebt.

»Valentin ist auf die Idee gekommen, ein Gebäude

mit zwanzig Wohnparteien zu kaufen. Es ist baufäl-
lig, schimmelt und wir haben schon dreizehn Anzei-
gen am Hals. Aber natürlich bin ich derjenige, der die
Scheiße ausbaden darf.«

Ich höre ihm nur mit einem Ohr zu. Mein Herz
möchte meinen Cousin in den Arm nehmen, ihn trösten und ihm beistehen. Doch mein Kopf sagt mir, dass
er den Verstand verloren hat, und so nutze ich die
nächste Möglichkeit, um von hier zu verschwinden.

Ein weiterer Ort auf meiner Liste, von Plätzen, an
die ich nicht mehr gehöre.

Ein Jahr zuvor …

Lou

Die Tage verstreichen, doch schon jetzt ist nichts mehr wie zuvor. Dylan hält mich auf Abstand und ich ihn ebenso. Wir sind früher mit unserer Arbeit fertig und mein Dad meint es heute gut mit uns, weswegen wir schon Feierabend machen dürfen. Dylan verabschiedet sich nicht einmal, sondern fährt wortlos vom Hof.

Weil mir noch nicht danach ist, nach Hause zu fahren und ich ebenso weiß, dass Celine heute nicht im Café ist, laufe ich auf das Haus meiner Eltern zu. Dad war nicht im Büro. Es ist Mittagszeit und das Essen steht hoffentlich auf dem Tisch. Mein Magen knurrt. Statt durch die Haustür zu gehen, laufe ich durch den Garten zum Hintereingang. Die Schuhe meines Vaters stehen neben der Fußmatte und ich stelle meine daneben. Anschließend schlüpfe ich leise durch die Tür und merke, wie mir das Wasser im Mund zusammenläuft. Wenn mich nicht alles täuscht, dann hat Mom den Nudelauflauf gemacht, wie sie es geplant hatte.

Ich erreiche gerade das Ende des Hauswirtschaftsraums und verharre in der Bewegung, als ich ihre Stimmen höre.

»Nein, Jack. Deine Hand sollte sich wirklich einmal angesehen werden, so dick wie die ist.«

»Ach. Das ist wirklich meine kleinste Sorge.«

»Warum bist du denn so wütend geworden?«

»Ich weiß, ich weiß, ich hätte es dir früher sagen sollen, aber … Dylan und Lou sind so was wie ein Paar.«

»Was?«, stößt meine Mom aus und es schmerzt in meiner Brust, als ich ihr tiefes Entsetzen in der Stimme höre.

»Ja. Und … vielleicht hätten wir die Kinder früher einweihen sollen.«

»Deine Kinder«, sagt meine Mutter patzig.

Stille. Ich klammere mich an der Türzarge fest und wünsche mir sehnlichst, dass sie mich bisher nicht gehört haben und ich mich auch nicht verrate.

»Ja. Meine beiden Kinder …«

Panik breitet sich in mir aus. Seine beiden Kinder? Es gibt doch nur mich! Ich bin Einzelkind. Oder … oder etwa nicht?

»Und was machst du jetzt?«, fragt meine Mutter.

»Ich habe ihn zur Rede gestellt.«

»Daher die verstauchte Hand?«

»Er ist so hartnäckig. Verdammt, wie kommen wir da denn jemals wieder raus?«

»Das kann ich dir nicht sagen, Jack.«

Bedrücktes Schweigen liegt in der Luft. So leise wie möglich laufe ich rückwärts und lege mich im Garten in die Hängematte. Dort warte ich, bis meine Eltern wieder nach drüben ins Büro gehen und ich weiß, dass es einen Ort gibt, an dem es Antworten auf meine Fragen geben könnte.

So schleiche ich mich zurück ins Haus und laufe zum

Dachboden, wo mein Vater noch einen kleinen Raum mit einem Schreibtisch und lauter Akten hat. Und dort befindet sich auch der Safe.

Es dauert eine Weile, bis ich ihn geöffnet bekomme. Der Hochzeitstag meiner Eltern diente als Code. Sorgfältig und bedacht schaue ich mir die Dinge an, die sich dort drinnen befinden. Eine Uhr, die Dad von meinen Großeltern bekommen hat. Einige Bündel mit Fünfzig-Dollar-Noten. Einen

Goldbarren, von dem er immer so stolz erzählt. In seinen

Zwanzigern habe er ihn sich zusammengespart und sich immer eingeredet, dass er mal ein reicher Mann sein wird. Bis der

Alkohol kam.

Und unter all diesen Wertgegenständen liegt eine dünne, schwarze Mappe. Schon als ich danach greife, habe ich das Gefühl, dass sie tonnenschwer in meiner Hand liegt. Ich habe sofort die Vermutung, dass sich darin die Wahrheit befindet. Ich klappe die Pappen auseinander. Drei Schriftstücke fallen mir entgegen. Erst sehe ich nur verschwommen. Ich schließe die Augen, spüre, wie eine Träne meine Wange hinunterläuft. Einige Sekunden konzentriere ich mich nur auf meine Atmung, ehe ich den Mut fasse, mir durchzulesen, was dort vor mir liegt. Vaterschaftstest steht oben im Betreff. Den langen Text darunter überfliege ich. Mein Blick heftet sich auf die Auswertung.

Jack Baker, Louise Baker Ergebnis: zu 99,9 % verwandt.

Jack Baker, Christina Thomsen Ergebnis: zu 99,9 % verwandt.

Jack Baker, Dylan Thomsen Ergebnis: zu 99,9 % nicht verwandt.

Ein Seufzen bricht aus mir heraus. Tränen folgen. Das kann nicht sein. Das hier kann einfach nicht wahr sein. Ein

Fehler. Ein Scherz.

Ich lese die Zeilen wieder und wieder. Aber es stimmt. Es scheint zu stimmen.

Chrissi ist nicht nur Dylans kleine Schwester.

Und das bedeutet, dass Dylan mein Halbbruder ist. Ich bin in meinen Halbbruder verliebt.

Ich hatte mit meinem HALBBRUDER alles.

Den ersten Kuss.

Die ersten Schmetterlinge im Bauch.

Mein erstes Mal.

Und das bedeutet, dass auch mein Vater mit Dylans Mutter …

Mir wird schlecht.

Je länger ich hier sitze und dieses Papier anstarre, wird ein Gedanke immer klarer: Es gibt keinen Grund mehr, zu bleiben. Ich muss hier weg!

Kapitel 21

Lou

Ich sitze in dem Ledersessel und schaue auf den leeren mir gegenüber. Meine Therapiestunde soll in fünf Minuten starten. Manchmal sitze ich schon mit Bauchschmerzen hier, weil ich weiß, was gleich alles in mir hochkommen wird und was ich alles verdrängt habe über die letzten Tage.

Manchmal bin ich müde und erschöpft und habe eigentlich keine Lust, um zu reden.

Manchmal bin ich voller Scham und weiß nicht recht, wie ich damit umgehen soll.

Fürchte das meine Therapeutin mir, Vorwürfe macht, weil ich mich anders verhalten habe, als ich es hätte tun können. Das tut sie nie. Sie wertet nie über mich und dafür bin ich ihr sehr dankbar. Sicherlich ist das auch ihre Aufgabe, dennoch geht dieses Gefühl nie ganz weg.

Tränen brennen mir bereits jetzt in den Augen, weil ich weiß, dass das hier ein geschützter Raum ist, in dem ich meinen Emotionen Raum geben kann.

Und in den letzten Wochen ist so viel passiert.

Ich weiß auch, dass es damit noch nicht alles war. Denn die große Aussprache steht noch aus.

Wie ich das emotional verkraften soll, das weiß ich auch noch nicht.

Dankbarkeit durchströmt mich, dass ich hier sein

darf. Dass ich mir Raum schaffen kann. Dass ich mit allem, was gerade in meinem Leben passiert, nicht allein sein muss.

Dr. Rider betritt den Raum und schließt die Tür hinter sich. In der Hand hält sie wie immer ein Klemmbrett und einen schwarzen Kalender. Dabei haben wir bereits Termine für die nächsten zwei Monate vereinbart.

Während sie sich setzt, mustert sie mich mit schief gelegtem Kopf und mitleidiger Miene. Meine Therapeutin scheint ganz genau zu sehen, wie schlecht es mir geht, und ich hasse alles daran. Sofort spüre ich, wie ich innerlich eine Schutzmauer hochziehen will, weil ich es nicht gewohnt bin, meine Emotionen frei ausleben zu können.

Nein, erinnere ich mich.

Loslassen. Loslassen. Loslassen.

»Wie geht es Ihnen heute?«, fragt Dr. Rider und all meine Dämme brechen.

Ich fange so fürchterlich an zu weinen, dass ich kaum noch Luft bekomme.

Wir verbringen die Stunde mit Atemübungen und damit, dass ich irgendwie versuche, zu erklären, was passiert ist. Wir meditieren gemeinsam und ich fühle mich ein wenig leichter, als ich die Praxis wieder verlasse. Ich laufe die Straße entlang und setze mich auf eine Parkbank. Der Blick fällt auf einen kleinen See. Aus meinem Rucksack fische ich mein Handy. Darauf entdecke ich eine Nachricht von Emma. Statt ihr auf die Frage zu antworten, wie es mir geht und wie ich den Tag verbringe, rufe ich sie an, statt zu schreiben. Wir telefonieren, während sie zu ihrem nächsten Termin fährt. So lange bleibe ich auf der Bank sitzen und versuche, einfach die Zeit zu genießen. Zu atmen. Loszulassen. Zu vertrauen, dass alles irgendwie gut wird und meine Eltern endlich Verantwortung für all ihre Fehler übernehmen. Hoffe, dass ich eines Tages wieder das Leben leben kann, nach dem ich mich so sehr sehne.

Dylan

Nach der Baustelle fahre ich direkt zu meiner Werkstatt. Ein wenig Zeit habe ich noch, nutze sie und arbeite weiter an meiner finalen Skizze für den Bauwagen des Bauerns, dann hupt es vor der Tür. Voller Vorfreude springe ich auf.

Draußen höre ich das Piepen, das andeutet, dass der LKW rückwärts an die Halle fährt. Ich schiebe das große Tor auf und winke Tobi zur Begrüßung. Er hebt die Hand, parkt den LKW und öffnet seine Fahrertür. In großen Schritten kommt er auf mich zu und schüttelt mir die Hand.

»Du hier?!«, begrüße ich ihn. Tobis Vater leitet das Baugeschäft und es kommt selten vor, dass er selbst in den LKW steigt, um die Kund*innen zu beliefern. Dafür haben sie allerhand Fahrer*innen.

»Ja, wir haben aktuell echte Schwierigkeiten mit dem Personal«, wirft er ein und ich verziehe entschuldigend den Mund. Es war nicht meine Absicht, die Stimmung so zu kippen.

Denn Tobi wirkt mit einem Mal ehrlich bedrückt.

»Lass uns abladen und dann schnacken?«

»Klar.« Ich nicke und er grinst.

Ich öffne das zweite Hallentor und zeige ihm die Fläche, die ich bereits für das ganze Holz, das ich für die Wände brauche, freigeräumt habe. Es braucht eine halbe Stunde, die Ladefläche zu leeren. Dann hole ich zwei Becher aus dem Schrank und halte Tobi seinen Kaffee entgegen, als er auf mich zukommt. Er setzt sich in einen der Sessel, die zwischen der Küche und Werkbank stehen. Ich setze mich daneben und lächle ihn an. Zwar kenne ich ihn nicht gut und noch nicht lange, aber es fühlt sich immer wieder schön an, mich mit ihm auszutauschen.

»Habt ihr nur einen Fahrermangel, oder was ist los?«, frage ich.

»Ach, ganz grausame Geschichte …«, erwidert er. »Ich weiß auch gar nicht, ob ich wirklich darüber sprechen sollte.« Ich runzle die Stirn und möchte ihm die Möglichkeit geben, von selbst anzufangen, doch Tobi zögert.

»Ich halte den Mund, mach dir da mal keine Sorgen.« Unsere Blicke kreuzen sich.

»Einer unserer treusten und besten Mitarbeiter wurde zwei jungen Frauen gegenüber handgreiflich. Das Ganze soll wohl vergangene Woche passiert sein. In der Bar, hier in Lunar Beach. Er war so betrunken, dass er auch den Polizist*innen gegenüber handgreiflich geworden ist. Dabei hat er sich am Handgelenk verletzt und kam sturzbetrunken in der Firma an und hat sich über die Frauen aufgeregt. Er sagt, die Frauen seien selbst schuld gewesen. Durch seine Verletzung ist er jetzt erst mal krank geschrieben. Aber es wird wirklich Zeit, dass er wiederkommt.« Tobi schüttelt den Kopf, sagt ganz leise noch etwas, aber ich nehme nur noch meinen tobenden Herzschlag wahr. Kann es sein, dass ich Lous und Jess‹ Peiniger gekannt habe?

»Dylan, ich will meine Mitarbeitenden nicht verlieren, aber … Auch in meiner Gegenwart sind diesem gewissen

Kollegen so manche unangebrachten Sprüche herausgerutscht.

Wir wissen nicht -«

»Ich war an diesem Abend in der Bar«, platzt es aus mir heraus. »Ich war dort und habe eine Menge mitbekommen. Denn eine der Frauen ist Louise Baker.«

»Die Lou von Zimmerei und Dachdeckerei Baker?« Ich nicke. Tobi zieht die Brauen hoch und sieht zur Seite.

»Ihre Freundin heißt Jessica Carter.« Das scheint Tobi gar nicht wahrzunehmen.

»Wenn Bob und Jack Baker erfahren, dass dieser Kerl in meiner Firma beschäftigt ist und es immer noch bleibt …« Wut steigt plötzlich in mir auf. »Tobi, worum geht es hier? Geht es um deinen Ruf?«, frage ich ihn gerade heraus.

Seine Wangen färben sich rot. Ich lehne mich nach vorn, lege meine Ellenbogen auf den Oberschenkeln ab und sehe ihm direkt in die Augen.

»Wenn es dir wirklich darum gehen würde, zwei junge Frauen zu beschützen, denen Unrecht getan worden ist, wäre es dir egal, wer ihr Vater ist. Dann würde es dir um die Frauen gehen.«

Ich stehe ruckartig auf, nehme ihm die Kaffeetasse aus der Hand und gehe zum Waschbecken. Den Inhalt unserer beiden Becher kippe ich die Spülung hinunter und drehe mich um.

»Danke für die Arbeit. Das Geld habe ich dir ja bereits überwiesen. Ich würde dich bitten, jetzt zu gehen.«

»Dylan, ich …« Er springt auf und fuchtelt mit den Armen.

»So war das doch nicht gemeint!«

»Ich habe es aber so gemeint.«

Er kommt auf mich zu, will sich vor mir aufbauen, doch ich drücke nur den Rücken durch und sehe auf ihn hinab.

»Du hast mit mir einen Kunden verloren und ich bitte dich noch einmal ausdrücklich, zu gehen.«

Verzweiflung spiegelt sich auf Tobis Gesicht. Er will sich erklären und etwas sagen, öffnet den Mund. Doch ich hebe die Brauen und er verschließt die Lippen. Mit hängenden Schultern geht er zu seinem LKW, steigt ein und fährt davon.

Als das Fahrzeug in der Ferne verschwindet, spüre ich ein mitleidiges Ziehen in meiner Brust. Ich fühle mich schlecht. Wirklich unfassbar schlecht dafür, ihn so weggeschickt zu haben. Doch gleichzeitig gab es für mich keine andere Wahl.

Jetzt so zu tun, als wäre alles in Ordnung; jetzt so zu reagieren, als hätten Tobis Entscheidungen keine Konsequenzen, das wäre absolut falsch.

Völlig aufgewühlt stehe ich mitten in meiner Halle und sehe mich um. Eigentlich wollte ich direkt mit der Arbeit beginnen, ich spüre dabei dieses beklemmende Gefühl in meiner Brust.

Ich muss hier raus. Ich muss über das, was passiert ist, sprechen. Und gerade denke ich nur an diese eine Person, die genauso empfinden könnte wie ich. Jemand, in einer ähnlichen Position. Außerhalb und doch mittendrin.

Und so verschließe ich die Halle, setze mich in den Sprinter und fahre zu Ians Büro.

Ich habe mal wieder keine große Erwartung, als ich den Gebäudekomplex erreiche. Das goldene Firmenlogo nimmt mich in Empfang: *Baker & Brown Real Estate*.

Damals habe ich mich gefreut wie ein kleiner Junge. Gemeinsam mit Ian. Einer meiner besten Freunde, der endlich seinen Traum erreicht hat. Er ist eigenständig, erfolgreich und an dem Punkt, an dem er doch schon so lange sein wollte. Nur hat er inzwischen eines dabei verloren: sich selbst.

Niemand schaut mich schief an, dass ich in dreckiger Arbeitskleidung hier aufkreuze. Die Leute kennen mich, immerhin habe ich einst für sie gearbeitet. Stella, Ians Sekretärin steht auf, kommt auf mich zu und umarmt mich. Auch ich schließe meine Arme um sie. Immerhin mag ich sie wirklich gern. Als ich damals nach Feierabend für Ian unterwegs war, haben wir beinahe täglich telefoniert, um Kleinigkeiten zu besprechen, wofür der große Ian Baker keine Zeit hat. Damals haben wir das als Spaß gesagt, inzwischen ist daraus bitterer Ernst geworden. Sie wirkt nicht mehr so gelassen und ausgeglichen wie damals, als wir uns zurücklehnen.

»Meinst du, der große Ian Baker hat einen Moment für mich?« So haben wir ihn damals immer aus Spaß genannt.

»Für den großen Dylan Thomsen? Na sicher!« Ich lege den Kopf schief.

»Ich meine das ernst! Du bist jetzt dein eigener Herr und die Idee mit den Tinyhäusern und Vans finde ich wirklich super. Du lebst deinen Traum, der darf ruhig groß sein.«

Sie zwinkert mir zu, geht um ihren Schreibtisch herum und nimmt den Hörer ab.

»Dylan ist hier und würde dich gern sprechen.« Stella legt den Hörer wieder weg und keine zehn Sekunden später wird die Tür zu Ians Büro geöffnet. Der große Ian Baker strahlt mich an und wenn ich ehrlich bin, dann hätte ich niemals mit einer solchen Euphorie von ihm gerechnet, mich zu sehen.

»Du hier?«, fragt er und deutet mir an, in sein Büro zu kommen.

Ich grinse nur, schaue noch einmal zu Stella und gehe dann auf ihn zu.

»Setz dich«, sagt Ian, als ich an ihm vorbeigehe. Ich höre, wie sich die Tür hinter ihm schließt. Die Absätze seiner Anzugschuhe klackern auf dem Parkett. Er setzt sich vor mir auf den Schreibtischstuhl. Ich sehe kurz über die Schulter und wünschte, dass wir uns wie damals in alten Zeiten auf die beiden Sessel gesetzt hätten. Doch der Grund, warum ich heute hier bin, scheint mir zu ernst.

»Bitte arbeite vorerst mit einem anderen Bauzentrum zusammen«, sage ich offen heraus.

Ian runzelt die Stirn. »Warum sollte ich das tun?«

Knapp schildere ich ihm, was passiert ist, doch Ian sieht mich nur unschlüssig an.

»Okay, ich verstehe dich. Aber hättest du dich an seiner

Stelle anders verhalten?« »Wie meinst du das?«, frage ich perplex.

»Dylan, der Mann will sein Familienunternehmen retten. Im

Geschäft geht es um deinen Ruf. Wenn wichtige

Personen involviert sind, dann wird es immer ernster, als es vorher war. An meinen geschäftlichen Beziehungen wird sich nichts ändern.«

Perplex ziehe ich die Augenbrauen hoch. »Ist das dein Ernst?«

Ians Miene bleibt starr. Geschäftlich. Kühl. Mit einem Mal verstehe ich Lou. Wenn ich nach einem Jahr wiedergekommen wäre, dann würde ich in diesem unterkühlten Idioten auch meinen eigenen Cousin nicht wiedererkennen.

»Wie geht es Jess inzwischen?«, frage ich, um ihn zu testen.

Ian schluckt hart. »Sie ignoriert mich. Sie lässt meine
Nähe nicht zu. Ich weiß nicht, was plötzlich ihr Problem ist. Natürlich ist es schlimm, was in dieser Nacht passiert ist. Aber das ist keine Beziehung, wenn ich jetzt in dieser schweren Zeit nicht an ihrer Seite sein darf. Also habe ich mich von ihr getrennt. So macht das für mich keinen Sinn.«

Und genau in dieser Sekunde weiß ich, dass er den Verstand verloren hat.

Ich stehe ruckartig auf, schiebe meinen Stuhl an den Tisch und Blicke auf den Anzugträger vor mir herab. Sein selbstgefälliger Blick bringt eine unfassbare Wut in mir hervor. Er ist sich wirklich keiner Schuld bewusst, denke ich.

»Ian, damals habe ich diese Seite an dir bewundert – dein Talent, dich zu wandeln. Dass du einen Schalter umlegen kannst, und dann bist du dieser krasse Geschäftsmann, der weiß, was er will. Damals konntest du aber noch zurückkehren zu dieser liebevollen Person, die sich um andere sorgt und ein toller Freund sein kann. Ich weiß nicht, was dafür gesorgt hat, aber heute kannst du das nicht mehr. Du bist nur noch kalt und unbarmherzig und niemals kann man dir etwas gerecht machen. Du bist ein Idiot, Ian Baker. Jess tut mir ehrlich leid, weißt du das? Aber vielleicht sieht sie gerade nur noch nicht, was für ein Riesenglück sie hat, dass du sie verlassen hast. Denn Leute, die einen in den dunkelsten Zeiten zurücklassen, haben es nicht verdient, dass man länger bei ihnen bleibt. Ich bin auch durch mit dir, Ian. Selbst Lou sagt, dass sie dich nicht wiedererkennt, dass du ihr fremd geworden bist und sie sich in deiner Nähe nicht mehr wohlfühlt. Das tut keiner mehr.«

Es fühlt sich an, als würde sich alles drehen und im nächsten Moment in sich zusammenfallen. Meine Füße tragen mich zur Tür, doch halte erneut inne. Habe ich das hier geträumt?

Über die Schulter sehe ich zu meinem einst engsten Vertrauten, den ich scheinbar endgültig verloren habe.

Kapitel 22

Dylan

Ich weiß, dass das, was ich im Begriff bin zu tun, ziemlich dumm ist. Dennoch kann ich mich nicht von meinem Vorhaben abbringen, nach Pittsburg zu fahren. Ohne zu zögern, fahre ich direkt von Ians Büro auf den Highway und direkt zu Lou. Ich weiß nicht, wo sie genau ist und was sie macht. Sicherlich störe ich sie und sie will gar nicht, dass ich in ihre Privatsphäre eindringe, aber selbst wenn ich zu einem unpassenden Moment kommen sollte, dann haue ich eben einfach ab.

Durch die Konfrontation mit Ian bin ich so aufgewühlt und schockiert und brauche ihre Nähe. Ich muss einfach wissen, dass sie okay ist.

Dass es ihr gut geht.

Mit einem solchen Verhalten von Ian habe ich nicht gerechnet. So kenne ich ihn nicht. Ich kenne all meine Freunde anders und frage mich, was genau das Problem ist, dass Lou verschwindet. Dass Ian ein solcher Eisblock geworden ist.

Alles scheint sich, um mich herum zu ändern, und ich kann nichts dagegen tun. Egal, wie sehr ich mich wehre oder wünschte, dass es anders ist.

Das wird es nicht. Nicht mehr. Vielleicht nie wieder. Und das verletzt mich viel zu stark.

Ich kann die Menschen in meinem Umfeld nicht

davon abbringen, sich zu ändern, weil wir alle das tun. Ich kann Ihnen keinen Vorwurf machen. Und dennoch tut es mir so unfassbar schwer, zuzulassen, dass auch ich ein anderes Leben führe, weil sich meine Freund*innen verändern. Ich muss es akzeptieren.

Und gleichzeitig weiß ich, dass ich meine Liebsten nicht einfach aufgeben möchte.

Deswegen fahre ich jetzt zu Lou.

Ich will sie nicht verlieren.

Ich will nicht, dass sie nicht länger Teil meines Lebens ist.

Denn das habe ich mir irgendwann innerhalb des letzten Jahres geschworen.

Meine Mom konnte ich nicht retten. Ihren Tod hätte ich nicht verhindern können.

Ian muss, glaube ich, erstmal selbst klarkommen.

Aber bei Lou weiß ich, dass sie mich insgeheim braucht. Dass sie ihre Freund*innen braucht. Was auch immer sie denken lässt, dass es besser ist, sich von uns allen abzukapseln.

Ich möchte sie nicht einfach so aufgeben.

Ich kann es nicht.

Ich kann nicht loslassen.

Lou

Ich schließe meine Wohnungstür hinter mir. Statt direkt nach oben zu gehen, war ich eine Weile im Keller. Eigentlich war mein Plan, mich mit dem Arbeiten an meinen Möbeln zu beschäftigen, nur konnte ich mich leider überhaupt nicht auf das konzentrieren, was ich tue. Und wenn ich ehrlich bin, dann hatte ich auch keine Motivation. Ich bin müde und erschöpft. Von dem ganzen letzten Jahr. Von meinem Leben davor. Aber auch von der Therapiestunde. Und vielleicht. Vielleicht bin ich gerade auch leider erschöpft vom Leben. Ich weiß, dass es fürchterlich tolle Menschen gibt. Ich weiß, dass ich geliebt werde und ich mich selbst lieben darf. Und ich weiß, dass das Leben schön sein kann.

Verdammt schön.

Nur erlebe ich jene Schönheit viel zu selten. Mich belastet und beschäftigt so viel, dass ich in der Stunde nicht dazu gekommen bin, meiner Therapeutin von der sexuellen Belästigung zu erzählen, weil das Thema mit meiner Familie viel präsenter in meinem Kopf ist.

Ich streife mir die Schuhe von den Füßen und stapfe in die Küche. Aus der ersten Schublade hole ich eine Packung Tabletten mit Johanniskraut. Eine mögliche Medikation war oft Thema von Dr. Rider und mir. Wohl gefühlt mit dem Gedanken, Antidepressiva zu nehmen, habe ich mich nie. Meine Alltagsstruktur hat mir für mein Empfinden genug Stabilität und Sicherheit gegeben. Außerdem habe ich mir durch die Therapie oft bewusste Pausen genommen und wollte nicht zu mir nehmen, was ich nicht unbedingt benötige. Johanniskraut wird nachgesagt, dass es ein natürliches Antidepressivum ist und daher etwas, was ich schnell als Nahrungsergänzungsmittel konsumiert habe. An Tagen wie dem Heutigen tut es mir gut, zu wissen, dass ich so eine leichte Unterstützung habe, damit meine Stimmung nicht ganz in den Keller rutsch. Ich koche mir einen Tee und gehe mit dem Blister zu meinem Sofa. Darauf lasse ich mich fallen und drücke zwei Kapseln aus dem Plastik und spüle sie mit Wasser hinunter. Ich lehne mich zurück in die Kissen und umfasse den heißen Teebecher. In meiner anderen Hand scrolle ich durch Instagram, Pinterest und anschließend durch die Kleinanzeigen-App. Dylans Vorschlag, dass ich in seiner Werkstatt arbeiten könnte, kommt mir schon wieder so weit weg vor. Ich habe es für einen kurzen Moment in Erwägung gezogen. Habe mich gefragt, ob das tatsächlich möglich sein könnte, sobald er die Wahrheit kennt. Ob wir einander eines Tages wirklich so nahe sein können.

Und dann kam diese schreckliche Nacht in der Bar.

Die Nacht, die wir gemeinsam verbracht haben.

Mein erneuter Rauswurf.

Das Gefühl, in Lunar Beach inzwischen nicht mehr zuhause zu sein.

Alle haben sich weiter entwickelt. Celine saß mit ihrem neuen Freund und Dylan im Café und ich hatte nicht das Gefühl, das ich Dorf ebenfalls platz finden könnte.

Alles war so weit weg und Fremde und ich in all dem ein wenig verloren.

Verloren und allein.

Mit diesem Gefühl bin ich in diese Wohnung gekommen. Vor einem Jahr. Und vor ein paar Tagen erneut.

Vielleicht muss ich mich einfach damit arrangieren, dass mein Leben von nun an so aussehen wird.

Ich scrollen und scrollen, bis mein Nacken steif wird und ich meinen Tee ausgetrunken habe und stehe dennoch nicht auf. Immerhin habe ich heute nichts anderes mehr vor, als zu warten, bis es an der Zeit ist, ins Bett zu gehen.

Es klingelt an der Tür. Verwirrt richte ich mich auf. Ein stechender Schmerz schießt durch meine Stirn.

Seit ich hier wohne, war es nur die Post, die bei mir geklingelt hat. Aber ich bin mir ganz sicher, dass ich nichts bestellt habe. Ich erhebe mich und trotte zur Tür. Kurz zögere ich, ob ich nicht einfach so tun sollte, als wäre ich nicht zuhause, aber das kommt mir mit einem Mal albern vor. Vielleicht ist es ja auch Emma. Nur kündigt sie sich normalerweise vorher an.

Ich habe leider keine Gegensprechanlage in meiner Wohnung, weswegen ich dazu gezwungen bin, direkt auf den Türöffner zu drücken. Die Tür unten wird geöffnet und ich höre Schritte. Nervös trete ich von einem Fuß auf den anderen und versuche, mir vorzustellen, wie verheult ich sicherlich aussehe. Vor der Therapie schminke ich mich nie und blicke anschließend immer einem sehr ermüdenden Spiegelbild entgegen. Aufgequollene Augen, gerötete Haut. Oftmals ziemlich starke Kopfschmerzen durch das viele Weinen.

Sicherlich sollte es mir einfach egal sein, wie ich aussehe. Immerhin erwarte ich keinen Besuch.

Ich streiche mir über den BuzzCut und blicke auf meinen Handybildschirm. Inzwischen ist es kurz nach vier am Nachmittag und an diesem heutigen Tag ist noch nichts passiert. Ich habe noch nichts geschafft.

Gerade, als ich mich in Gedanken abermals dabei entdecke, dass ich mal wieder nichts so sonderlich nett mit mir selbst spreche, hebe ich den Kopf und blicke direkt in Dylans Gesicht. Seine Miene ist neutral. Nur in seinen Augen erkenne ich einen fragenden Blick.

»Was machst du hier?«, sprudelt es geradewegs aus mir heraus.

Er atmet tief ein. »Ich muss dich einfach sehen. Sehen, ob du okay bist. Ich möchte nicht, dass du hier so allein bist.«

Seine Worte treiben mir erneut Tränen in die Augen, dabei habe ich heut schon so fürchterlich viel geweint. Schnell blinzle ich sie weg und ohne darüber nachzudenken, trete ich einen Schritt beiseite und Gewehre Dylan eintritt. Heute ist meine Wohnung zwar nicht so blitzeblank wie bei seinem und Celine Besuch und dennoch herrscht hier kein Chaos. Immerhin ist das hier eine Wohnung und ein Ort, der genutzt und an dem gelebt wird, wenn ich nicht gerade auf meinem Sofa liege und vor mir hin vegetiere.

Dylan zögert nicht und kommt herein.

Meine Atmung geht sofort flacher. Ich bin angespannt und rechne jederzeit damit, dass er aus irgendeinem Grund, auf welchem Weg auch immer, die Wahrheit erfahren hat und mich jetzt damit konfrontieren möchte. Mein Puls beschleunigt sich. Wenn dem so wehre, dann wäre Dylan hier ganz bestimmt nicht so ruhig hergekommen. Dafür kenne ich ihn zu gut. Wenn ihn etwas belastet, dann kann es auch mal sein, dass die Worte unkontontolliert seinen Mund verlassen. Den Eindruck macht er jetzt nicht auf mich.

»Möchtest du etwas trinken?«, frage ich ihn, während ich die Tür schließe.

»Nein, danke. Habe ich dich irgendwo bei gestört?«

Ich drehe mich um und er steht noch immer mitten im Flur. Ich lege den Kopf in den Nacken und schaue zu ihm auf.

»Nein, ich habe heute frei. Vorhin war ich bei meiner Psychologin Dr. Rider und seit dem sitze ich auf dem Sofa und weiß nicht so recht, was ich mit mir anfangen soll.«

Dylan runzelt die Stirn. »So kenne ich dich nicht«, sagt er und mustert mich. »Damals warst du immer unterwegs und wenn du selbst nichts zu tun hattest, dann bist du immer auf den Bau gekommen und hast geholfen.«

Ich weiß, dass Dylan das nur gut meint und sicherlich selbst nur in Erinnerungen schwelgt, aber seine Worte lösen einen unendlichen Schmerz in meiner Brust aus.

Ich kenne mich so auch nicht. Will mich so nicht kennen. Und doch ist es aktuell meine Realität.

Müde zucke ich mit den Schultern.

»Ich wünschte auch oft, dass es anders ist und es mir besser geht. Aber das ist nun mal mein Leben. Vorhin war ich im Keller und wollte ein wenig arbeiten. Aber ich finde keine Motivation. Es macht keinen Sinn. Ich sehe jedenfalls gerade keinen darin.«

Dylans Blick wird mitleidig. »Hast du vielleicht Lust mit mir in die Werkstatt zu kommen? In meine Werkstatt? Ich könnte deine Hilfe gut gebrauchen.«

Ich schlucke. Wie kann er mir das immer noch anbieten, obwohl ich ihm wieder und wieder und wieder das Herz breche? Ich verstehe es einfach nicht.

»Warum?«, flüstere ich.

»Weil ich dich nicht auch noch aufgeben kann, Lou«, raunt Dylan und ich sehe, dass Tränen in seinen Augen glänzen.

Kapitel 23

Lou

Wir fahren ein kleines Stück aus Lunar Beach heraus, dann fährt Dylan rechts eine Straße hinein, in dem sich das neue Industriegebiet erstreckt. Die Planung habe ich mitbekommen, aber nicht, dass sie jetzt abgeschlossen ist und die ersten Gebäude stehen. Wir fahren ans Ende der Straße und Dylan hält vor einer kleinen Halle. Sie sieht modern aus, nicht zu groß und nicht zu klein. Verdammt, dort drinnen kann man sicherlich eine Menge Ideen umsetzen.

Mein Blick fällt auf Dylan, der zu mir sieht und grinst. »Bereit?« Eigentlich möchte ich nein sagen. Möchte ihm erklären, dass ich hier nichts zu suchen habe, weil er die Wahrheit noch nicht kennt.

Zeitgleich steigen wir aus dem Wagen aus. Dylan läuft direkt auf die Halle zu und ich nehme dadurch an, dass wir meine Möbel später holen. Dylan ist bereits dabei, die Eingangstür aufzuschließen, als ich ihn erreiche. Mein Blick wandert über die weiten Tore und ich frage mich, wie ordentlich oder eben auch nicht es dort drinnen sein wird.

Damals war Dylan der ordnungsliebendste Mensch, den ich kannte. Nur habe ich noch immer das Gefühl, diese Verbindung zu ihm verloren zu haben, auch wenn er endlich mal sein Auto aufgeräumt hat.

»Bist du bereit?« Ich schaue zurück zu Dylan, nicke

und er hält mir die Tür auf. Ich schlüpfe hinein und sehe mich staunend um. Die Halle ist größer, als von außen erwartet und wunderbar beleuchtet. Das liegt sicherlich an den Lichtkuppeln in der Decke.

»Schön hast du es hier«, sage ich und lasse den Blick weiter über die Sessel, die verschiedenen Werkbänke und die weiße Tür schweifen, von der ich mich frage, wo sie wohl hinführt. Die Holzkonstruktion auf dem Boden erhascht meine Aufmerksamkeit. »Was ist das?«, frage ich neugierig und sehe über die Schulter zu Dylan.

»Das ist mein aktuelles Projekt. Ein ehemaliger, völlig heruntergekommener Bauwagen. Das Holz war morsch. Einfach nicht mehr zu gebrauchen. Aber der Auflieger war extrem gut erhalten und deswegen setze ich da ein neues kleines Haus drauf, dass mit einem Trecker von A nach B gezogen werden kann.«

»Aufregend«, sage ich etwas abwesend und gehe darauf zu.

Auf dem Boden sind bereits SB-Platten montiert und neben dem Gestell liegen schwere Balken so zusammengelegt, dass man sie schon als die entsprechenden Wände einordnen kann.

»Damit meine Häuser auch wirklich auf den Straßen zugelassen sind, muss ich ein gewisses Gewicht einhalten.

Das ist noch superschwer für mich. Bei der nächsten Biogasanlage, wenn man nach Westfield fährt, darf ich die Waage für ihre Trecker nutzen. Wenn ich die Möglichkeit nicht hätte, könnte ich echt nicht arbeiten.«

»Ist sicherlich viel mehr zu beachten, als man glaubt, wenn man an solchen Häusern arbeitet, oder?«

Dylan kommt noch ein Stück auf mich zu, schiebt die Hände in die Hosentaschen und schaut auf seine Konstruktion. Er sieht konzentriert aus. Als wolle er nichts Falsches sagen und einen guten Eindruck machen und ich kann gar nicht beschreiben, wie süß ich ihn in diesem Moment finde. Mit den gekräuselten Lippen, dem Versuch eines starren Blickes. Der Art, wie er an seinem rechten Fuß erst die Zehenspitzen und dann die Hacke aufsetzt.

Warum ist er gerade nervös? Das hier bin doch nur ich. Das hier sind doch nur wir. Aber vielleicht ist genau dass das Problem. Diese Nähe fühlt sich an, als hätte es gar keinen Abstand zwischen uns gegeben. Und ich hasse mich selbst dafür, dass ich alles dafür geben möchte, dass das auch noch einen weiteren Moment lang so bleibt.

Ich trete einen Schritt auf ihn zu, tue so, als würde ich etwas genauer ansehen wollen, doch dann lege ich den Kopf wieder in den Nacken und zu ihm auf. Dylan schaut zu mir runter, grinst und fährt mit der Zunge über seine Lippen. Als er weiterspricht, bleibt das Grübchen auf seiner Wange bestehen. Ich hänge an jedem seiner Worte und würde sie gern nur aus dem Grund unterbrechen, weil ich ihn so unfassbar gerne küssen möchte.

»Was natürlich noch gut durchdacht sein muss, ist die Einteilung der Fläche. Vor allem bei einem so kleinen Unterbau muss man wissen, was man möchte, was für einen Stauraum man hat und wo die Prioritäten liegen. Sonst ist es schwierig.«

»Wo liegt dein Fokus bei diesem Projekt?«, frage ich neugierig.

»Ich stelle mir diese Hütte unfassbar gemütlich vor,

wenn man irgendwo ein Koppelstück oder Ähnliches hat und mitten im Nirgendwo liegen kann, um die Natur zu genießen. Dieser Wagen soll ein Rückzugsort für die Enkelkinder eines Landwirtes sein. Er will ihn am Ende des Gartens aufstellen.

Die Kinder sollen darin schlafen und spielen können. Ohne Bad und Küche. Ich kann mich nur auf das Holz konzentrieren.

Eine super Übung also.«

Ich presse die Lippen aufeinander. Dylans Blick schweift über sein Projekt. Seine Augen glitzern. Er strahlt förmlich, und ich kann meinen Blick nicht von ihm lösen. Denn ganz egal, wie fantastisch diese Halle hier ist, wie schön es ist seine Entwicklung zu sehen, eigentlich geht es mir nur um die Person, die hier vor mir steht.

Ich erschrecke mich vor meinen eigenen Gedanken, zucke zusammen und sehe hastig weg.

»Dann lass uns keine Zeit verlieren, oder?«, frage ich und versuche, erneut ein Lächeln aufzusetzen.

Trotzdem denke ich die ganze Zeit lang nur daran, dass das hier vielleicht doch nicht die allerbeste Idee war. Diese Nähe zu ihm könnte schneller gefährlich werden, als ich mir eingestehen mag.

Dylan

Ich trete einige Schritte rückwärts, dann kommt mir etwas anderes in den Sinn. Flott gehe ich zum Auto, schließe die Hecktüren und öffne anschließend den Beifahrersitz. Darauf befinden sich noch immer Lous Brötchen und unsere Schokodrinks, die wir eben noch an der Tankstelle gekauft haben. Mit den Sachen in der Hand laufe ich zurück, sehe Lou an meiner Werkbank stehen und kann mich nicht gegen das Grinsen wehren, das sich auf meinen Lippen bildet.

Erst jetzt, wo Lou hier ist, fühlt es sich so an, als wäre die Werkstatt vollständig.

Ich will Lou das Essen und Trinken geben, doch sie schüttelt nur mit dem Kopf und macht auf dem Absatz kehrt. Ich stelle unsere Sachen in den Kühlschrank, mache mir noch einen Kaffee und schwinge mich an die Arbeit. Mein Ziel für heute ist es, eine der Seitenwände zusammenzubauen. Gerade mal fünf Stunden später habe ich meine Aufgabe erledigt und fahre mit der Hand noch einmal über das Holz. Dann hebe ich meinen Blick und sehe Lou im Schneidersitz vor einzelnen Schrankelementen sitzen.

Als hätten wir uns stumm ausgetauscht, sieht sie über die Schulter zu mir.

»Ich bin völlig fertig und habe Bock auf eine fettige Pizza«, sagt sie.

Ich lache. Neben dem Kakao zum Arbeitsbeginn war das eines unserer weiterer Rituale nach getaner Arbeit. Nur am Wochenende und nicht an jedem, aber es war etwas, worauf ich mich immer wieder gefreut habe.

»Bestellen wir welche?«

Lou seufzt. »Das dauert so lange.«

Ich schaue mich in dem Chaos um, das wir in den letzten Stunden veranstaltet haben. »Aber die Zeit könnten wir zum

Aufräumen nutzen.«

Sie verengt ihre Augen zu schlitzen. »Einer besorgt die Pizza, der andere macht hier flott klar Schiff?«

»Dann schnapp dir mal einen Besen«, sage ich, bemerke das Funkeln in ihren Augen und gleichzeitig springen wir auf.

Ich bin dichter dran an meinem Autoschlüssel, aber Lou ist schneller, sodass wir gleichzeitig nach meiner Weste greifen.

»Du machst sauber!«, meint sie forsch.

»Du bist hier in meiner Werkstatt.«

»Und nur weil ich die Frau bin, muss ich mich von nun an hier um die Sauberkeit kümmern?«

»Das wollte ich damit nicht sagen.« Ich lasse meine Weste los, lehne mich zurück und schaue Lou ins Gesicht. Ich will nicht, dass sie das hier falsch versteht. Einen Moment lang sieht sie mich noch skeptisch an, dann huscht sie mit meiner Weste an mir vorbei.

»Tja, nun ist es zu spät!«, ruft sie. »Ich hoffe, du isst deine Pizza noch so wie damals.«

Sie verschwindet aus der Halle und ich sehe ihr sprachlos nach. Ich schüttle den Kopf, als ich höre, wie der Motor des Wagens gestartet wird. Kurz darauf werden die Geräusche leiser und ich grinse vor mich hin. Ich löse mich aus meiner Starre und schnappe mir die Werkzeuge, die auf dem Boden liegen: Schrauben, Akkuschrauber, ein Zollstock hier, ein Bleistift da. Für Lous Ecke brauche ich deutlich länger und als ich fege, beschließe ich, den Heizstrahler einzuschalten, der bei den beiden Sesseln steht. Aus dem

Kühlschrank besorge ich zwei alkoholfreie Biere, Besteck aus der Schublade und bereite alles vor. Als ich gerade aus dem Nebenzimmer wiederkomme, spaziert Lou breit grinsend durch die Tür.

»Ben hat sich unfassbar gefreut, mich zu sehen«,

sagt sie.

»Und als ich ihm gesagt habe, welche Pizzen ich möchte, hat er wortwörtlich gesagt: Endlich seid ihr wieder vereint.

Feiert mit den Pizzen, ein Geschenk des Hauses.«

»Du hast nichts bezahlt?« Ich staune nicht schlecht. Jeder im Ort liebt die Pizzeria und doch wird immer gemunkelt, dass ihr Betreiber Ben jeden einzelnen Tropfen Tomatensoße wiegt.

Lou schüttelt den Kopf und ich verbeuge mich anmutig vor ihr.

»Sie haben meinen vollen Respekt«, sage ich, ehe ich ihr die Kartons abnehme und auf den kleinen Tisch in der Mitte stelle.

Lou lacht, zieht sich die Jacke aus und setzt sich auf einen der Sessel. Ich öffne den Deckel des obersten Kartons, wobei mir sofort das Wasser im Mund zusammenläuft. Wie lang war ich schon abstinent? Damals habe ich mich immer wie verrückt auf diese Pizza gefreut. Und zum Schluss vor allem darauf, sie zu essen, während Lou in meinem Arm lag.

Manchmal sogar nackt. Manchmal war die Pizza schon kalt, als wir überhaupt dazu gekommen sind, sie zu essen. Diese Abende waren meine liebsten.

»Ist die Pizza nicht gut?«, fragt sie.

Ich schrecke auf und sehe Lou an, die im Schneidersitz im

Sessel sitzt. Die Schuhe liegen vor ihr auf dem Fußboden.

»Doch, sie ist perfekt«, antworte ich und denke gar nicht über meine Worte nach. Ich schlucke, kann Lou nur ansehen. Denn ja, sie ist perfekt. Perfekt für mich und es ist perfekt, dass sie endlich wieder hier ist.

In ihrem Blick erkenne ich Sehnsucht, die sie wieder zu verdrängen versucht. Doch ich habe sie bemerkt. Ich weiß, dass sie es auch empfindet. Ich weiß, dass sie mich genauso vermisst, wie ich sie. Nur verstehe ich nicht, warum sie mir den Grund nicht sagt, der dazu führt, dass sie meine Nähe nicht mehr zulassen kann. Dass sie uns nicht mehr zulassen kann.

»Okay.«

Dieses eine Wort von ihr genügt, um mich zurück in die Realität zu holen. Ich stelle den Karton beiseite und reiche Lou ihren. Natürlich nicht, ohne noch einen Blick hinein zu werfen.

»Es hat sich ja wirklich nichts ver-« Ich stoppe. Der Schinken fehlt. Es ist kein Schinken mehr auf ihrer Pizza.

»Du isst also wirklich kein Fleisch mehr?«

Lou schüttelt den Kopf. »Nein, niemals.« Sie nimmt mir ihren Pizzakarton ab, stellt ihn sich auf den Schoß, ehe sich unsere Blicke wieder kreuzen. »Isst du welches?«

Ich runzle die Stirn. Eigentlich sollte sie mich besser kennen, denke ich.

»Meine Mutter hat mich vegetarisch großgezogen, das weißt du genau.«

Lou presst die Lippen aufeinander und schaut weg. Meine Atmung geht stockend und plötzlich merke ich selbst, wie harsch ich geklungen habe. Ich hatte nicht die Absicht, sie zurückzuweisen. Viel mehr wollte ich …

»Das war forscher als beabsichtigt. Entschuldige.«

Lou sieht mich wieder an. »Darf ich ehrlich zu dir sein?«

Ich nicke. »Ich habe das Gefühl, reden zu müssen,

weil diese Situation sonst schnell unangenehm werden könnte.«

»Damals hatten wir nie ein Problem, miteinander zu schweigen.« Kurz denke ich nach und schiebe dann hinterher: »Da gab es aber auch noch nicht so viel Unausgesprochenes zwischen uns.«

Ich klinge wieder forsch und dazu auch noch urteilend. Im nächsten Moment frage ich mich, ob es gut ist, es endlich mal auszusprechen.

Lous Wangen färben sich knallrot. Sie rutscht auf ihrem Sitz hin und her und lässt den Kopf gesenkt.

»Das bedeutet aber nicht, dass du heute erzählen musst, was sich so plötzlich verändert hat«, setze ich nach.

Doch, schreit es in meinem Kopf, meinem Herzen und meinem gesamten Körper. Bitte sag mir, was damals schiefgelaufen ist. Sag mir, was ich falsch gemacht habe. Sag mir, was ich heute besser machen kann.

Schüchtern schaut sie zu mir auf. Ich lächle, egal wie schwer es mir fällt, und entspanne mich.

Weil ich meinen eigenen widersprüchlichen Gefühlen nicht mehr standhalten kann, nehme ich mir auch meinen Pizzakarton und setze mich. Die Pappe wärmt meine Oberschenkel und ich nehme mir eine der beiden Bierflaschen und öffne sie.

Kapitel 24

Lou

Ich bin völlig überfordert. Einerseits könnte ich weinen, diese Pizza wieder zu essen. Wie nach Hause kommen, so fühlt sich diese Situation an. Gleichzeitig sorgt genau das dafür, dass mir übel wird und mein Magen sich verkrampft. Zum ersten Mal hebe ich wieder den Kopf. Dylan schaut mich an und als ich hinunter zu seiner Pizza schaue, sehe ich, dass er sie nicht angerührt hat.

»Keinen Hunger?«, frage ich ihn mit vollem Mund.

Dylans Adamsapfel hüpft, er schließt kurz die Augen, dann guckt er mich wieder an. Sein Blick ist intensiv und sorgt dafür, dass ich aufhöre zu kauen. Irgendwas passiert gleich.

Irgendwas wird er sagen. Mein Körper ist in völliger Erwartungshaltung auf schlechte Neuigkeiten, doch es passiert rein gar nichts. Dann lacht er, schüttelt den Kopf und beginnt zu essen.

»Weißt du, lass uns das Thema wechseln«, schlägt Dylan vor. »Hier war vor einigen Tagen jemand. Tobi vom Baumarkt, der Typ aus der Bar. Er war dort angestellt und es herrscht dort ein wahnsinniger Aufstand wegen dem, was passiert ist. Es wird diskutiert, dass sich die Firma von dem Mitarbeiter distanzieren will. Alle oder viele der anderen Angestellten stehen aber auf der Seite eures Peinigers. Ich habe erwähnt, dass du darin verwickelt bist. Dein Name ist gefallen. Es hat natürlich gleich klick gemacht und plötzlich war klar, dass sie auf eurer Seite stehen. Ich habe ihn weggeschickt und bin aus Frust zu Ian gefahren. Er sieht es nicht ein, sich von diesem Unternehmen zu distanzieren.«

Mir klappt der Mund auf. »Warum hast du das nicht erzählt?

Und was zur Hölle ist aus meinem Cousin geworden?«

»Ich weiß es nicht. Beides nicht. Vielleicht, weil ich es selbst nicht verstehe. Die Krönung ist ja noch, dass er ernsthaft behauptet, er würde nicht verstehen, warum sich Jess zurückzieht und …« Dylan lässt einen erstickten Laut entweichen, schüttelt den Kopf. »Ian behauptet ernsthaft, dass es für ihn keine Beziehung ist, wenn Jess diese schwere

Zeit nicht mit ihm teilt und hat sich von ihr getrennt.«

Ich springe auf, Dylan sieht mich nur an. »Das hat er nicht gemacht?«, frage ich laut.

Mein Puls rast und ich wünschte, jemand würde hinter dem Sessel hervorspringen und mir sagen, dass es sich hier um einen bitteren Scherz handelt. Dylan bleibt ganz ruhig und mir wird klar, wie ernst er das meint. Natürlich lügt er mich nicht an. Nicht Dylan.

»Du machst keine Witze, oder?«, frage ich dennoch, nur um auf Nummer sicherzugehen.

»Nein.«

Ich atme tief ein und schüttle dann den Kopf. Aus meiner Hosentasche ziehe ich das Handy und wähle Jess‹ Nummer. Dass es bereits kurz nach elf ist, interessiert mich nicht. Es dauert einen Moment, bis mein Anruf entgegengenommen wird.

»Ja?«, fragt Jess verschlafen in ihr Handy.

»Habe ich dich geweckt?« Ich laufe auf und ab durch die Halle.

»Nein, nicht wirklich«, antwortet sie. »Was gibt es? Ist alles in Ordnung?«

»Jess, ich …« Meine Stimme versagt. »Lou, was ist passiert?« Plötzlich klingt sie alarmiert.

»Warum hast du nicht gesagt, was Ian getan hat?«, traue ich mich dann doch, zu fragen.

Kurz ist es still. Dann seufzt sie. Als sie beginnt zu sprechen, zittert ihre Stimme. »Weil … weil es keine Rolle spielt. Es ist egal. Es ist albern und ich … ich ertrage nicht, darüber nachzudenken.«

Ich schlucke. Sofort fühle ich mich schlecht wegen meines Anrufs, denn ich habe das Gefühl, sie in die Ecke zu drängen. Mit ihr über etwas zu sprechen, dass sie vielleicht noch gar nicht bereit ist, zu teilen.

»Tut mir leid«, flüstere ich und bleibe stehen. »Es tut mir leid, Jess. Alles …«

Sie atmet aus. Dann schnieft sie und räuspert sich. Ich spitze die Ohren.

»Ich wollte mich eh bei dir melden. Ich habe Post bekommen. Du auch?«

»Ja«, erwidere ich. Bei dem Gedanken daran, dass sich meine Großmutter wohl immer noch darum sorgt, was die Polizei von mir möchte, wird mir ganz anders.

»Warum kommst du nicht vorbei?«, fragt Jess.

»Morgen?«

»Ja. Also wenn du möchtest.«

»Natürlich! Ich sage dir Bescheid, wenn ich eine ge-

238

naue Zeit habe.«

»Okay.« Damit legt Jess auf. Dylan sitzt aufrecht und mich wachsamen Blick im Sessel. Ich gehe zu ihm, lasse mich in meinen Stuhl fallen und beobachte aus den Augenwinkeln, wie er mich die ganze Zeit mit seinem Blick verfolgt.

»Und?«, fragt er.

Ich atme tief durch und als ich die Sorge in seinem Gesicht erkenne, würde ich am liebsten in seine schützenden Arme fallen.

Wenn es doch nur so einfach wäre …

Kapitel 25

Lou

Meine Knie fühlen sich zittrig an, als ich vor Jess Elternhaus halte, aus dem Wagen steige und die Stufen zur Eingangstür hinaufsteige. Wie beim letzten Mal drücke ich die Klingel, in dem Wissen, dass ich ihr heute auf jeden Fall begegnen werde. Heute werde ich über das sprechen, was passiert ist. Immerhin hat sie das Treffen vorgeschlagen.

Mir wird die Tür geöffnet. Nur schwingt sie dieses Mal gleich ganz auf und Jess steht im Hausflur und schaut mich an. Sie ist blass, ihre Augenringe sind tief. Jess ist kaum wiederzuerkennen. Die positive Energie, die sie sonst umgibt, ist verschwunden.

Dann ist es wahr, denke ich. Dann träume ich nicht. Dann sind all diese schrecklichen Dinge wirklich in dieser Nacht geschehen.

»Schön, dass du da bist.«

Ich lächle. Kein Ton verlässt meinen Mund. Ich würde so gern, nur was gibt es in dieser Sekunde zu sagen?

Vielleicht, dass es mir leidtut? Aber das sollte es nicht.

Immerhin kann sie nichts für das, was geschehen ist, ebenso wenig wie ich. Wir haben keine Schuld. Wir sind Opfer.

Jess geht beiseite, bedeutet mir mit einer Handbewegung an, einzutreten, und ich folge ihrer Anweisung. Im Flur ziehe ich meine Schuhe aus, lasse die Jacke von meinen Schultern gleiten und sehe mich um, da streckt sie mir die Hand aus und nimmt sie mir ab.

»Möchtest du etwas trinken?«

»Ja«, sage ich mit kratziger Stimme. »Ein Wasser reicht völlig.«

Jess nickt sie und geht mit gesenktem Kopf durch den Flur.

Weil ich nicht weiß, wo wir gleich hinsollen, bleibe ich im Raum stehen. Sie kommt mit zwei Gläsern und einer Wasserflasche wieder und deutet mir an, die Stufen nach oben zu treten.

Am Ende der Treppe bleibe ich stehen, mache Jess Platz und folge ihr schließlich in den ersten Raum auf der rechten Seite. Die Wände ihres Zimmers sind in einem hellen Grün gestrichen, die Möbel sind weiß. Überall stehen Pflanzen. Jess geht zu dem Sofa, das unter dem Fenster steht, und ich folge ihr, setze mich ihr gegenüber. Sie reicht mir ein Glas mit Wasser. Weil mein Mund so unfassbar trocken ist, trinke ich einen Schluck.

»Danke, dass du gekommen bist.«

»Ich war am Samstag schon hier. Wenn ich ehrlich sein darf, dann habe ich mich unfassbar einsam gefühlt und …«

»Ich war noch nicht bereit. Tut mir leid. Ich hatte Angst, dass du mir Fragen stellst, auf die ich noch keine Antwort finde, aber gerade habe ich das Gefühl, dass ich unbedingt die Stimme erheben muss.«

»Okay.« Ich trinke noch etwas. »Wie kommt es?«

Macht diese Frage überhaupt Sinn?, frage ich mich

selbst kurz.

Jess lehnt sich zurück und rutscht dann auf dem Sofa hin und her. »Ich kenne diesen Mann. Er … Er hat mich schon vor zwei Jahren dazu gedrängt, mit ihm zu schlafen. Anfangs war ich einverstanden, mit ihm nach Hause zu fahren. Ihn zu küssen. Alles andere wollte ich nicht.«

Ich schlucke heftig und habe schon jetzt eine Vorahnung, was sie mir als Nächstes erzählen wird.

»Das hat er nicht verstanden. Er wollte es nicht verstehen. Als ich das zwischen euch in der Bar mitbekommen habe, hatte ich wahnsinnige Angst, dass dir das gleiche passiert. Deswegen bin ich euch sofort gefolgt. Aber ich hätte wissen müssen, dass du so viel stärker bist als ich und dass dir so etwas doch eh nicht passiert. Du kannst dich wehren. Ich traue mich nie, den Mund zu öffnen.«

»Ich konnte mich auch nicht wehren«, flüstere ich und spüre, wie mir Tränen in die Augen treten. Sie kullern meine Wangen hinunter, als ich blinzle.

»Doch. Du hast geschrien. Das hat geholfen.«

»Aber viel zu spät. Es war schon zu spät! Ich habe geschrien, weil ich furchtbare Angst um dich hatte, Jess!«

Auch sie schnieft. Wir waren vorher nie sonderlich eng miteinander, jetzt aber rutsche ich ein Stück zu ihr und schließe meine Arme um ihre Schultern.

»Es ist nicht unsere Schuld«, sage ich zu ihr. Sage es auch zu mir selbst.

»Wie kannst du dir da so sicher sein?«, fragt Jess unter Tränen.

»Dylan hat es mir eingeredet. An dem Abend und auch danach immer und immer wieder. Ich kann es ihm nur nicht glauben. In meinem Kopf brauche ich einen Schuldigen. Brauche einen

Grund, warum das passiert ist. Mein Outfit. Mein Tanz. Mein Auftreten. Vielleicht liegt es an meinem Geschlecht. Aber ich glaube, diese Gedanken sind falsch. Wir sind nicht das Problem.« Ich lehne mich ein Stück zurück und sehe Jess in die Augen. »Dieser Mann hat ein Problem und ich … Ich glaube, wir wollten uns nicht länger verstecken.«

Jess schluchzt und ich ziehe sie an mich. Finde Halt darin, sie zu trösten.

»Es tut mir leid, dass du das erleben musstest, Jessica.

Ich glaube aber, dass wir dieses Problem in unserer Gesellschaft nur in den Griff bekommen, wenn wir Frauen darüber sprechen. Wenn wir zusammenhalten und Grenzen ziehen.«

»Ich hatte Angst, das zu erzählen. Du bist die Erste, die weiß, was damals passiert ist. Ich hatte immer so große Angst.« Jess wiederholt sich wieder und wieder und ich werde mir bewusst, wie ernst das Ganze hier ist. »Ich habe Nein gesagt, er hat nicht gehört und ich habe mir die Schuld dafür gegeben. Weil ich nicht noch einmal Nein gesagt habe.

Weil ich Angst hatte, dass die Leute mir sagen, dass ich mich nicht so anstellen soll. Weil sie denken, dass ich schwach bin. Verklemmt. Dass ich nach Aufmerksamkeit hasche.

Aber … Ich wollte nicht mit ihm schlafen und er hat es trotzdem getan.«

Ich lege meine Hand unter ihr Kinn.

»Wir beiden, wir sorgen jetzt dafür, dass sie uns endlich ernst nehmen, okay?«

Jess nickt, versucht sich an einem Lächeln und ich ziehe sie erneut in meinen Arm.

Dylan

Ich bin noch immer schockiert, als ich meinen Firmenwagen vor Chrissis und meinem Haus parke. Einen Moment lang sitze ich einfach nur da und starre aus der Scheibe. Von hier aus sehe ich meine Schwester fröhlich durch die Küche tanzen.

Sie nutzt den Rührstab als Mikrofon und ich grinse.

Sie hat es nicht verdient, dort schon wieder so allein zu sein, denke ich und löse meinen Gurt. Ich nehme mir meinen dreckigen Kaffeebecher, den Laptop und mein Handy vom Sitz neben mir und steige aus. Ich sperre den Wagen ab, die Haustür auf und als ich im Flur stehe, werde ich von einem herrlichen Duft empfangen. Mir läuft das Wasser im Mund zusammen, als ich mir die Schuhe von den Füßen streife, die Jacke an die Garderobe hänge und in die Küche gehe.

Chrissi strahlt mich über die Schulter an. »Du kommst gerade rechtzeitig!«

Ich grinse. Kurz hatte ich nach meinem Besuch bei Ian gedacht, dass ich wieder in die Werkstatt fahre und mich frei arbeite, doch inzwischen bin ich froh darum, bei meiner kleinen Schwester zu sein und Zeit mit ihr verbringen zu können.

»Was hast du gezaubert?«, frage ich und gehe weiter auf sie zu. Als ich neben ihr zum stehen komme, sehe ich ihr über die Schulter.

»Chilli con carne.«

»Das Rezept von Mum?«, frage ich, ohne darüber

nachzudenken.

Chrissi rührt noch einmal in dem großen Topf, dann dreht sie sich zu mir. Sie schüttelt den Kopf und in ihren Augen erkenne ich einen tieftraurigen Schleier, doch ihr Mund ist zu einem Lächeln geformt. Ich schlucke.

»Das Rezept ist von Haley. Wir haben auf der letzten Rückfahrt von Seattle darüber gesprochen. Sie hat davon erzählt, dass sie das Kochen hier in Lunar Beach für sich entdeckt hat und wie gut sie sich seitdem in ihrem Körper fühlt. Das Rezept ist vegan und als ich gestern Abend bei ihr war, hatte sie das gekocht. Ich … Ich dachte, das wäre auch etwas für dich und habe den Wunsch ins Universum ausgesprochen, dass du rechtzeitig hier bist.«

Mein Herz wird ganz schwer. Ihr Wunsch ist in Erfüllung gegangen. Allerdings nur aus dem Grund, weil mein Tag eine absolute Katastrophe ist. Sofort fühle ich mich schlecht deswegen.

»Habe ich noch Zeit, duschen zu gehen? Soll ich dir lieber etwas helfen?«

Chrissi lächelt und schüttelt den Kopf.

»Geh duschen. Hauptsache, du hast gute Laune. Ich habe gleich nämlich eine Frage an dich.«

Ich hebe die Augenbrauen. Neugierde macht sich in mir breit, doch ich beschließe, ihr zu vertrauen und lieber die Zeit beim Essen zu nutzen, statt jetzt die Frage aus ihr herauszuquetschen.

»Geh duschen«, sagt Chrissi, klopft mir auf die Schulter und ich verschwinde aus dem Raum. Unter der Dusche stelle ich mir vor, wie ich meine Probleme und negativen Gedanken davon spüle. Als ich in Jogginghose und Kapuzenpullover wieder nach unten gehe, fühle ich mich erleichtert. Dennoch begleitet mich das Gefühl, dass dieser Frust über meine aktuelle Situation und die Überstunden an der nächsten Ecke auf mich warten.

Ich laufe durch den Flur und als ich die Küche erreiche, höre ich das Geklapper von Geschirr. Der Raum ist von wenigen Kerzen auf dem Tisch und der untergehenden Sonne vor dem Küchenfenster erleuchtet und ich fühle mich mit einem Mal fürchterlich geborgen. In der nächsten Sekunde in eine

Zeit zurückversetzt, in der Lou und ich dort an diesem Herd standen und Chrissi am Tisch gemalt hat, bis es Essen gab.

Wie es sich wohl heute anfühlen würde, wenn Lou bei uns wäre?

»Setz sich doch«, sagt Chrissi und ich löse meinen Blick von dem flackernden Kerzenlicht. Wir lächeln einander an und ich folge ihrer Aufforderung.

Chrissi stellt mir einen gut gefüllten Teller vor die Nase und setzt sich auf den Platz rechts von mir. Im Hintergrund spielt leise Taylor Swift. Das Lied kann ich nicht benennen.

Es ist ein Ruhiges, doch schnell lenke ich meine Aufmerksamkeit wieder zu dem Teller vor mir. Ich spüre, wie die Atmosphäre um mich herum mich entspannt.

Ich nehme mir den Löffel und fische Reis und Soße auf.

Schärfe breitet sich sofort in meinem Mund aus, als ich von dem Löffel probiere. Doch sie ist angenehm. Ich kaue genüsslich, nicke und schaue meine Schwester an.

»Könnte ich mich definitiv dran gewöhnen.«

»Yes!« Ihr Arm schnellt mit zur Faust geballter Hand triumphierend in die Höhe, ehe sie ihn wieder sinken lässt.

Sie kichert, als sie sagt: »Das ist wohl das größte Kompliment, das ich aus deinem Mund hören kann.«

Ich lege den Kopf schief, schaue sie an, als hätte sie mich gerade angelogen, doch in Wahrheit hinterfrage ich mich selbst. Bin ich so schlecht darin, Komplimente zu verteilen?

»Es schmeckt wirklich gut«, schiebe ich mit Nachdruck hinterher.

»Danke«, antwortet Chrissi.

Eine Weile essen wir schweigend. Ich habe gar nicht gemerkt, was für einen Hunger ich habe. Den ganzen Tag habe ich mir keine Zeit fürs Essen genommen. Dieses Verhalten fällt mir in der letzten Zeit oft bei mir selbst auf.

Eigentlich schon im ganzen vergangenen Jahr. »So, was wolltest du fragen?«, breche ich unser Schweigen.

Chrissi schmunzelt vor sich hin. »Am Wochenende stehen wieder Kurse an. Morgen Abend auch. Ruby hat mir angeboten, dass wir vorher an meiner Bewerbungsmappe für die

Kunsthochschule schauen könnten. Dafür würde sie sich den ganzen Tag morgen und auch am Donnerstag Zeit nehmen. Am Donnerstagabend würde Haley mich mit nach Lunar Beach nehmen. Am Samstag fahren wir dann wieder nach Seattle.

Würdest du mich zum Bahnhof fahren, wenn das okay für dich ist?«

Ich grinse und eine unfassbare Bewunderung für

meine Schwester macht sich in mir breit. Anfangs hatte ich wirklich meine Zweifel, dass sie sich nach der Schule ein Jahr Zeit nimmt, um herauszufinden, ob ihr Plan wirklich der ist, den sie verfolgen möchte.

»Kann ich dir sonst noch helfen?«

Ihre Wangen färben sich rot und ich beobachte, wie sie auf ihrem Stuhl hin und her rutscht. Sie traut sich nicht zu fragen, denke ich.

»Erzähl schon.«

»Ich … Mein iPad-Stift ist mir kaputt gegangen. Die digitalen Zeichnungen, an denen ich aktuell arbeite, sollten eigentlich fertig sein, um sie mit Ruby zu besprechen. Nur habe ich das Geld nicht, um mir einen neuen zu kaufen …«

»Wie kommen wir am schnellsten an so einen Stift heran?«, frage ich und fühle mich unfassbar stolz.

Als meine Mutter damals verunglückt ist, ging es uns finanziell unfassbar schlecht. Wir waren arm wie zwei Kirchenmäuse. Dank der Hilfe der gesamten Baker-Familie bin ich jetzt an dem Punkt, an dem ich mir nicht den Kopf darüber zerbrechen muss, wie wir den kommenden Monat finanziell überstehen.

»Die Elektronikgeschäfte in Seattle haben sehr lange Öffnungszeiten. Aber … ich will dich jetzt nicht unter Druck setzen oder … Ich will nicht, dass es ungemütlich wird für dich.«

Mein Blick gleitet zur Uhr. Es ist kurz nach sechs. »Wenn wir in einer halben Stunde losfahren, schaffen wir das?«

Chrissi nickt vorsichtig. »Gut, dann lerne ich auch endlich mal die Leute in deiner WG kennen.«

»Das ist nicht meine WG«, widerspricht meine Schwester.

»Findest du? Also für mich gehörst du da schon zu. Ein

Wunder, dass du da noch keine Miete zahlen musst.«

Chrissi scheint zu überlegen, wie sie sich am besten erklärt, dabei nehme ich sie eigentlich nur auf den Arm.

»Also es ist ja so, dass ich in dem alten Zimmer von Haley schlafe. Inzwischen das von Haley und Miles. Wenn wir drei dort sind, schlafe ich auf dem Sofa oder Gästezimmer. So wie es passt. Ich versuche mich ja mit Arbeit zu revanchieren. Ich putze, übernehme den Einkauf. Damit sind alle völlig in

Ordnung.« Sie presst sie Lippen aufeinander und scheint abzuschätzen, was ich zu sagen habe. Doch ich lächle schlicht.

»Das ist der beste Beweis, dass du meine Schwester bist:

Fleißig wie eh und je.«

Chrissi grinst schief. Ich strecke die Hand aus, damit sie mir ihren Teller reichen kann.

»Mach dich fertig, wir haben es eilig.«

Sie strahlt über das ganze Gesicht und das ist die beste Belohnung, die ich überhaupt erhalten könnte.

Auf der Fahrt nach Seattle singen wir zu Songs von Taylor Swift mit und ich spüre, wie meine Seele freier wird. Meine

Schwester hat es geschafft, dass dieser Tag, trotz all der schlechten Momente, doch noch ein Guter werden könnte.

Kapitel 26

Lou

Nachdem ich von Jess losgefahren bin, bin ich zu meinen Großeltern gefahren und habe mich auf die Bank am Fenster gelegt. Mit Blick auf die Wellen ist mir bewusst geworden, sie unfassbar müde ich bin. Erschöpft. Einfach nur erschöpft. Die Kraft, heute auch noch wieder zurück mit dem Zug nach Pittsburg zu fahren, die hätte ich nicht gehabt. Und deswegen liege ich nun hier. Es dauert nicht lange, da schlafe ich ein und ärgere mich darüber, dass ich mir am Abend nicht mehr die Zähne geputzt habe. So gehe ich am nächsten Morgen direkt ins Badezimmer und mache mich frisch. Eigentlich ist mir danach, mich einfach nur auf die Bank vorm Fenster zu legen und weiter zu schlafen. Nur kommt mir das gleichzeitig wie eine unfassbar schlechte Idee vor. Immerhin ist es gleich schon zwölf Uhr mittags.

Ich gehe in meine Küche, schalte die Kaffeemaschine ein und trinke, während der Kaffee durchläuft ein Glas Wasser. Ich kippe noch etwas Hafermilch in den Becher und gehe anschließend über die Außentreppe nach unten und setze mich auf die Hollywood-Schaukel auf der Veranda meiner Großeltern. Durch das geöffnete Küchenfenster nehme ich kaum Geräusche wahr. Vielleicht sind sie unterwegs? Das Wetter ist schön und normalerweise verbringen sie ihre Zeit meist draußen. Möglicherweise bin ich aus genau diesem Grund hergekommen. Weil ich gehofft habe, meine Großeltern zu sprechen und zu sehen, ohne sie direkt suchen und ansprechen zu müssen.

In der Therapie haben wir oft darüber gesprochen, dass ich große Angst davor habe, mich offen mitzuteilen, weil meine Eltern selten Platz für meine Bedürfnisse gemacht haben. Heute fällt es mir schwer, mir dieses Recht zu nehmen.

Ich ziehe meine Beine auf die Schaukel und trinke meinen Kaffee. Auch nach dem Koffeinkick empfinde ich mit jeder Faser meines Körpers unersättliche Müdigkeit. Am liebsten würde ich den restlichen Tag hier verbringen. Warten, dass mein Telefon klingelt oder irgendjemand um die Ecke kommt und mich heftig schüttelt, weil heute dieser Tag ist. Unterbewusst war mir das die ganze Zeit klar. Ich wusste es, als Dylan vor meiner Tür stand. Als ich die Zeit mit ihm verbracht habe. Ich wusste es, als ich gestern bei Jess war und mich anschließend nur noch ausruhen konnte. Ich wusste es, als ich mitten aus dem Schlaf hochgeschreckt bin und doch wird es mir gerade jetzt erst so richtig bewusst, was heute alles passieren könnte. Vielleicht habe ich es in den letzten Tagen einfach nichts ernst genommen, weil ich längst nicht mehr daran geglaubt habe, das etwas passieren wird.

Vielleicht ist das meine große Sorge und das, was mich innerlich so blockiert. Ich hoffe die ganze Zeit, dass heute etwas passieren wird und das mein Leben danach anders aussehen wird. Ich hoffe, dass danach alle die Wahrheit kennen und ich mich endlich erklären kann und das alles ein wenig besser wird. Das Chrissi und Dylan die Wahrheit kennen und wir uns nach diesem Aufprall endlich wieder normal in die Augen blicken können und sich alles neu sortieren.

Alles darf wieder besser werden, wenn wir endlich richtig ehrlich miteinander sind.

Darauf warte ich.

Seit einem Jahr.

Seit zwei Wochen.

Und nun sind es noch einige Stunden bis zur völligen Eskalation.

Eine Weile sitze ich noch auf der Veranda, bis meine Granny zu mir kommt. Auch sie weiß, dass heute der Tag der Tage ist.

Wir reden ein wenig, doch schließlich schlägt meine Großmutter vor, dass ich ihr beim Backen helfe. Ich hasse es, zu backen. Allgemeine arbeiten in der Küche. Ich konnte mich noch nie dafür begeistern und bin oft genervt davon, dass mir in meiner eigenen Wohnung nichts anderes übrig bleibt.

Und dennoch tut mir die Zeit in der Küche wahnsinnig gut. Die Arbeit mit den Händen. Das strenge Tempo, das meine Granny an den Tag legt. Im Eifer des Gefechts kann ich in einigen Sekunden die Last auf meinen Schultern vergessen.

Die Zeit verfliegt und als der Kuchen im Ofen ist, setzen wir uns mit einer weiteren Kaffeetasse auf die Veranda.

»Lou, Liebes. Dein Großvater und ich haben beschlossen, dass wir gemeinsam am Abend zu deinen Eltern fahren werden. Es muss etwas passieren. Hast du schon mal darüber nachgedacht, dass sonst du diejenige bist, die Dylan und Chrissi die Wahrheit über eure Verwandtschaft erzählen wird?«

»Ja. Aber das will ich nicht. Es ist nicht meine Aufgabe und gleichzeitig will ich nicht, dass ich länger mit dieser Lüge leben muss. Ich will Mom und Dad auf jeden Fall zur Rede stellen und wenn ich Merke, dass bei ihnen einfach nichts Klick gemacht hat und sie nicht bereit sind, Verantwortung zu übernehmen, dann habe ich schon überlegt, ob ich Dylan nicht vielleicht anrufe und ihn darum bitte, gemeinsam mit Chrissi zu meinen Eltern zu kommen und dann werde ich sie bewusst konfrontieren. Ich habe keine Lust mehr auf dieses leid und den Schmerz, den ich scheinbar allein zu tragen habe.«

Meine Großmutter drückt meine Hand. Das ist Antwort genug.

***

Meine Finger umfassen den Türöffner. Ich möchte aussteigen und alles hinter mich bringen und gleichzeitig ist mein Körper wie eingefroren. Ich kann mich einfach nicht bewegen. Von außen wird die Tür geöffnet. Ich ziehe meine Hand zurück und strecke sie doch gleich wieder aus, als mein Großvater mir seine hinhält. Auf wackligen Beinen steige ich aus dem Auto und schließe die Tür hinter mir. Ich versuche mich, auf meine Atmung zu konzentrieren, während wir zu dritt zur Tür gehen. Mein Herz hämmert in meiner Brust. Ich fühle mich wie in einem Tunnel. Um mich herum nehme ich nichts wahr. Schwarze Punkte tanzen vor meinen Augen.

Es ist schlimmer als mein erster Besuch.

Viel schlimmer.

Zum einen weil ich weiß, dass sie mich überhaupt nicht ernst nehmen und zum anderen, weil sie sich in den letzten zwei Woche nicht einmal bei mir ge-meldet haben.

Es ist einen einfach egal.

Egal, was ich mache und egal, wo ich bin.

Egal, wie es mir geht.

Tränen laufen meine Wangen hinunter. Heiß und voller Scham. Ich will nicht so viel fühlen. Will ihnen nicht zeigen, dass es mich verletzt, dass sie sich eben so verhalten, wie sie es tun. Aber ich kann nicht an-ders.

All die Gefühle, die ich so erfolgreich verdrängt habe, kommen an die Oberfläche. Besonders der Schmerz und die Trauer. Das Missverständnis. Ich kann einfach nicht begreifen, dass ich ein so schlech-ter Mensch sein soll, dass ich das hier verdient habe.

Warum können meine Eltern mich nicht einfach so lieben, wie andere es auch mit ihren Kindern tun? Warum bin ich meinen Eltern so fürchterlich egal?

Ich verstehe es einfach nicht.

Vor der Eingangstür bleiben wir stehen. Meine Großmutter sieht mich fragend an, hat die Finger da-bei aber bereits auf die Klingel gelegt. Ich nicke und Sekunden später höre ich das Läuten.

Stille.

Hinter dem Ornamentglas erkenne ich einen Schat-ten, der immer dichter kommt und mit dem mein Puls noch weiter in die Höhe steigt.

Die Tür öffnet sich schwungvoll. Mein Dad steht in der Zeige und mustert uns alle. Keine Regung spie-gelt sich in seinem Gesicht wieder. Ich erkenne nur Wut.

»Kommt rein«, sagt er ruhig und selbstsicher, als hätte er bereits auf uns gewartet. Unser Besuch scheint ihn nicht zu überraschen und dennoch erkenne ich viele aufgestaute Emotionen in seinem Gesicht.

Mein Großvater ist der erste, der das Haus betritt. Ich folge ihm und meine Granny schließt sich ebenfalls an. Geradeaus befindet sich das Wohnzimmer. Meine Mom steht mitten im Raum, hat die Arme um sich selbst geschlungen und sieht uns an.

Ich schlucke.

Der Kloß in meine Hals wächst immer weiter an und ich würde mich am liebsten Übergeben.

Wir betreten den Wohnraum und als ich an einer Stelle verharre und mich umdrehe, sehe ich, wie mein Grandpa meinem Vater eine Ohrfeige verpasst.

Ich zucke heftig zusammen. Meine Lippen beben heftiger.

Das hier wird heftiger, als ich je für möglich gehalten habe.

»Haben wir dich wirklich so erzogen?« Die Stimme meines Großvaters bebt.

Mein Dad schaut ihn nur wütend an. Hilfesuchend schaue ich zu meiner Großmutter und anschließend zu meinem Mom, doch die beiden scheinen selbst nicht genau zu wissen, was sie tun sollten.

»Warum habt ihr Chrissi noch immer nichts gesagt?«, frage ich. Die Worte sprudeln einfach aus mir heraus.

Schweigen. Mein Dad sieht mich an. Trauer und Schmerz erkenne ich auf seinem Gesicht. Nur kann ich ihm das nicht abnehmen. Ich will kein Mitleid mit ihm haben. Er ist nicht das Opfer in diesem Fall. Ich will, dass er endlich ein erwachsener Mann ist, der Verantwortung für seine Handlungen übernimmt.

»Jack!«, ruft mein Großvater. »Warum verhältst du

dich wie ein solches Arschloch!?«

Ich höre meine Mom schluchzen. Meine Großmutter mustert sie abschätzig. Die beiden hassen sich. Das ist kein Geheimnis.

»Ich kann es ihr nicht sagen!«, ruft mein Dad plötzlich. »Ich kann das nicht. Ich wollte nie Kinder. Zwei Mädchen. Und dann aus einer Affäre. Es hätte ein Geheimnis bleiben sollen.« Er dreht sich in meine Richtung und geht wenige Schritte auf mich zu. Mit dem Finger deutet er auf mich. Die Stirn meines Dads legt sich in tiefe Falten und Hass spiegelt sich in seinen Augen wieder. Ich verstehe nicht, wo diese Emotionen herkommen. Seine Abscheu mir gegenüber. »Deine kleine Romanze mit meinem Angestellten hat alles zerstört. Wenn ich euch nicht erwischt hätte, dann hättest du nie in meinen Privaten Unterlagen herumgewühlt.«

»Woher weißt du, dass ich das Getan habe?«, frage ich mit zittriger Stimme.

Er lacht höhnisch auf. Ich wusste immer, dass mein Dad nicht unbedingt zu den liebevollsten Menschen auf diesem Planeten zählt. Ich hätte nur nie damit gerechnet, dass er so viele negative Emotionen in sich trägt.

»Weil du dir noch nicht einmal die Mühe gemacht hast, meinen Safe wieder zu verschließen. Wir konnten uns denken, dass du danach die Bombe platzen lässt. Aber stattdessen bist du feige, wie du eben bist, abgehauen. Wir hätten dich nicht so viel Zeit mit deinen Großeltern verbringen lassen. Du bist genauso weich, ambitionslos und harmoniebedürftig, wie sie. Du hättest eine fantastische Karriere haben können, Lou. Hättest dafür sorgen können, dass unsere Familie für Generationen abgesichert ist. Aber stattdessen verbringst du deine Zeit mit falschen Träumen. Und den falschen Leuten.«

»Du bist eine Schande«, sagt meine Großmutter plötzlich zu ihrem Sohn. »Wir haben alles, Jack. Mehr, als so manche Menschen. Uns geht es gut. Aber ihr-« Sie zeigt zwischen meinen Eltern hin und her. »Ihr seid nur auf Geld aus. Auf Erfolg. Ihr könntet so stolz auf eure Tochter sein, dass sie ihre Prioritäten anders auslebt in ihrem Leben. Dass sie eine Tätigkeit gefunden habt, die sie wirklich begeistert und statt sie dabei zu unterstützen, wollte ihr sie bloß in eure Schubladen drängen. Louise hat als jungen Mädchen entschieden, dass sie ihre Zeit gerne bei uns erbringt, weil wir sie lieben und schätzen, wie sie eben ist und nicht nur dann, wenn sie euren Erwartungen entspricht. Ihr solltet euch schämen. Wirklich.«

Meine Mom beginnt zu sprechen, doch das nehme ich längst nicht mehr wahr. Durch den Stoff meiner Hose taste ich meine Taschen nach meinem Handy ab. Ich stürze aus dem Raum, sperre mich im Badezimmer ein und wähle Dylans Nummer.

Kapitel 27

Dylan

Mein Herz hämmert schnell in meiner Brust und es kostet mich alle Kraft, mich auf die Autofahrt zu konzentrieren. Lou hat heftig geweint am Telefon und mir nicht die Möglichkeit gegeben, überhaupt zu hinterfragen, warum Chrissi und ich unbedingt und sofort gemeinsam zu ihren Eltern kommen müssen. Ich habe die leise Vorahnung, dass irgendwas passiert sein muss und gleichzeitig kann ich mir das Ganze auch noch nicht so ganz zusammenreimen.

Die Fahrt von Haleys Hütte am Meer, wo sie eigentlich zeitnah nach Seattle aufbrechen wollten, zu den Bakers dauert nur wenige Minuten. Auf der einen Seite ist das gut, weil so das Gedankenchaos nicht immer kleinere Bahnen ziehen kann und somit einen stetigen Abwärtsstrudel ergeben könnte und auf der anderen Seite hätte ich gerne noch Zeit gehabt, damit ich meine Atmung jedenfalls etwas beruhigen könnte.

Nur habe ich die große Hoffnung, dass ich jetzt endlich antworten bekommen könnte, warum Lou verschwunden ist. Nur warum Chrissi auch hier sein soll, ist mir noch nicht klar.

Ich parke neben dem Wagen von Lous Großeltern. Während Chrissi und ich gleichzeitig aus dem Auto springen, frage ich mich, warum auch sie hier sind, aber wirklich zeit zum denken bleibt nicht. An der Eingangstür sehe ich Lou stehen. Erst war sie an den Rahmen gelehnt, jetzt tritt sie von einen Fuß auf den anderen. Sie weint. Als wir näher treten, erkenne ich die roten Flecken auf ihren Wangen und die Tränen, die sie herunter rennen. Ihr Anblick erinnert mich an unser erstes Wiedersehen in *Milk & Sugar*. Das ist erst wenige Wochen her. Genau weiß ich es gar nicht, weil gefühlt so viel passiert ist, wie in dem ganzen Jahr zuvor nicht.

»Was ist passiert?«, fragt Chrissi Lou atemlos, als wir vor ihr zum halten kommen. Doch Lou geht sofort Rückwärts und atmet schwer auf.

»Ich habe so sehr gewünscht, dass das hier anders ablaufen würde. Ich wünschte, ich hätte mehr tun können. Es tut mir leid!«

Sie beginnt noch stärker zu schluchzen und umarmt sich selbst. Ich will auf sie zugehen und sie trösten und sie fragen, was all das hier zu bedeuten hat und was wir hier sollen. Aber Lou deutet uns bloß mit der Hand an, dass wir ins Innere gehen sollen.

Unwissend, was wir tun sollen, stehen meine Schwester und ich im Flur. Laute Stimmen sind aus dem Wohnzimmer zu hören. Chrissi und ich werden geradewegs in einen Streit geschickt und ich verstehe einfach nicht, was wir mit dem Ganzen hier zu tun haben sollen.

Lou schließt die Tür laut hinter uns. Sie donnert regelrecht in die Ankerung.

Aus dem Wohnzimmer schießt ein Kopf in unser Sichtfeld. Jack Baker schaut uns an, runzelt die Stirn und kommt schließlich auf uns zu.

»Was wird das hier?«, fragt er an Lou gerichtet. Sie

läuft an ihm vorbei und weil ich nicht weiß, wie ich mich anders verhalten sollte, folge Chrissi und ich ihr.

Im Wohnzimmer bleiben wir stehen. Lous Großeltern schauen uns an. Mitgefühl spiegelt sich in ihren Augen wieder. Ich kann es nicht so recht greifen. Auch Lous Mom schaut uns mit großen Augen an. Panik spiegelt sich in ihrem Gesicht wieder.

»Was soll das, Louise? Reicht dir das Chaos nicht, was du bereits angerichtet hast?«, fragt Jack, der hinter uns den Raum betritt und unfassbar wütend ist. Sein Zorn erinnert mich an jenen vor einem Jahr, als er Lou dabei erwischt hat, dass sie mit mir auf einer Baustelle war. Rückblickend betrachtet kam es mir so fürchterlich dumm vor, dass ich sie nicht einfach an einer anderen Stelle mit ihrem Fahrrad herausgelassen habe.

So hätten wir uns den ganzen Streit sparen können.

Lous Blick findet meinen. Sie atmet schwer, umarmt sich noch immer selbst, doch in ihren Augen spiegelt sich ein anderer Ausdruck wieder.

Entschlossenheit.

»Du weißt ganz genau, was ich hier tue, Dad. Das ist deine letzte Chance, selbst die Wahrheit auszusprechen. Ich lasse nicht zu, dass ich dieses Geheimnis, noch länger mit mir herum schleppen muss, nur weil du ein feiges Arschloch bist.«

Ich presse die Lippen zusammen. Mein Puls schießt in immense höhen.

»Was hat das alles zu bedeuten?«, fragt Chrissi leise neben mir. Ich blicke zu meiner Schwester hinunter. Sorge mischt sich in ihren Blick. Ihr Blick liegt auf Lou.

»Was machen ausgerechnet wir jetzt hier?«, platzt

es aus mir heraus, als hätten Chrissie Worte einen Damm gebrochen. »Was haben ausgerechnet wir mit diesem Geheimnis zu tun?«

Lou deutet mit der Hand auf ihren Vater. Die Handinnenfläche nach oben gerichtet. »Bitte«, sagt sie. Eine ganz eindeutige Aufforderung, doch Jack weigert sich. Er schüttelt mit dem Kopf. Lacht höhnisch auf und wippt auf den Füßen vor und zurück.

Lou öffnet den Mund. »Louise!«, bellt ihr Vater drohend. Aber die Rebellin in Lou ist stärker.

»Chrissi«, sagt sie, stockt und ringt nach den richtigen Worten. »Chrissi, Jack ist auch dein Vater. Wir sind Schwestern.«

Ein entstielter Laut entfährt mir.

Es fühlt sich an, als würde ich in eine tiefe Schlucht stürzen.

Kapitel 28

Lou

Dylan entfährt ein ersticktes Ächzen. Ob beabsichtigt oder nicht, er geht einige Schritte rückwärts und legt seine Hand an Chrissie Schulter. »Wie meinst du das?«, fragt er mich und zieht seine Schwester dabei an sich. Diese schaut mit leerem Blick unseren Vater an.

Tränen laufen heiß meine Wangen hinunter. Ich verliere das Gefühl für meinen eigenen Körper. Schwindel setzt ein. Panik. Eine Attacke. Mir wird schlecht und dennoch versuche ich, meine letzte Kraft zu bündeln und die Dinge zu erklären, die schon längst überfällig sind.

»Deine Mom und ich hatten eine Affäre, Dylan.« Erschrocken sehe ich zu meinem Vater. Ich hätte nicht damit gerechnet, dass er überhaupt noch etwas sagen wird. »Dein Dad war damals verunglückt und wir haben viel Zeit miteinander verbracht. Wir wollten nicht das fühlen, was wir getan haben, aber konnten uns einfach nicht dagegen wehren. Es war ein Unfall.« Chrissi schluchzt, doch in ihrem Gesicht spiegelt sich noch immer keine Emotion wieder. Ich mag mir gar nicht vorstellen, unter was für einem Schock sie steht. Verdammt, ich hätte mir so sehr gewünscht, dass das hier anders abgelaufen wäre. »Ich wusste sehr lange nicht, dass ich dein Vater bin, Chrissi. Erst nach dem Tod eurer Mutter. Dass auch Dina so tragisch von euch gegangen ist, tat mir im Herzen weh und ihr hattet so viel zu verarbeiten. Ich wollte euch nicht noch eine weitere Last aufbürden. Ich wollte warten. Deswegen, was alles, was ich tun konnte, euch finanziell zu unterstützen und eben dafür zu sorgen, dass ihr nicht noch euren Wohnraum verlassen müsst und finanziell Abgesichert seid.«

Ich schüttle den Kopf. Zum ersten Mal höre ich diese Worte von meinem Vater und gleichzeitig kann ich sie nicht ernst nehmen. Es macht mich unfassbar wütend, dass er trotz allem noch versucht, sich als Helden darzustellen.

»Wie hast du davon erfahren?«, fragt Dylan mich. Seine Stimme trotzt nur so aus Vorwurf.

»Ich wurde stutzig. Ich habe ein Gespräch von dir und Dad belauscht und habe danach in seinen Unterlagen herumgeschnüffelt. Dann habe ich die Vaterschaftstest gefunden.«

»Und dann bist du abgehauen? Bist einfach abgehauen mit diesem Wissen? Hast uns allein gelassen? Ist das deine Art zu zeigen, dass dich etwas interessiert, Louise?« Er spuckt mir meinen Namen entgegen. Ich kann seinen Schmerz nachempfinden und gleichzeitig tut mir genau das so unfassbar weh. Ich habe ihn auch empfunden.

»Das war nicht richtig von mir, das weiß ich. Aber mir ging es psychisch sehr schlecht. Zuvor schon. Ich habe nie das Gefühl gehabt, ich selbst sein zu dürfen. Und dann auch noch von diesen ganzen Lügen in meiner Familie zu erfahren und plötzlich wieder diejenige sein zu müssen, die alles die Wahrheit erzählt und die Verantwortung für meinen Vater zu tragen-« Meine Stimme bricht. Ich schüttle den Kopf und wünschte, die Schuldgefühle würden endlich aufhören. Dabei ist es weder meine Verantwortung noch meine Schuld. Und dennoch wünsche ich mir, dass Dylan meine Überforderung eines Tages verstehen kann. »Meine Eltern lieben und akzeptieren mich eh nicht, für die Person, die ich eigentlich bin. Sag mir doch bitte, was du gemacht hättest. Das, was ich hier gerade mache, ist eigentlich die Aufgabe, von den beiden!« Ich deute auf meine Eltern und realisiere, dass meine Stimme stetig lauter wird. So viel Wut und Frust löst sich in meinem Inneren. Ich verstehe Dylans Wut, aber es enttäuscht mich, dass er sie so gezielt auf mich richtet.

»Und dann tauchst du hier einfach auf und sagst noch immer nichts? Verbringst zeit mit uns und hältst es nicht für nötig, uns endlich die Wahrheit zu sagen? Du bist genauso feige, wie deine Eltern!« Sein Brustkorb hebt und senkt sich heftig. »Ich hasse dich, Louise.«

Dylan packt Chrissi an den Schultern, die uns wortlos und mich glasigen Augen anstarrt. Zu gerne würde ich auf sie zugehen, sie umarmen und ihr sagen, dass es mir leidtut. Dass ich ihren Schmerz nachempfinde und ihn ihr am liebsten nehmen würde. Doch Dylan schleust sie an uns vorbei, schiebt sie durch den Flur, wobei er schützend hinter ihr geht. Nachdem die beiden aus der Sichtweite sind, löse ich mich aus meiner Starre und trabe ihnen nach. Als ich an der Haustür ankomme, öffnen sie bereits die Autotüren.

»Wartet!«, rufe ich. Beide drehen sich zu mir um. Chrissie Gesicht ist kreidebleich. »Es tut mir so leid!«, sage ich voller Überzeugung und doch bricht meine Stimme. Ich wusste, dass sie mich zurücklassen würden, sobald die Wahrheit ausgesprochen ist. Dass sie nichts mehr mit mir zu tun haben wollen. Und doch habe ich so sehr gehofft, dass es anders wird. Dass sie ihre ganze Wut nicht auf mich richten.

Und doch kann ich sie verstehen.

Verstehe den Schmerz und den Schock und das Gefühl, ihr Leben lang belogen und betrogen wurden zu sein. Und das ausgerechnet von den Menschen, die einen ohne jegliche Erwartungen und jederzeit bedingungslos Lieben sollten.

Vielleicht ist es jetzt an der Zeit, dass ich geduldig mit ihnen bin und den beiden Zeit gebe, dass sie den Schock verarbeitet haben.

Und dennoch bricht mein Herz in tausend Teile, als Dylan und Chrissi gleichzeitig die Türen zuknallen und mit viel zu hohem Tempo vom Hof fahren.

Kapitel 29

Dylan

»Wo fährst du hin?«, fragt Chrissi mich, nachdem ich an der Straße, die zu unserer Wohnung führt, vorbeifahre.

»Ich halte es nicht aus, jetzt in die Wohnung zu gehen. Wir wahren in meine Werkstatt.« Mein Blick zuckt zu ihr. Chrissi nickt. Nur kurz darauf halten wir an meiner Halle. Wir gehen nach drinnen und meine Schwester lässt sich in einen der beiden Sessel fallen. Ich hingegen tigere auf und ab. In meinem Kopf sind tausende Fragen und gleichzeitig macht so vieles nun Sinn. Jacks Großzügigkeit. Unser Streit, nachdem er Lou und mich erwischt hat. Lous Zurückhaltung, seit dem sie wieder hier ist. Die ständige Erwähnung eines Geheimnisses. Ich wusste immer, dass es etwas Großes sein muss, wenn sie sich so isoliert. Und dennoch habe ich mit allem gerechnet, aber nicht mit einem so dunklen Familiengeheimnis.

»Ich bin ein Unfall.«

Ich fahre herum und sehe Chrissi an. Im Schneidersitz ruht sie auf dem Sessel. Ihre Miene ist ausdruckslos. Ihre Hände liegen verschränkt auf ihrem Schoß. Man könnte meinen, dass sie ganz ruhig ist und alles in Ordnung ist. Doch in ihr brodelt es. Das erkenne ich genau. Je größer der Sturm in ihr tobt, desto ruhiger wird sie.

»Was sagst du da?«, frage ich.

»Das hat er gesagt. Mein Vater. Ich bin ein Unfall. Keiner wollte mich. Keiner will mich. Ich bin einfach ein Unfall, den er einfach ignoriert hat, während mein ganzes Leben vor seiner Nase passiert ist. Dennoch hat er sich einfach nicht um mich gekümmert. Ich bin ihm egal.«

Ich gehe auf sie zu, stelle mich hinter den Sessel und umarme sie.

»Du bist kein Unfall. Für mich bist du das größte Geschenk.«

Chrissi beginnt heftig zu weinen. Irgendwann steht sie auf und wir umarmen einander. Eine gefühlte Ewigkeit. Wir sind bloß hier und zusammen und fühlen. All den Schmerz. Auch ich beginne irgendwann zu weinen, als ich mir dem Umfang dieses Problems immer und immer bewusster werde. Ich habe mir ein Jahrzehnt den Arsch für Jack Baker aufgerissen, weil ich nicht anders wusste, wie ich ihm dafür, dass er für unsere Sicherheit sorgt, danken soll. Mein Leben lang hatte ich ein schlechtes Gewissen. Habe mich schuldig Gefühl. Habe mich ausnutzen lassen und viel zu viele Stunden für ihn auf Dächern gestanden.

Ich habe mich für meine Existenz geschämt und dafür, so auf seine Hilfe angewiesen zu sein.

Völlig unbegründet.

***

Ich weiß nicht, wie viel Zeit vergangen ist. Völlig erschöpft, sitzen wir den Sesseln in der Werkstatt und schauen ins Leere. Neben mir nehme ich Bewegungen wahr. Chrissi tippt an ihrem Handy herum. Ich beobachte sie. Frage mich, was in ihr vor sich geht und wie sie sich fühle.

»Haley fragt gerade, ob bei mir alles okay ist und ob ich noch nach Seattle kommen möchte«, sagt sie, sieht aber nicht auf.

»Und möchtest du?«, frage ich sie.

Chrissi zuckt mit den Schultern. »Ehrlich gesagt, weiß ich gerade nicht, was ich möchte und was ich nicht möchte. Auf der einen Seite will ich nur meine Ruhe. Auf der anderen nur von hier weg und irgendwie wieder einen freien Kopf bekommen.«

»Dann solltest du vielleicht fahren.«

»Heute fahren keine Züge.«

»Ich kann dich fahren.« Wenn ich ehrlich bin, dann wäre ich froh darüber, von hier wegzukommen und mit irgendeiner Handlung etwas gutes tun zu können.

»Sicher?«, fragt Chrissi.

»Ja.« Ich nicke bestärkend. »Wenn es das ist, was dir gerade gut tut, dann fahre ich dich sehr gerne.«

Wir machen uns auf den Weg zur Wohnung, obwohl sich in meiner Brust sofort eine Übelkeit breitmacht, sobald wir die Schwelle betreten. Ich weiß nicht, wie ich es zukünftig aushalten soll, hier zu sein.

Chrissi packt ihre Sachen und kurz darauf machen wir uns auf den Weg. Während der Fahrt schweigen wir. Auch das Radio ist ausgeschaltet. Tausende Gedanken und Emotionen wandern durch mich hindurch. Ich bin aufgewühlt und genau aus diesem Grund, tut es so gut, mich so sehr auf den Verkehr konzentrieren zu müssen.

Ich habe einen Rahmen und Kontrolle. Das hat mir damals schon geholfen, als ich den Verlust von unserer Mom verarbeiten musste.

Schneller als mir lieb ist, kommen wir in der WG in Seattle an. Chrissi kann es kaum erwarten, hinein zu gehen. Ich hingegen folge ihr eher ein wenig skeptisch. Zu meinem Erstaunen hat sie sogar einen eigenen Schlüssel.

Mir wird schmerzlich bewusst, dass ich viel zu wenig Zeit damit verbracht habe. Chrissis Leben hier kennenzulernen. Allgemein ein noch viel engeres Verhältnis zu ihr zu pflegen, weil ich andauernd dafür sorgen musste, dass wir zurechtkommen, obwohl ihr Vater direkt vor unserer Nase gelebt hat.

Erneut durchflutet mich immense Wut, die ich allerdings sofort wieder verdränge, als meine Schwester die Tür im oberen Stock aufschließt und Haley direkt auf uns zukommt.

Die beiden müssen darüber geschrieben haben, was passiert ist, denn Haley zieht Chrissi in eine feste Umarmung. Kurz darauf kommt sie auf mich zu und umarmt mich ebenfalls.

»Wir wollten jetzt etwas Essen. Ich hoffe, du hast ein wenig Zeit mitgebracht«, sagt sie zu mir.

Ich hätte mit allem gerechnet, aber nicht damit, dass ich mich tatsächlich auf einer Dachterrasse in Seattle entspannen kann. Ich genieße den Lärm der Straßen und den Fakt, dass mich hier weit und breit niemand kennt, außer die Leute, die mich direkt umgeben. Will bietet mir ein Bier an und aus einem werden schnell drei und auch wenn ich selbst nicht damit gerechnet hätte, nehme ich das Angebot an, hier zu übernachten. Aus einer Nacht werden insgesamt drei. Drei Abende, die ich auf der Dachterrasse verbringe. Stunden, in denen ich gemeinsam mit Chrissi weine und trauere und verstehe, was dieser eine Nachmittag zu bedeuten hat.

Wir verarbeiten den Schock gemeinsam, doch ich bin es, der sich allein wieder auf den Weg nach Lunar Beach macht.

Immerhin habe ich so einiges zu erledigen und Chrissi braucht noch mehr Abstand von allem, was passiert ist und dem, was zurück in der Heimat auf sie wartet.

***

Ich parke den Wagen an einer Tankstelle und beginne, den Innenraum auszusaugen, das Fahrzeug von außen zu waschen und schließlich all meine Privatgegenstände in eine Tüte zu packen. Mit den letzten Tankreserven fahre ich zu meinem Arbeitgeber. Zu dem Haus von Lou Eltern und den Mann, der nicht nur ihr, sondern auch Chrissis Vater ist.

Den Transporter stelle ich an seinen Platz, dann steige ich aus, nehme mir meine Tüte und löse den Autoschlüssel von meinem Schlüsselbund. Anschließend mache ich mich auf den Weg zum Büro. Ich habe lange darüber nachgedacht, ob ich das Gespräch mit Jack suchen sollte, oder ob ich still und heimlich gehen werde. Auch mit Chrissi habe ich viel darüber gesprochen.

Schließlich habe ich mich dafür entschieden, dass ich mich weder erklären, noch rechtfertigen muss.

Drinnen im Büro sitzt Marta vor dem Computer. Seit die Firma existiert, geht sie diesem Job nach. Wir haben uns täglich gesehen und ich habe nie gedacht, dass der Tag kommen wird, an dem ich mich von ihr verabschieden muss.

Doch jetzt ist er da.

Sie strahlt mich an, bis ich den Schlüssel auf die Holzplatte lege. Die Freude schwindet aus ihren Zügen. »Dylan, was-« Ich schüttle den Kopf.

»Jack weiß genau, was das hier zu bedeuten hat.«

Ich presse die Lippen zusammen und wünschte, dass nicht so verräterische Tränen in meinen Augen brennen würden.

Doch genau das ist die Realität.

Auch wenn ich Jacks Art unterirdisch finde, hat mich diese Tätigkeit hier sehr lange sehr glücklich gemacht und mich nun davon verabschieden zu müssen, tut trotz allem ziemlich weh.

»Pass bitte auf dich auf«, sage ich zu Marta, ehe ich aus dem Büro stürme und mit der Tüte in meiner Hand zu meiner eigenen Wertstatt laufe, in dem Wissen, dass nun meine ganze Existenz von dem Projekt anhängig ist, dass eigentlich nur dazu gedacht war, mich von meinem Liebeskummer wegen Lou abzulenken.

Kapitel 30

Lou

Mein Handy klingelt. Die Nummer von der Tankstelle. Direkt nach dem Vorfall bei meinen Eltern habe ich mich krank gemeldet und gesagt, dass es einen familiären Notfall gibt und das ich nicht genau sagen kann, wann ich wieder zur Arbeit kommen werde. Seither werde ich täglich angerufen. Ich weiß, dass Personalmangel herrscht und das ich dort dringend gebraucht werde und das einer der Gründe wahr, warum ich überhaupt so schnell eine Stelle bekommen habe. Und dennoch finde ich das Verhalten ein wenig penetrant. Auf der einen Seite möchte ich mein Handy einfach ausschalten, auf der anderen Seite bin ich mir meiner Zukunft so ungewiss, dass mir klar ist, dass ich noch für eine ganze Zeile auf diese Tätigkeit angewiesen bin.

Genervt blicke ich auf das Telefon und warte, bis der Anruf abbricht, ehe ich den Messenger öffne und in meinen Chat mit Dylan schaue. Ich bin am späten Abend nach dem Geständnis meiner Eltern noch zu Dylan und Chrissi gefahren. Doch sie waren weder zuhause, noch in der Werkstatt oder sie haben mir einfach nicht geöffnet, was ich ebenfalls verstehen könnte. Und so habe ich Dylan eine Nachricht geschrieben. Und Chrissi auch. Dass ich gerne mit ihnen reden würde, wenn sie bereit dafür sind. Doch das scheinen sie nicht zu sein. Das muss ich akzeptieren. Vielleicht hätte ich doch zur Arbeit fahren sollen, einfach um mich abzulenken, aber die Zeit bei meinen Großeltern tut mir unfassbar gut. Und so habe ich mich dazu entschieden, zu bleiben.

In der Küche bereite ich mir gerade einen Tee zu und plane, in mein Schlafzimmer zu gehen und es mir vor dem Fenster gemütlich zu machen, als es an der Tür klingelt. Im ersten Moment hoffe ich, dass es sich dabei um Dylan handeln könnte, nur weiß ich, dass er klopfen würde. Einfach aus Gewohnheit.

Aber vielleicht Chrissi?

Beim Wasserkocher klickt gerade der Schalter und ich könnte das heiße Wasser endlich in eine Tasse füllen, aber das ignoriere ich und trabe geradewegs zur Tür. Mein Herz pocht wie verrückt und auf der einen Seite habe ich das Bedürfnis, mich auf dieses Treffen vorzubereiten und auf der anderen Seite kann ich kaum erwarten, wer dort auf mich wartet und mit mir sprechen will.

Ich entriegle die Tür, ziehe sie auf und starre geradewegs in Celine Gesicht. Sie sieht müde aus. Dunkle Ränder unter ihren Augen. Fahle Haut. Trockene Lippen. Erschöpfung drängt aus jeder ihrer Poren und ich frage mich, ob es daran liegt, dass sie zu viel im Kaffee geschuftet hat, oder ob sie Chrissi und Dylan in den letzten Nächten trösten musste.

Einige Sekunden sehen wir einander an und in mir breitet sich ein schlechtes Gewissen aus.

Sie hätte es verdient, dass ich, nun nachdem Dylan und Chrissi die Wahrheit gehört haben, ebenfalls auf sie zukomme.

Nur habe ich mich nicht getraut.

Es fühlt sich nach allem so an, als wäre eine unfassbare Schlucht zwischen uns beiden und ich habe nicht die Kraft, sie zu überwinden. Ich kann gerade nicht auf allen Schlachten gleichzeitig kämpfen.

»Ich wollte ein wenig raus fahren in den Wald und eine Runde Spazieren gehen. Vielleicht magst du ja mitkommen?«

Ich lasse die Schultern sinken. Mein Schutzschild löst sich in Luft auf.

»Möchtest du mich wirklich dabei haben?«, frage ich vorsichtig, wobei ich eigentlich mit Vorwürfen gerechnet habe.

»Ja, sehr gerne. Ich dachte, vielleicht brauchst du das gerade.«

Ja, denke ich. Viel mehr, als ich mir selbst überhaupt bewusst war.

»Ich ziehe mich schnell um«, sage ich.

»Okay, ich warte hier draußen.« Celine lächelt sanft und ich verschwinde ins Innere der Wohnung. Die Tür hinter mir schließe ich nicht und trete auch nur wenige Minuten später erneut ins freie.

Gemeinsam machen wir uns schweigend auf den Weg. Unten in der Einfahrt steht das Auto von Celines Mom. Die Fahrt aus Lunar Beach heraus kostet nicht viel Zeit. Es fühlt sich befreien an, neben meiner besten Freundin über den Waldboden zu laufen.

»Ich habe gestern sehr lange mit Chrissi telefoniert«, bricht Celine irgendwann das Schweigen.

Ich presse die Lippen zusammen und richte den Blick zum Boden. Scham ergreift mich.

Erst wenige Meter später merke ich, dass Celine stehen geblieben ist. Ich drehe mich zu ihr und als ich den Schmerz in ihrem Blick erkenne, kann ich mich gar nicht länger gegen die Tränen wehren, die sich in meinen Augen sammeln.

»Es tut mir so leid«, sagt sie, als sie die Distanz zwischen uns beiden überwindet. Ohne mein Zutun finde ich mich in einer festen Umarmung wieder und ich finde in Celines Nähe die Sicherheit, meinen Gefühlen freien Lauf zu lassen. Nach einigen Minuten laufen wir weiter. Sie erzählt mir davon, dass die beiden Geschwister einige Tage in Seattle verbracht haben und Dylan sich auf den Rückweg machen wollte. Sie erzählt mir davon, wie sehr die beiden noch immer unter Schock stehen und das Dylan sich darüber ärgert, dass er all seine Wut auf mich gerichtet hat und nicht auf Jack. Und dass er gleichzeitig noch immer so geschockt ist, dass ich ein Jahr mit diesem Wissen leben konnte, ohne etwas zu sagen.

Nach einer Weile setzen wir uns auf die alten Ruinen. Schon damals haben wir hier gerne gesessen. Wir sind oft hergekommen, wenn wir abstand gebraucht haben. Frustriert und genervt waren. Wenn etwas nicht so funktioniert hat, wie wir es uns gewünscht haben. Manchmal haben wir geredet, dann geschwiegen oder stundenlang gelacht und Geheimnisse ausgetauscht.

In so einigen Momenten habe ich mir gewünscht, dass ich die Möglichkeit gesehen hätte, mit Celine hier Raus zu fahren und ihr von dem schrecklichen Wissen, dass ich vor einem Jahr erhalten hatte, zu erzählen und damit dafür zu sorgen, dass die Welt ein bisschen weniger schlimm ist. Dass wir gemeinsam eine Lösung gesehen hätten, aber dafür war die ganze Sache einfach zu groß.

Wir bleiben im Wald, bis wir beide unfassbar anfangen zu frieren.

Und ich erzähle Celine alles.

Alles.

Jedes Detail, obwohl sie sie eigentlich alle kennt und doch noch so viel mehr.

Ich erzähle ihr von dem Hass auf meine Eltern und dem ständigen Gefühl, nie gut genug zu sein, besonders dann nicht, wenn ich einfach ich selbst bin.

Von meinen Gefühlen zu Dylan und dem Wissen, dass er mich gleichzeitig immer auf einer Armlänge Abstand hält, weil er Angst vor seinen eigenen Gefühlen hat, weil seine Welt zuvor schon auf so schreckliche Weise zerbrochen ist.

Von meiner Angst, ein Leben führen zu müssen, dass ich gar nicht fühlen will.

Auf der anderen Seite dem Wissen darum, dass ich vielleicht nie herausfinden darf, wer ich eigentlich bin und was mich tief in meinem Inneren begeistert.

Dieser unendlichen Leere, die sich mit jedem Jahr weiter und tiefer in meinem Inneren ausgebreitet hat.

Heute weiß ich, dass es sich dabei um meine Depressionen handelt. Früher habe ich gedacht, dass einfach gehörig etwas nicht mit mir stimmt, weil ich genau das immer von meinem Umfeld vermittelt bekommen habe. Und vielleicht haben genau diese Stimmen dazu beigetragen, dass sich die psychische Krankheit immer weiter in meinem Kopf ausgebreitet hat. Nur dass ich angefangen habe, mich dafür zu schämen, statt mich um mich selbst zu sorgen.

»Und das alles hat dafür gesorgt, dass ich einfach nicht mehr konnte. Mit dem Wissen darum, dass mein Vater ein Verhältnis mit Dylan Mom hatte, das hat mich so tief verletzt. Mein ganzes Leben kam mir vor wie eine Lüge und so fürchterlich inszeniert und einfach … Krank. Alles war so krank und gestellt und ich war auch nur eine Puppe, die eine Rolle in diesem ganzen Theater gespielt hat. Ich wollte und konnte so nicht mehr Leben. Ich wollte das ganze Beenden und einfach, dass es aufhört. Ich wollte mich umbringen, weil ich nicht diejenige sein wollte, die den Vorhang von der Stange reißt und dem Publikum verdeutlich, dass all das nicht echt ist.« Ich nehme mir einen Moment, um meine Gedanken erneut zu sortieren. »Weißt du, was das krasseste ist und was vielleicht ein wenig bizarr klingt?«

Celine schüttelt den Kopf.

»Ich bin meinen eigenen Gedanken unfassbar dankbar.«

»Deinen suizidgedanken?«, fragt Celine erstickt. Ihr Mund steht offen und die Augen hat sie aufgerissen, während sie auf meine Antwort wartet.

»Ja!«, sage ich, lächle und erlaube meinen Tränen freien Lauf. »Sie haben mich befreit. Sie haben mir gezeigt, dass ich sehr wohl leben will, nur eben nicht so. Das mich das Umfeld und die Situation, in der ich damals war, langsam umgebracht udn krank gemacht hat. Diese Gedanken waren der Auslöser, das ich aufgewacht und mir Hilfe gesucht habe. Ein Teil von mir wollte sterben. Ich habe ihn sterben lassen. Davon bin ich frei. Und jetzt darf ich endlich so leben, wie ich es mir vorstelle. Und sollten solche Gedanken eines Tages wiederkommen, dann hoffe ich, dass ich die Stärke besitze, hinzuhören und eine neue Lebenssituation für mich zu erschaffen. Eine, in der ich mich darauf freue, morgens aufstehen zu können und leben zu dürfen.«

Kapitel 31

Dylan

Ich bin seit zwei Tagen wieder in Lunar Beach.

Habe vor zwei Tagen meinen Job gekündigt.

Und liege seit zwei Tagen im Bett.

In meinem Kopf überschlagen sich die Gedanken und gleichzeitig fühle ich mich leer und bin nicht sicher, was ich wirklich empfinde und wie ich mich verhalten soll.

Das einzige Bedürfnis, was sich seit einigen Stunden tief in meinem Inneren festigt, ist jenes, mit Lou zu sprechen. Der Sturm in meinem Inneren hat sich gelegt und ich habe so viele Fragen und brauche Antworten. Antworten von ihr. Dabei weiß ich schon so viel.

Lou hat alle Karten auf den Tisch gelegt.

Alles, was ich wissen muss, weiß ich bereits.

Von ihrem labilen mentalen Zustand über das fürchterliche Verhalten ihrer Eltern. Von ihrer Unsicherheit, der Angst und dem Schmerz, den ich vor knapp einer Woche so deutlich wie noch nie in ihren Augen sehen könnte.

Lou ist nicht die Täterin in diesem Fall und dennoch muss ich mir eingestehen, wie unfassbar verletzt ich von ihrem Halten bin.

Ihrem Betrug und der Lüge, die nicht die ihre ist, welche sie aber dennoch aufrecht erhalten hat.

Ich hasse sie dafür, was sie getan hat.

Aber ich hasse sie nicht für den Menschen, der sie ist.

Nach zwei Tagen, an denen es mir schwerfiel, aus dem Bett aufzustehen, um auf die Toilette zu gehen, verspüre ich jetzt einen intensiven Drang, aufzustehen. Mir wird schwindelig während den ersten Schritten, weil mein Körper von dem plötzlichen Energieschub völlig überrascht scheint. Ich springe unter die Dusche, trinke anschließend ein großes Glas Wasser und esse einen Apfel und überlege mir erneut, ob das, was ich im Begriff bin zu tun, das Richtige ist.

Doch auch wenn mein Kopf sich der Antwort noch nicht genau bewusst ist, scheint mein Körper eine eigene Antwort gefunden zu haben.

Im Flur schlüpfe ich in Schuhe und verlasse die Wohnung. Da ich kein Auto mehr habe, mache ich mich zu Fuß auf den Weg zu dem Haus von Lous Großeltern und hoffe, dass sie noch dort ist.

Mein kleiner Fußmarsch dauert nur zehn Minuten und als ich die Holzstufen hoch zu Lous Eingangstür trete, rumort es in meinem Magen. Ob das hier die richtige Entscheidung ist? Ob ich schon so weit bin? Ob mich ihre Worte nicht vielleicht viel mehr verletzen könnten?

Plötzlich geht mir alles viel zu schnell und als ich im Begriff bin, an ihre Tür zu klopfen, zögere ich.

Ich atme tief ein und aus und gebe mir schließlich einen Ruck. Das hier soll nur ein klärendes Gespräch werden. Das hier muss nichts bedeuten.

Ich klopfe an die Tür. Nach einigen Sekunden höre ich Schritte im Inneren. Kurz darauf reißt Lou die Tür auf. Sie schaut mich aus großen Augen an.

Ihre Brust hebt und senkt sich schnell.

»Dylan«, sagt sie erstickt.

»Hey, ich ähm … Ich würde gerne mit dir reden.«

»Ja, klar.« Sie eröffnet mir den Einlass. »Magst du etwas trinken?«

»Vielleicht ein Wasser.«

Gemeinsam gehen wir in die Küche und setzen uns schließlich auf die Bank vor dem Fenster in ihrem Wohnzimmer. Ursprünglich war das hier einst Ians Zimmer. Zwar erinnert mich die Bank an jene, auf der wir unsere gemeinsamen Nächte verbracht haben, aber ich weiß eigentlich auch, dass es sich dabei nicht um unsere Bank handelt.

Nachdem wir uns gesetzt haben, nippe ich an meinem Wasser.

Ich sehe mich im Raum um, nur hat sich in dem letzten Jahr überhaupt nichts geändert. Das einzig Neue ist, dass ein Strauß frischer Blumen auf dem Küchentisch steht. Sowas fand Lou damals immer kitschig. Scheinbar hat sich doch etwas geändert.

»Es tut mir leid, Dylan«, sagt Lou plötzlich. Als ich mich ihr zuwende, hat sie ihren Blick fest auf mich gerichtet. Es spiegeln sich keine Tränen in ihren Augen wieder. »Es tut mir leid, dass ich es nicht geschafft habe, euch früher zu sagen, was ich weiß.«

Ich nicke. »Das wäre schön gewesen. Das hätte geholfen. Die Situation ist so schwer und Chrissi steht so unter Schock. Sie macht nichts anderes, außer sich abzulenken.« Ich zucke mit den Schultern und in meinem Kopf ploppt wieder das Bild meiner völlig traumatisierten Schwester auf. »Ihr geht es schlecht, aber diesen Fakt verdrängt sie selbst sehr erfolgreich. Und ich-« Ich atme tief durch. »Ich bin so unfassbar verletzt von dir, Lou. Ich verstehe nicht, warum du mir scheinbar nicht genug vertraut hast, das du mit diesem Wissen nicht einfach zu mir gekommen bist. Ich verstehe, was in dir vorgegangen ist und das du erstmal verschwinden musstest und abstand brauchtest, aber … Auf der anderen Seite verletzt es mich einfach so sehr, dass du nicht mit uns gesprochen hast. Ein Jahr lang. Ein Jahr lang hast du dich aus dem Staub gemacht und ich bin stolz auf dich, dass du dir Therapeutische Hilfe gesucht hast und irgendwie dafür gesorgt hast, wieder auf die Füße zu kommen. Aber uns hast du hier einfach zurück gelassen. Unwissend. Weder, warum du gehst, noch von dieser Bombe hast du erzählt. Es verletzt mich einfach, dass du nicht ehrlich warst. Ich weiß natürlich, dass es auch irgendwo die Aufgabe deiner Eltern gewesen wäre, uns davon zu erzählen. Diese ganze Situation ist einfach fürchterlich kompliziert und ich weiß, dass du nicht allein dafür gerade stehen kannst und dennoch dachte ich, dass wir ein engeres Verhältnis zueinander hatten.«

»Ich habe meine Entscheidung damals auch oft bereut, einfach so zu fahren. Aber ich hatte keine andere Wahl. Es ging einfach nicht anders. Ich wünsche mir so sehr, dass ich die Stärke besessen hätte, mehr für uns einzustehen und damals schon auf meine Eltern zuzugehen und ihnen zu drohen, dass entweder sie oder ich euch die Wahrheit sage. Aber es ging damals nicht.«

»War es das, was du jetzt gemacht hast, als du wiedergekommen bist? Ihnen ein Ultimatum zu stellen?«

Lou nickt. »Ja. Direkt als ich das erste mal bei meinen Großeltern war. Ich bin gemeinsam mit ihnen hingefahren. Meine Mom war total geschockt mich zu sehen und mir ist mal wieder so schmerzlich bewusst geworden, dass ihr einfach total egal ist, wie es mir geht und wo ich bin. Meine Eltern haben nicht sonderlich oft versucht, mich zu erreichen und es tut mir einfach so weh, ihnen so egal zu sein. Und es tut mir noch so viel mehr weh für Chrissi. Dad hat sie gestern vor ihr als einen Unfall bezeichnet. Ich hasse ihn einfach so sehr! Ich hasse sie beide. Und ich hasse diese Situation mit der sie mich mal wieder völlig allein gelassen haben.«

Lous Schultern beginnen zu beben. Sie macht sich nicht die Mühe, die Tränen, die über ihre Wange laufen wegzuwischen. Sie senkt bloß den Blick und umfasst ihre Teetasse in ihren Händen fester.

Wir bleiben ewig auf der Bank sitzen. Weinen. Reden. Erklären. Und schließlich verstehe ich. Verstehe noch so viel mehr, was bei Lou im Hintergrund los war, während sie langsam versucht hat, hier in Lunar Beach wieder Fuß zu fassen. Begreife, wie schwer die letzte Zeit für sie wahr und auch, wenn mein Schmerz und meine Enttäuschung über ihr Verhalten noch immer nicht verschwunden sind und dafür sicherlich noch etwas Zeit ins Land ziehen muss, kann ich ihr ein Stück weit verzeihen.

Denn genau wie sie, wünschte auch ich, dass das alles anders abgelaufen wäre.

Aber dafür kann ich ihr nicht die Schuld geben.

Das weiß ich jetzt.

Lou

»Was hältst du davon, wenn wir vielleicht noch eine Runde spazieren gehen?«, frage ich Dylan. »Ich könnte frische Luft und Bewegung gebrauchen.«

Dylan stimmt mir sofort zu und wir gehen gemeinsam nach draußen. Die Sonne ist bereits untergegangen und der zunehmende Halbmond erhellt die Nacht. Wie spät es ist, weiß ich nicht und es scheint auch völlig egal.

Eine Weile laufen wir schweigend am Meer entlang. Das Rauschen der Wellen beruhigt mich.

Ich wusste, dass der Weg hier her schwer werden würde. Wusste, dass noch viele schwierige und ehrlich Gespräche anstehen, damit wir dieses Kapitel irgendwann hinter und lassen können und gleichzeitig bin ich unfassbar froh darum, dass meine Freunde mir genug vertrauen und mich zu sehr zu lieben scheinen, als das sie mich jetzt einfach fallen lassen.

»Wie geht es jetzt weiter?«, fragt Dylan und hat dabei den Blick in die Ferne gerichtet. Ich bleibe stehen. Habe das Gefühl, dass diese Frage es bedarf, ihr ohne Ablenkung zu antworten.

»Für mich wird es so weiter gehen, dass ich nach und nach meine Zelte in Pittsburg abbauen werde. Ich will wieder in Lunar Beach leben. Hier, bei euch. Ich möchte vorerst keinen Kontakt zu meinen Eltern und ich weiß, dass ich im Handwerk arbeiten möchte und deswegen werde ich mir in diesem Bereich hier einen anderen Job suchen. Einen Arbeitsplatz an dem ich geschätzt und gesehen werde. Und ich würde mir wünschen, dass du mich auf diesem Weg begleitest.«

Dylan richtet seinen Blick ruckartig auf mich, wo er

zuvor in die Ferne geschaut hat.

»Wie meinst du das?«, fragt er.

»Du fehlst mir. All das zwischen uns ist viel komplizierter geworden, aber wir beide sind nicht verwandt. Und du fehlst mir so sehr.«

Dylans Augen weiten sich. Er schaut mir von meinen Lippen in die Augen und wieder zurück. Sein Blick huscht hin und her und ich wünschte, er würde den Mut finden, mich zu küssen. Aber vielleicht ist es dafür noch zu früh.

»Wie geht es bei dir weiter?«, frage ich Dylan.

Er lacht. »Keine Ahnung. Ich habe vor zwei Tagen meinen Job bei deinem und Chrissi Vater gekündigt. Ich hasse ihn. So sehr! Mein Leben lang habe ich mich Gefühl, als müsste ich mich am besten Tod arbeiten um ihm dafür zu danken, dass er für Chrissi und mich sorgt. Aber das war seine Aufgabe. Ich habe meinen Autoschlüssel abgegeben und werde nicht länger für ihn arbeiten. Ich habe ein wenig gespartes und werde dann von nun an mein Geld nur noch mit dem Ausbau der Vans verdienen oder mir vielleicht bald einen anderen Job suchen. Das weiß ich noch nicht genau. Chrissi und ich haben ebenfalls beschlossen, dass wir aus der Wohnung ausziehen und in keiner Weise mehr abhängig von eurem Vater sein möchten.«

Ich nicke. »Das verstehe ich sehr gut. Aber wo wollt ihr denn wohnen?«

»Chrissi zieht eh bald nach Seattle. Ich werde mich wohl erstmal in meiner Werkstatt einrichten und dann sehe ich mal weiter.«

Tränen sammeln sich in meinen Augen. »Ich fühle mich so schuldig. Davor hatte ich die ganze Zeit angst«, raune ich. »Dass ich schuld dafür bin, dass eure ganze Welt zusammenbricht. Und sich alles ändert und-« Meine Stimme bricht. Ich blicke in die Ferne.

Mit einem heftigen Ruck umarmt Dylan mich.

»Das ist nicht deine Schuld. Nichts von dem ist deine Schuld. Die tragen allein deine Eltern.«

Wir umarmen einander und wie durch einen Zauber, glaube ich ihm. Glaube seinen Worten und daran, dass ich nicht schuld bin.

Auch wenn ich mich in manchen Momenten besser hätte verhalten können. Nur bin ich eben auch nur ein Mensch und ich habe gelernt. Verstanden, dass meine Probleme eher größer und nicht kleiner werden, wenn ich mich vor ihnen verstecke.

Dylan

»Du fehlst mir übrigens auch.«

Ich löse mich aus meiner Umarmung mit Lou und blicke zu ihr herunter. Ihre blauen Augen strahlen mir entgegen.

»Ja?«, fragt sie.

Ich nicke und lache und wünschte, ihr irgendwie verdeutlichen zu können, wie sehr sie mir fehlt. Dabei weiß ich nur, dass ich mir wünsche, dass sie ganz dicht bei mir bleibt. Und so ziehe ich sie enger an mich und drücke ihr einen Kuss auf die Stirn.

Lous Arme legen sich fest um meinem Rumpf.

»Bitte lass mich nicht mehr los«, flüstert sie gegen meine Brust.

Und auch wenn ich weiß, dass wir noch einen langen Weg vor uns haben, um das aufzuarbeiten, was passiert ist, stelle ich nicht in Frage, ob wir es schaffen können, diesen Weg gemeinsam zu gehen.

Denn das werden wir.

Epilog

Lou

Es klopft an der Wohnungstür. Ich erkenne ihn sofort. An der Art, wie er klopft. Dem Rhythmus, der ganz offensichtlich seiner ist.

Dylan.

Auch nach einem halben Jahr beschleunigt sich mein Herzschlag sofort um ein Tausendfaches. So sehr freue ich mich darauf, ihn zu sehen. Ich bin vor nur wenigen Minuten aus der Dusche gekommen und ignoriere den Fakt, dass mein Haar noch nass in meinem Nacken klebt. Inzwischen geht es mir wieder beinahe bis zum Kinn.

Während ich zur Tür gehe, schlüpfe ich in Dylans Kapuzenpullover, die ich schon seit einer Weile zum Schlafen trage. Eher gesagt seit unserer ersten gemeinsamen Nacht hier in dieser Wohnung.

Verrückt, dass es jetzt unsere Wohnung ist.

Erst vor drei Wochen haben wir gemeinsam Chrissi mit ihren Möbeln und Wertgegenständen nach Seattle gebracht, wo sie von nun an wohnen und studieren wird.

Und das war auch der Zeitpunkt, an dem Dylan langsam angefangen hat, sein Hab und Gut in die Wohnung im Haus meiner Großeltern zu bringen, wo wir von nun an gemeinsam Leben. Seit nun fast einer Woche so ganz offiziell.

Vor noch einem Jahr, als ich mir jeden Tag eingeredet habe, dass das Leben lebenswert ist und ich irgendwann diese dunklen Jahre hinter mir lassen werde, habe ich nie davon zu träumen gewagt, dass ich mein Leben eines Tages so ehrlich und aufrecht lieben würde.

Aber genau das tue ich.

Ich öffne die Tür und grinse Dylan breit an. Er tut es mir gleich.

»Warum nutzt du deinen Schlüssel nicht einfach und kommst herein?«, frage ich ihn, trete noch ein Stück auf ihn zu und lege meine Lippen federleicht auf seine.

Dylan lehnt sich mir entgegen, umfasst meinen unteren Rücken und zieht mich zu sich. Er lässt nicht zu, dass dieser Kuss so schnell endet. Unsere Lippe finden einen gemeinsamen Rhythmus und ich habe das Gefühl, als würden wir eine Person werden. Seine Hand wandert in mein nasses Haar. Leicht zieht er daran. Ich greife mit meinen Fingern in sein Shirt und lehne mich weiter gegen ihn.

Kein Stück Papier würde mehr Platz zwischen uns finden, als sich unsere Zungen sanft umkreisen. Unzählige Hormone toben durch mein Inneres und sorgen dafür, dass ich kichern muss.

Ich habe immer gedacht, dass die Schmetterlinge in meinem Inneren mir einen Streich spielen und das sie mich immer nur in die Irre führen.

Aber vielleicht ist es auch manchmal gut, sich nicht gegen sie zu wehren und die Liebe zuzulassen. Mein eigenes Glück zuzulassen.

»Lass mich schnell duschen gehen. Was hältst du dann davon, wenn wir uns noch für eine Moment an den Strand setzen und den Abend ausklingen lassen?«

Mein strahlendes Gesicht scheint Antwort genug zu sein. Dylan drückt einen weiteren Kuss auf meinen Mundwinkel, ehe er mich vorsichtig an den Schultern packt, umdreht und in das Innere der Wohnung schiebt. Er zieht sich die Schuhe von den Füßen und geht an mir vorbei Richtung Badezimmer. Während er an mir vorbeigeht, haue ich ihm auf den Hintern, was ihm ein Lachen entlockt.

Während Dylan duscht, krame ich in der Küche ein paar Snacks zusammen und hole zwei Bierflaschen aus dem Kühlschrank. Alles packe ich in einen Jutebeutel und als ich in den Flur zurückkehre, gehe ich ins Schlafzimmer und will gerade in eine Sportleggins schlüpfen, die ich auch gerne im Alltag trage, als Dylan hinter mir den Raum betritt. Über die Schulter blicke ich zu ihm. Er trägt bloß ein Handtuch um den Hüften und ich schlucke schwer. Besonders seine Arme sind durch die körperliche Arbeit muskulös und ich verspüre sofort wieder das Bedürfnis danach, von ihnen gehalten zu werden.

In seinen Armen fühle ich mich so sicher und angekommen, wie sonst nirgendwo.

Wir geben einander einen flüchtigen Kuss, ehe wir in Kleidung schlüpfen und mitsamt des Jutebeutels zum Strand laufen.

Dort suchen wir uns einen Platz in den Dünen. Dylan sitzt hinter mir und ich bin eingerahmt von seinen Beinen. Mein Oberkörper ruht an seinem. Ich spüre seine Atmung, seinen Herzschlag, seine Wärme. Ich kann mir nicht vorstellen, jemals glücklicher zu sein.

Dylan öffnet unsere Bierflaschen und wir stoßen

miteinander an. Zeitgleich trinken wir den ersten Schluck und schweigen dann einvernehmlich.

In der Ferne kreischen die Möwen.

Die Abendsonne taucht alles in goldenes Licht.

Die Wellen rauschen.

Ich beobachte, wie sie sich an Land legen und wieder zurückziehen. Heute ist die See ruhig. Und dennoch ist dieser Rhythmus eindrucksvoll, wenn man sich der Tiefe des Ozeans bewusst ist.

Ich spüre, wie sich mein Herzschlag immer weiter beruhigt. Auch, wenn ich jetzt hier bin, ich glücklich bin und zum ersten Mal das Gefühl habe, mein Leben ehrlich zu mögen, ist meine psychische Krankheit nicht plötzlich verschwunden. Trotz allem lauern meine Traumata hinter so manchen Ecken. Dinge, die ich noch nicht ganz aufgearbeitet habe und es vielleicht auch nie ganz tun werde.

Aber inzwischen weiß ich, dass ich mich für meine Ängste und Gefühle nicht schämen brauche. Meine mentale Krankheit macht mich nicht schwach oder verrückt. Sie macht mich menschlich. Und wenn ich deswegen als ein Opfer gesehen werde, dann macht es die Menschen mit solchen Ansichten viel mehr zu einem Problem, als ich es bin.

Das weiß ich inzwischen.

Ich weiß, dass ich mehr bin, als das Negative, das über mich gesagt oder gedacht wird. Ich weiß, dass ich meinen Wert selbst bestimmen darf, und nicht weniger wert bin als manch andere Menschen.

Wir sind alle gleichwertig.

Wir haben es alle verdient, ein Leben zu leben, das wir lieben.

Wir haben es alle verdient, mit Respekt behandelt

zu werden.

Wir sind alle gleichwertig.

Denn der Mensch sollte gar nicht in einer Gesellschaft leben müssen, in der wir überhaupt darüber nachdenken müssen, was für einen Wert wir haben und ob wir ein bestimmtes Glück im Leben verdienen.

Wir sollten einfach existieren dürfen.

Und glücklich sein.

Leben.

Leben, so wie es uns gefällt.

Ich trinke einen weiteren Schluck aus meiner Flasche und lasse mich noch etwas weiter gegen Dylan fallen.

»Alles okay?«, fragt er mich.

Und ich weiß nicht warum. Vielleicht ist es die Bedeutsamkeit dieses Momentes. Vielleicht ist es der Knoten, der sich in meiner Brust löst, von dem ich gar nicht mehr wusste, dass er überhaupt da ist. Vielleicht ist es diese einfache Erkenntnis, die mich gerade bis ins Mark erschüttert.

»Ich bin gerade so-« Ich suche nach dem richtigen Wort. Doch eines scheint nicht Ausdrücken zu können, was ich fühle. »Dankbar und Stolz und Glücklich und Traurig zugleich.«

»Was ist los? Was geht dir durch den Kopf?« Seine Stimme ist rau und warm und fühlt sich an wie eine tiefe, verbale Umarmung.

»Ich bin so froh, hier zu sein«, raune ich. Tränen laufen meine Wangen hinunter. Ich umarme mich selbst und sofort sind seine Arme da, die mich halten und schützen.

»Ich bin auch froh, dass du da bist. Dass es dich

gibt.«

Ich lache auf und muss gleichzeitig schniefen.

»Ich stelle mir nur gerade vor, was gewesen wäre, wenn ich auf diese dunklen Stimmen in meinem Kopf gehört hätte. Wenn ich dem nachgegangen wäre. Wenn ich-« Pause. »Wenn ich mich wirklich umgebracht hätte.« Wir schweigen beide. »Dann hätte ich diesen Moment nicht erlebt. Dann könnte ich dieses Leben jetzt nicht leben. Ich bin mir inzwischen so sicher, dass egal wie schwer es war, jetzt hier zu sein, dass es sich gelohnt hat. Ich bin so unfassbar froh am Leben zu sein!« Ich schaue auf und Dylan ins Gesicht. »Danke, dass du mich nicht aufgegeben hast. Dass du uns nicht aufgegeben hast.« Meine Worte versiegeln wir mit einem Kuss. Das sagt genug aus.

Wieder lache ich. Und fühle es auch genau so.

Ich bin so unfassbar froh, dieses Leben leben zu dürfen.

Am Leben zu sein.

Das ist ein Geschenk, dem ich mir so lange nicht bewusst war und mir doch ganz fest vornehmen möchte, von nun an jeden Tag dankbar dafür zu sein.

Nachwort.

Ich habe so viel und nichts zu sagen.
Eigentlich war die Veröffentlichung dieses Buches ganz anders geplant.
Vielleicht habe ich prinzipiell zu viel geplant und zu wenig gelebt. Mein
Schreiben zu wenig gefühlt. Das Buch und die Geschichte waren eine
andere. Wenn ich den ursprünglichen Text allerdings veröffentlich hätte, hätte ich mir etwas vorgemacht. Hätte nicht die Geschichte erzählt,
die erzählt werden musste.
Mir hat etwas gefehlt.
Vielleicht der Mut, ganz ehrlich zu sein.

Was auch immer es war; ich hoffe aus tiefsten Herzen, dass du - wer
auch immer das hier gerade liest - nicht gehst. Mutig bist und bleibt.
Es gibt so viele Gründe zu bleiben.
So viele Menschen, die dich noch lieben werden und die du noch lieben
wirst.
So viele Momente, in denen du dir denkst, dass das jetzt der schönste
deines Lebens ist.
So viele Augenblicke, in denen du herzhaft lachst und die Welt um dich
herum vergisst.
So viele Sonnenaufgänge, die du dir noch ansehen wirst und dich erneut in das Leben verliebst.
Mit einem Lächeln im Gesicht und Frieden. Mit dir selbst und mit der
Welt. Wenn auch nur für eine Weile.

Ich weiß, dass das machmal schwer zu glauben scheint.
Ich habe selbst eine ganze Weile nicht mehr daran geglaubt, dass ich
einen Grund finde, morgens aufzustehen.

Aber diese Gründe gibt es.
Das Leben kann unfassbar schön sein und ich wünsche mir für dich,
dass du sie erlebst und genießt.

Henny

;